Ana und Tom Lieven

Eros-Episoden

Eindeutig zweideutig

Bibliografische Information der Deutschen Nationalbibliothek: Die Deutsche Nationalbibliothek verzeichnet diese Publikation in der Deutschen Nationalbibliografie; detaillierte bibliografische Daten sind im Internet über http://dnb.d-nb.de abrufbar.

Copyright: © 2020 Ana und Tom Lieven
Lektorat: Sabine Dreyer, www.tat-worte.de
Satz: Sabine Dreyer, www.tat-worte.de
Cover Konzept und Foto: Constanze Claudia Lorenz, www.cclo-photo.com
Foto Weingläser: André Suter
Cover-Models: Ana María Pérez; Pablo Herranz

Verlag und Druck: tredition GmbH
Halenreie 40-44
22359 Hamburg

978-3-347-20448-5 (Paperback)
978-3-347-20449-2 (Hardcover)
978-3-347-20450-8 (e-Book)

.

Zum Buch

Was hat Morsen mit Sex zu tun, wie hängen Primzahlen mit Stellungen im Bett zusammen und können Aquarienpumpen Beziehungen fördern? Die Eros-Episoden verknüpfen Alltägliches mit ungewöhnlichen Erlebnissen. Manche Geschichten sind kurz und bündig und kommen nach wenigen Sätzen auf den Punkt. Andere lassen Welten entstehen. Begegnungen und Sex im Alltag sowie Wege aus der Tristesse sind überraschend, skurril und pointiert und frei von moralischem Ballast geschildert. Übrigens, der erhobene Zeigefinger wird hier nicht zur Mahnung eingesetzt.

Die Handlungen und Personen sind frei erfunden. Dieses Buch enthält explizit beschriebene sexuelle Darstellungen.

Alex war für *Maßvoll* die Inspirationsquelle und Frank für *Zahlenspiele*. Dafür danken wir.
Eine Hommage an *DieStickerin*, eine Bekanntschaft aus dem ›JOYclub‹, ist *Klassenkameraden*. Sie hat im Wechsel mit uns einige Passagen geschrieben. Leider ist sie kurz, nachdem die Geschichte fertig war, verstorben. Wir wollen ihr hiermit posthum gedenken, und zwar so frivol, wie sie es war. Der Roman *Die Abenteuer des Röde Orm* des großartigen Frans Gunnar Bengtsson stand Pate für die Stilistik von *Vinland*.

Inhalt

Sündig?

»Was für eine Orgie«, sagte Jakob erschöpft, aber befriedigt. »Hast du gesehen, wie mich die beiden Frauen begehrt haben?«, fragte Hannah.

»Allerdings, ich dachte schon, du hättest mich vergessen, so wart ihr ineinander verschlungen.«

»Nein, mein Geliebter, aber es war so erregend, dass mein Denken aussetzte und ich nur noch Körper war.«

»Gut jedenfalls, dass die Priester davon nichts wissen. Deshalb im nächsten Monat vorsichtshalber Sodom«, schlug Jakob vor, als sie Gomorrha hinter sich ließen.

Verständigung

Ronnie war seit einem halben Jahr bei der Bundeswehr, und aktuell standen diverse Kommunikationssysteme auf dem Unterrichtsprogramm. Der Ausbilder erklärte ihnen, dass vor allem scheinbar veraltete Techniken, wie Morsen, enorm wichtig seien. Denn hiermit sei es möglich, ohne Hilfsmittel eine Nachricht zu übermitteln. Außerdem sei das Winkeralphabet, das sie ebenfalls lernten, aufgrund der reinen Zeichensprache für Gegner nicht leicht nachvollziehbar. Er schilderte verschiedene reale Begebenheiten, in denen Soldaten sich damit aus gefährlichen Situationen retten konnten. Einmal hatten sie einen Leutnant zu Besuch, der ihnen aus eigener Erfahrung aus dem Kosovo berichtete.

Diese Techniken wurden nicht nur vorgestellt, sondern erlernt und so lange geübt, bis sie im Notfall angewendet werden konnten. Es dauerte gut drei Wochen, bis Ronnie und die anderen so weit waren. Dann aber beherrschten sie es wie im Schlaf. Da zudem immer wieder in der fortlaufenden Ausbildung Elemente vorkamen, die darauf abhoben, prägte er es sich gründlich ein.

Mit einer Kameradin namens Friederike, genannt Fritzi, hatte er sich angefreundet. Bald wurde daraus Ernsteres, was sie aber nur außerhalb der Kaserne ausleben konnten. Aus Kostengründen hatten die beiden Zeitsoldaten keine externen Wohnungen. Daher mieteten sie sich übers Wochenende in Hotels oder Pensionen ein. Jetzt im Frühjahr verlegten sie sich auf Trekking-Touren, blieben oft im Gelände und zelteten wild. Manchmal suchten sie sich einen Campingplatz. Dabei hatten sie Freude daran, die erlernten Fähigkeiten zu benutzen. So verständigten sie sich häufig über Morsezeichen, die sie sich gegenseitig auf die Hände tippten. Eine andere Methode war, dass sie weit voneinander entfernt wanderten und sich mithilfe des Winkeralphabets unterhielten.

Es war ihnen klar, dass dies nicht ewig so weitergehen konnte. Erstens wurden intime Beziehungen unter Soldaten bei der Bundeswehr nicht geduldet, selbst wenn es zaghafte Ansätze gab, hier mehr Toleranz walten zu lassen. Zweitens war vorgesehen, dass Ronnie zum neuen Afghanistan-Einsatz und Fritzi in den Kosovo einberufen werden würde. Deshalb versuchten sie in der kurzen Zeit, die ihnen blieb, möglichst viel zu erleben. Für dieses Wochenende hatten sie sich eine Tour zusammengestellt, die in Waren an der Müritz startete und die sie bis nach Rheinsberg führen sollte. Dabei durchwanderten sie den Nationalpark, und später würden sie das Seengebiet um den Stechlin herum erreichen. Weite Teile davon waren wenig bevölkert, sodass sie sich auf ungestörte Momente freuten. Gänzlich verzichten wollten sie nicht auf Zivilisation und hatten sich schon einige Kneipen oder Wirtshäuser herausgesucht, die sie auf dem Weg zu besuchen beabsichtigten.

Aktuell wanderten sie auf dem Weg aus Kratzeburg nach Südosten. Sie waren dort mittags in einem Gasthof eingekehrt und hatten sich für eine leckere Soljanka und deftiges Schweinegulasch mit Kartoffeln entschieden. Dazu gab es einen halben Liter Bier. Das Wetter war warm, und sie kamen gut voran am östlichen Rand einer der nicht betretbaren Kernzonen des Nationalparks.

Beide hatten sich inzwischen ihre T-Shirts ausgezogen, weil es immer heißer wurde, sodass Fritzi nur ihr Bikini-Oberteil anhatte.

Ihre Rucksäcke trugen sie daher auf der nackten Haut. Sie hatte auf die Mitnahme eines BHs verzichtet, denn außerhalb des Trainings bei der Bundeswehr oder beim Sport benötigten ihre festen Brüste keine Stütze. Und den Bikini zog sie nur an, falls ihnen jemand begegnete und zum Baden, wenn FKK nicht zugelassen war.

Ronnie liebte ihre sportliche, sehnige Figur und ihre schwarzen Haare, was ihn wunderte, denn üblicherweise hatten es ihm eher üppig ausgestattete, blonde Frauen angetan. Doch durch die gemeinsame Ausbildung waren sie sich nahegekommen, und er stand auf ihre Kraft, Körperspannung und Wildheit beim Sex. Wenn sie fickte, dann mit vollem Körpereinsatz, und einen Orgasmus kostete sie bis zur letzten Zuckung aus, was meistens zu triefender Nässe führte. Überhaupt entwickelte sie manchmal von einer Minute auf die andere gewaltige Lust, die sie unmittelbar befriedigen musste. Das war in der Kaserne nicht unkompliziert. Sie hatte ihm erzählt, dass sie in solchen Fällen vorgab, dringend auf die Toilette zu müssen, und dort besorgte sie es sich stürmisch und heftig. An das Einführen eines Dildos oder den Einsatz eines Vibrators war nicht zu denken. Denn wenn sie es sich damit selbst machte, konnte sie nicht verhindern, zu spritzen. So was benötigte Vorbereitung, und die war eben kurzfristig nicht möglich. Sie rieb sich kräftig ihre Klitorisspitze und unterdrückte mit vehementer Anstrengung das Stöhnen.

Nachdem sie Ronnie das bei einem ihrer früheren Ausflüge berichtet hatte, wollte sie, dass er sie aufgrund ihrer Geilheit ausgiebig fingerte und fickte. Er befolgte diese Wünsche, oder eher Befehle, immer gerne, denn auch er kam auf seine Kosten. Manchmal bat sie ihn, ihr ins Gesicht zu spritzen, was sie sich nicht abwischte, manchmal in sie hinein. Und dann ließ sie langsam das Sperma herauslaufen, wenn sie in ihrem Lager am Feuer saßen. Sie gestand ihm, dass sie es als eine Art Trophäe für sein Begehren ansah, weshalb sie es lange an oder in sich haben wollte. Es war Machtgewinn für sie. Er liebte diese Form der Wertschätzung seines Körpersaftes.

Fritzi, die vorausging, drehte sich unvermittelt um. »Ronnie, ich stell mir die ganze Zeit vor, wie es wäre, jetzt hier am Weg zu ficken, wo uns jeder sehen kann. Ich bin schon ganz nass bei dem Gedanken.«

Ah, dachte er, *es ist wieder so weit.* »Das hört sich geil an. Zeig mir doch mal die Bescherung!«, forderte er sie auf.

Sie drehten sich beide nach allen Seiten um, niemand war auf dem langen, geraden Weg zu sehen, der von Wald gesäumt war. Nur ein Specht hämmerte in der Nähe. Ein umgefallener Baumstamm lag am Weg. Fritzi nahm ihren Rucksack ab und stellte ihn auf den Boden. Ronnie tat es ihr gleich. Genau wie er hatte sie eine knapp knielange, weit geschnittene Cargohose in Camouflage-Muster und feste Wanderschuhe an. Die waren schnell ausgezogen, und in dem schwarzen Slip, den sie ihm zeigte, glitzerte in der Sonne die Nässe, die noch nicht vollständig eingezogen war. Ihre Vulva trug sie rasiert, sie war auf diesen Trend aus der neuen Serie *Sex and the City* aufgesprungen. Ronnie gefiel das ausnehmend gut.

Sie hielt ihm ihre Unterhose hin. »Riech doch mal, wie dringend meine Fotze es braucht.«

Er wusste, wie sie darauf abfuhr, wenn er daran roch. Er tat ihr den Gefallen, und sie fingerte sich dabei.

»Damit ich es dir richtig fett besorgen kann, musst du mir den Schwanz erst hochblasen«, sagte er und öffnete seine Hose, aus der er seinen Penis befreite.

Sie zog sich das Bikini-Oberteil aus, denn sie wusste, dass es ihn anmachte, ihre Brüste zu sehen, sobald sie ihn blies, und er spielte gerne an ihren festen kleinen Nippeln. Sie setzte sich auf den Baumstamm und nahm seinen Schwanz in den Mund und saugte gierig. Dabei fingerte sie sich hörbar schmatzend ihre Möse. Wenn sie in dieser ekstatischen Stimmung war, bestand sie aus reiner Geilheit und spendete Lust genauso verschwenderisch, wie sie sich selbst bearbeitete.

Oh verdammt, dachte Ronnie, *so werde ich bald spritzen.* Dann hatte er eine Idee, wie er seinen Erguss hinauszögern könnte. Sachte tippte er mit dem Zeigefinger der rechten Hand auf ihren Rücken.

Immer wieder, und auf einmal spuckte sie buchstäblich seinen Schwanz aus, stand auf und sah sich hektisch um.

»Wo kommt einer?«, fragte sie, »ich sehe keinen.«

»Na ich gleich, wenn du so weitermachst. Und wir wissen jetzt, dass du Morsezeichen auch beim Blasen verstehst.«

Er musste ruckartig ausweichen, um sich nicht eine Ohrfeige einzufangen.

Hallebynge

Wie es seit Menschengedenken Tradition war, hatte sich der gesamte Stamm der Margotoy auf den Weg in den Südosten begeben. Vor allem die Schweineherde bremste ihren Marsch. Ständig waren die Hirten dabei, sie anzutreiben, was manchen Tieren nicht gefiel. Störrisch blieben sie immer wieder stehen und gruben im Boden nach Essbarem. Nachdem die Menschen ihr Stammesgebiet verlassen hatten und auf dem uralten Weg angelangt waren, der gen Osten führte, begegneten sie zunehmend Pilgern anderer Stämme.

Da waren die Doronoy von den sturmumtosten Inseln im Norden, deren Sprache hart und abgehackt klang und schwer zu verstehen war. Vom Ostmeer kamen die Rydroy aus ihren Siedlungen in den Seemarschen mit ihren Werkzeugen aus Knochen der atmenden Fische. Auf der Höhe der weiten Bucht, die aus dem endlosen Meer von Westen in das Land griff, begegneten sie den schweigsamen und stolzen Astyrkoy. Markant waren ihre Gesichter, die mit geheimnisvollen Zeichen geschmückt waren, und ihre Frauen mit den hüftlangen Haaren, die sie immer zu drei Zöpfen flochten. Gemeinsam waren ihnen die Schweineherden, die sie mitbrachten.

Und obwohl längst nicht alle hier Wandernden Freundschaft verband und es bisweilen offene Fehden gab, war dies die Zeit des Friedens unter den Völkern der großen und kleinen Inseln. Jeder

Mensch wusste, dass Eifersüchteleien, Gezänk oder gar Raufhändel für das kommende Jahr Unglück bringen würden. So blieb es bei einigen Bemerkungen zu Grenzstreitigkeiten, behauptetem Viehdiebstahl und Frauenraub.

Sie waren mittlerweile einen Mond lang unterwegs. Der breite Weg durch die ausgedehnten Wälder, die jetzt vom Singen der Vögel und dem Schwirren von Fliegen und Schmetterlingen angefüllt waren, beschrieb einen großen Bogen, und dann sahen sie die heilige, fast baumlose Ebene des Gurotan. Sie war besetzt von den Lagern zahlreicher Stämme und erfüllt vom geschäftigen Treiben der Vorbereitungen. Denn heute Abend würden die Feierlichkeiten stattfinden.

Falrir, das Oberhaupt der Margotoy, beschied, dass sie sich am Ostrand neben den befreundeten Shordoroy platzieren sollten. Das war Krodan lieb, weil dort auch Miritir war. Er hatte sie seit Beginn ihrer Wanderung nicht mehr gesehen, und seine Sehnsucht nach ihr war überwältigend. Aber er musste sich gedulden, das wusste er. Heute war die Nacht der Nächte und er für seinen Stamm erwählt worden, die Zeremonie des Lebenskreises, der Hallebynge, durchzuführen.

Falrir hatte ihn im Frühjahr eines Tages bei der Feldarbeit beiseitegenommen und ihm den Beschluss der Ältesten offenbart. »Krodan, du wirst unseren Stamm an Hallebynge vertreten. Dies ist der Wille unseres Rates«, sagte sie, und obwohl er sie um einen Kopf überragte, strahlte sie eine Bestimmtheit aus, die keinen Widerspruch duldete. Seit er denken konnte, war sie das Oberhaupt der Margotoy, und es kam ihm nicht in den Sinn, eine Entscheidung von ihr oder dem Rat in Zweifel zu ziehen.

»Ich werde uns Ehre machen«, sagte er in der Hoffnung, entschlossen zu klingen.

Ein Lächeln erschien auf ihrem vom Wetter gegerbten Gesicht und verlieh ihr eine Sanftheit, die er so noch nie gesehen hatte. »Ja, da sind wir uns sicher. Wir haben darüber schnell Einigkeit erzielt.«

»Wie soll ich mich vorbereiten?«, fragte er und senkte die Lider, denn den Blick von Falrirs stechenden dunkelblauen Augen war er nicht imstande zu ertragen.

»Vorbereiten?« Unwillkürlich kokett schüttelte sie ihre grauen langen Haare, kicherte dabei wie ein Mädchen, und auf ihrem Gesicht erschienen Lachfalten wie Wellen auf einem windgepeitschten See. »Du kannst dich nicht vorbereiten. Das kann niemand. Für jeden ist es anders, aber glaub mir, es wird für dich eine wichtige Erfahrung werden, die du nie vergessen wirst.« Wieder lachend strich sie ihm durch seine schwarzen langen Haare und verließ ihn.

Seitdem stand Krodan häufig neben sich. Zum ersten Mal überhaupt war es ihm erlaubt, den gesamten Feierlichkeiten beiwohnen, denn er war seit diesem Jahr mit seinen fünfzehn Wintern ein Mann. Den Kindern war die Teilnahme an Hallebynge, dem Auftakt zum Mittsommerfest, verboten. Natürlich hatte er schon Gerüchte gehört, aber er gab nicht viel darauf, schließlich waren seine Freunde bisher nicht dabei gewesen, auch wenn Lordun behauptete, genau zu wissen, was sich dort abspielte. Und so gern er ihn mochte, so wenig gefiel ihm seine Aufschneiderei. Es klang alles unglaubwürdig in Krodans Ohren, was er berichtete. Die anderen jungen Männer und Frauen durften ebenfalls teilnehmen, aber nicht als der eine ausgewählte Vertreter seines Stammes, sondern sie waren Zuschauer. Er fühlte die Verantwortung jeden Tag. Dabei wusste er nicht einmal, was ihn erwartete, und niemand erzählte ihm mehr als Falrir, und das war ja schon wenig genug. Nur sein Vater Borkan nahm ihn eines Tages beiseite und wollte etwas wissen zu seinem Lombon, was anscheinend mit Hallebynge zu tun habe.

Und bald war es so weit. Er lenkte sich ab mit den Arbeiten, die zu erledigen waren, wie das Aufbauen der Jurten oder das Pferchen der Schweine, die in den nächsten Tagen zu den Festlichkeiten geschlachtet werden würden. Zwei wurden durch drei Männer ausgewählt. Sie quiekten kurz und zappelten eine Zeit lang, als sie sie festhielten und ihnen die Kehlen durchschnitten. Das Blut wurde aufgefangen und die Tiere ausgenommen. Als er mithelfen wollte, erhielt er zur Antwort, dass ein Auserwählter des Stammes solche Arbeiten heute nicht verrichten dürfe.

Während er in sich hinein brummelte, wie ungerecht das sei, kam seine Mutter. »Krodan, komm bitte her, wir müssen dich für den Abend vorbereiten.«

Er folgte ihr in eine Jurte, in der ausschließlich ältere Frauen zugegen waren.

»Wir müssen dir erklären, was du heute zu tun hast«, sagte sie, »und wir müssen dich waschen und deine Haare schneiden.«

»Aber ich bin sauber, und meine Haare sind doch nicht verfilzt. Warum also schneiden?«, fragte er verwirrt.

Seine Mutter erklärte ihm, um was es ging, und er hörte stumm und mit wachsender Unsicherheit zu. »Und deshalb ist es wichtig, dass wir diese Arbeiten sehr sorgfältig durchführen«, beendete sie ihre Ausführungen ernst.

Der Tag neigte sich dem Ende, und Männer aus allen Stämmen schafften kniehohe Holzblöcke herbei und bauten diese hintereinander auf. Die Abstände, die sie dabei einzuhalten hatten, waren im Boden markiert. Jeder war vom nächsten annähernd eine Manneslänge entfernt. Wie an einer Schnur reihten sie sich auf, knapp dreißig an der Zahl, genauso viele, wie es Stämme gab. Über sie hinwegblickend sah man am einen Ende der Reihe die mächtigen Steine, und am anderen setzte sich der Weg fort, bis er im sanft welligen Gelände verschwand. Parallel davon wurden mannshohe brennende Pechfackeln aufgestellt. Allmählich kamen Zuschauer und formierten sich beiderseits der Holzblöcke.

Es müssen alle Menschen der Inseln sein, dachte Krodan, der mit den ausgewählten jungen Männern zwischen den Steinen verborgen wartete. Er überragte die meisten, denn er war ungewöhnlich hochgewachsen. Seine Gesichtszüge waren überraschend weiblich. Früher war er manchmal von den anderen Kindern deshalb verspottet worden, aber als er sie später mit seiner Größe übertraf, verstummten diese Stimmen, erinnerte er sich. *Und jetzt bin ich hier, und es werden so viele sein, die uns zusehen.* Einerseits fühlte er sich flau und andererseits stolz und stark, weil er hier sein durfte. *Allen scheint es ähnlich zu gehen*, dachte er, als er sich umsah. Die weißen Leinenhemden, die sie trugen, die fast so lang wie Kleider waren, schienen zu leuchten, so hell wirkten sie in dieser dunkler werdenden Umgebung.

Die Sonne zog ihre Bahn, und bald würde sie hinter dem Horizont verschwinden. Immer mehr Menschen strömten auf beiden Seiten des durch die Fackeln beleuchteten Weges herbei.

Fardron, der Älteste des Stammes der Gurotadoy, die hier in der Umgebung des Gurotan lebten, war als diesjähriger Hüter des Hallebynge bei den jungen Männern »Es geht los. Ihr macht alles so, wie besprochen, und dann wird nichts schiefgehen«, sagte er mit seiner tiefen Stimme. Seinem hohen Alter geschuldet, schritt er leicht gebeugt und gemessen voran. Sobald die Menschen ihn zwischen den riesigen Steinblöcken erscheinen sahen, hob großer Jubel an. Er wurde sogar noch lauter, als die Jungen kamen, einer nach dem anderen. Krodan war als Letzter dran und hatte den kürzesten Weg. Er stand jetzt vor dem Holzblock, der den Steinen am nächsten war, und blickte Richtung Westen. Er wusste, dass die anderen Auserwählten es ihm gleichtun würden. Auf einen gerufenen Befehl von Fardron zog er sich sein Leinenhemd aus und ließ es links neben dem Block auf den Boden fallen, wie es ihm gesagt worden war. Die untergehende Sonne und der Schein der Fackeln offenbarten, dass er bis auf seinen Kopf vollständig unbehaart war. Die Frauen hatten gründlich gearbeitet. Nachdem sie fertig gewesen waren, hatten sie ihn mit einem Öl, das nach Fichte roch, eingerieben. Im Rot des verblassenden Tageslichts zeigte seine Haut einen schwachen Glanz, durch den die Muskeln seines Körpers deutlich zur Geltung kamen.

Ein weiterer Befehl ertönte, und Krodan setzte sich auf den Holzblock. Die Menge begleitete das Vorgehen mit lauten Ausrufen, von denen viele anfeuernd klangen. Trommeln wurden geschlagen. Er hörte den monotonen und treibenden Takt von überall. Den tiefen Tönen nach zu urteilen, hatten die Musiker nur die größten Instrumente ausgewählt. Als er sich fragte, wann es denn weitergehen würde, brach die Menge erneut in Jubel aus. Erst weit hinter ihm und dann, wie bei einer heranrollenden Welle, kam er immer näher. Den Jungen war eingeschärft worden, dass sie sich nicht umdrehen durften und zu schweigen hatten. Krodan hielt sich daran. Er wollte seinem Stamm keine Schande durch ungebührliches Benehmen bereiten. Rechts neben ihm erschien eine Gestalt, ebenfalls in einem weißen Gewand, die sich dann vor ihn stellte und in Richtung der Steine blickte. Auf einen weiteren Befehl von Fardron drehte sie sich um.

Krodan konnte sich gerade noch beherrschen, nicht *Miritir* auszurufen. Dort stand sie vor ihm und sah ihn von oben herab durch ihre schwarzen Haare an, die ihr zartes Gesicht umkränzten. Ein Lächeln umspielte ihre Lippen, als ein Befehl von Fardron kam. Darauf zog sie ihr Hemd aus und warf es auf die andere Seite des Holzblocks. Sie stand nackt vor ihm. Auch sie war am Körper haarlos. Ihre festen Brüste waren für eine Frau seines Stammes üppig gewachsen. Das war oft ein Gesprächsthema bei den Jungen gewesen. *Wie albern wir waren*, dachte Krodan an diese Zeit zurück und fühlte sich jetzt hin- und hergerissen zwischen der Welt der Kinder und der Erwachsenen, zu denen er ja nun gehörte. Die Vorhöfe ihrer Brustwarzen waren dunkler als ihre Haut, die sogar noch brauner als seine war. Und in der Mitte erhoben sich die durch die abendlich kühlere Luft steifen Knospen. *Ihre Spalte sieht aus wie bei einem Mädchen, das eine Frau ist*, dachte er verwirrt. Er hatte bei sich im Dorf häufig nackte Mädchen gesehen, im Sommer war das üblich, aber nie eine in diesem Bereich haarlose Frau, denn es war keine Sitte in seinem Stamm, die Haare dort zu entfernen. *Die Lippen sind voller als bei einem kleinen Mädchen. Sie sehen geschwollen aus ...* Es erregte ihn. Er spürte, wie sich sein Lombon verhärtete. Das war ihm seit zwei Wintern vertraut.

Beim ersten Mal hatte es ihn erschrocken, gleichzeitig war Lust in ihm entfacht worden. Er hatte gelernt, damit zu spielen und die Haut über dem dicken, angeschwollenen Teil an der Spitze, den sie Nuss nannten, so hin- und herzuschieben, dass der Lombon immer härter wurde. Es fühlte sich gut an. Er machte das nur, wenn ihn keiner beobachtete. Warum, das wusste er gar nicht. *Es kann doch nicht falsch sein*, dachte er damals, denn sonst hätte Weitrir, die Göttin der Menschen, den Männern diese Fähigkeit nicht gegeben. Aber auch dieses Bewusstsein half ihm nicht. Und so suchte er sich immer dafür einsame Stellen. Eines Tages, ungefähr einen Mond, bevor sie zum diesjährigen Mittsommerfest aufbrechen wollten, stand er am Fluss in seinem oberen Teil, der weit entfernt vom Dorf gelegen lag, um die Reusen zu kontrollieren. Er schob die Haut über der Nuss kräftig vor und zurück und steigerte Druck und Tempo, dass es fast schon wehtat. Und urplötzlich wurde ihm schwindelig. Es fühlte sich so an, als ob ihm jemand die Beine wegziehen würde und gleichzeitig alles Blut seinen Kopf verlassen wolle. Dann spritzte in immer neuen Stößen eine weiße Flüssigkeit aus der Öffnung in der Nuss heraus. Es war für ihn zugleich erschreckend und erfüllend. Er wollte sich gerade wieder anziehen, da hörte er in unmittelbarer Nähe ein Knacken. Er ließ die Hose fallen, griff seinen Speer und drang so in den Wald ein, der den Fluss säumte.

»Miritir, was machst du hier?«, fragte er verblüfft, als er das Mädchen fand, das sich hinter einen Baumstamm gestellt hatte. Menschen der Margotoy und Shordoroy begegneten sich häufig, denn den Fluss nutzten sie gemeinsam, und außerdem waren sie die Hüter der Steinbrüche. Es herrschte Freundschaft zwischen ihnen, und oft kam es zu Vermählungen zwischen Männern und Frauen beider Stämme.

»Ich habe dich beobachtet«, sagte sie ohne Scheu und blickte ihn dabei an. Irgendwas in ihren Augen ließ Krodan eine Schuld fühlen, und er spürte, wie er rot anlief, denn er kannte Miritir schon lange. Sie hatten hier häufig gespielt, und sie war seine beste Freundin.

»Du hast so glücklich ausgesehen, als es aus dir gespritzt ist.«

Er suchte nach einer Erwiderung, als sie fortfuhr und auf seinen Lombon zeigte, der ein wenig angeschwollen war. »Ich würde das gerne auch bei dir machen, dir dabei helfen.«

Falls möglich, wurde er noch röter und stammelte: »Aber wie soll ... also wo, ich meine, wann ... und wenn das jemand ...«

»Hierher kommen doch nur selten Menschen. Und denk an die Stelle oben am Adlerberg. Da können wir sogar sehen, wenn sich jemand nähert«, sagte sie eifrig. »Komm, lass uns dahingehen. Ich möchte es so gerne, und du doch auch.«

»Miri, ich verspreche dir, wir treffen uns in den nächsten Tagen, aber jetzt muss ich die Reusen leeren. Ich bekomme mit Sicherheit Ärger, weil ich so säumig bin.«

»Aber dann treffen wir uns morgen«, ordnete sie an, und ihre wasserblauen Augen, die heller als Krodans waren, leuchteten.

»Ja, vielleicht morgen«, sagte er verwirrt. Er zog fahrig seine Hose an, warf sich sein Hemd über, griff nach seinem Speer und wandte sich wieder dem Fluss zu.

»Ich werde da sein, Krodan.« Miritir winkte zum Abschied und verschwand im Wald, denn das Dorf ihres Stammes lag in dieser Richtung.

Er kümmerte sich um die Reusen, verstaute den Fang in zwei Weidenkörben und begab sich auf den Rückweg. Im Dorf angekommen, wurde er von seinem Vater vor der Hütte abgefangen. Krodan ärgerte sich innerlich, weil er ahnte, dass sein Zuspätkommen Anlass für Schelte war. Umso überraschender war es für ihn, als Borkan sagte, er möge den Fang abstellen und ein paar Schritte mit ihm gehen.

»Weißt du, an Hallebynge wirst du viel Neues und dir Unbekanntes erleben«, fing er an, und Krodan hatte die Hoffnung, mehr zu erfahren über die bevorstehende Zeremonie. Aufgeregt erwartete er weitere Erklärungen. Sie waren auf dem Weg zu den Trockenplätzen für die gegerbten Felle, die nur aufgesucht wurden, wenn es nötig war. Der Geruch dort lud nicht zum Verweilen ein. Deshalb waren sie hier ungestört.

»Es ist eine große Ehre, auserwählt zu sein. Alles muss gut vorbereitet sein«, fuhr der Vater fort, der wie eine ältere Ausgabe seines Sohnes aussah. Der Junge hörte zu, denn er wollte nicht durch Zwischenfragen die Erklärungen unterbrechen. Schweigend gingen sie weiter. Er wünschte sich sehnlichst, dass sein Vater sich beeilen möge. Aber dieser machte keine Anstalten. Stattdessen folgte er dem Pfad, der an den Gestellen mit den Häuten entlang und dann in den Wald führte Richtung Steinbruch.

»Die Hauer müssen besser aufpassen«, sagte der Ältere erzürnt und trat einen spitzen blauen Stein beiseite, der auf dem Weg lag und zu Verletzungen führen könnte. »Ich muss mich wieder mit Falrir darüber besprechen, dass auch kleine Bruchstücke sorgfältig beseitigt werden müssen.« Dann setzte er seinen Weg fort, und sein Sohn folgte ihm. Unvermittelt fragte Borkan: »Hast du dich schon einmal selbst angefasst?«

»Natürlich, das macht doch jeder.« Er wunderte sich insgeheim über diese Frage.

»Ja, da hast du recht, mein Sohn«, lachte sein Vater, wobei sich seine blauen Augen verengten und der Hauch eines Lächelns über sein Gesicht huschte. Der junge Mann verstand wenig und vor allem nicht, was daran so lustig war.

Borkan wurde wieder ernst. »Auch wenn es für dich eigenartig sein mag, so muss ich von dir heute etwas sehr Wichtiges wissen.«

»Was immer es ist, ich will versuchen, es bestmöglich zu beantworten«, sagte Krodan.

»Hast du schon einmal an deinem Lombon gespielt?«. Der Vater sah seinem Sohn direkt ins Gesicht. Dieser errötete augenblicklich. Borkan lachte. »Mein lieber Junge, auch ohne zu sprechen, gibst du mir die Antwort. Ich bin froh, dass ich das nun weiß.« Er stellte sich vor ihn und nahm ihn in die Arme. Lange standen sie schweigend da. Dann löste er die Umarmung.

»Du bist mein ältester Sohn. Das ist nichts, für das du dich schämen musst. Alle Männer tun das. Es ist ein Zeichen unserer Manneskraft, die so stark ist, dass sie raus muss. Sonst werden wir krank. Später, wenn du eine Frau hast, wird sie glücklich sein, wenn du ihr viel von dieser Kraft spenden kannst. Aber ihr wird es manchmal nicht gefallen, vor allem dann nicht, wenn sie die Dordrir hat. Und dann musst du es selbst machen. Damit dienst du auch ihr. Nur so erreichst du den Ausgleich zwischen Begierde und der Zeit, in der sie ihre Ruhe benötigt«, erklärte er, und Krodan war überrascht, denn selten sprach sein Vater so viele Worte.

»Du musst nur eines wissen: Damit du eine Frau mit einem prallen Lombon wirklich glücklich machen kannst, muss die Haut ganz über die Nuss zu streifen sein. Ist das bei dir so?«, fragte er.

Er nickte, sein Kopf gesenkt.

»Da bin ich sehr froh, mein Sohn, denn das erspart uns den Maklob.«

»Maklob?«

»Es gibt Männer, bei denen die Haut, wenn der Lombon prall ist, nicht über die Nuss zu ziehen ist. Dann leidet der Mann sehr viele Schmerzen beim Liebesspiel mit einer Frau. Und dann muss der Maklob durchgeführt werden.«

»Und was geschieht dabei?«

»Der Teil der Haut, der zu eng ist, wird entfernt«, erklärte der Vater.

»Du meinst, er wird abgeschnitten?« Krodan fröstelte es.

»Ja, aber nicht einfach so, sondern der Mann wird in einen Dämmer versetzt. Außerdem wird die Haut noch geschmeidiger gemacht. Wenn du es genau wissen willst, musst du Krerdron fragen.«

»Oh, so wichtig ist es nicht für mich, denn ich brauche es ja nicht«, entgegnete der Sohn schnell. Der Schamane war ihm immer unheimlich gewesen, und er mied er ihn, wenn es irgend ging.

»Komm, lass uns zurückgehen«, sagte der Ältere.

»Aber was hat das jetzt alles mit Hallebynge zu tun?«

»Eigentlich gar nichts. Es ist nur gut, zu wissen, dass mein Sohn seine Manneskraft einsetzen kann«, meinte sein Vater leichthin. Mehr bekam er aus ihm nicht heraus. Trotzdem konnte er nicht recht glauben, dass das der einzige Beweggrund für das Gespräch war.

Am folgenden Tag bekam er so viel Arbeit aufgebürdet, dass er es nicht schaffte, zum Adlerberg hochzusteigen. Die nächste Gelegenheit war erst wieder in drei Tagen. Dann war er dran mit der Leerung der Reusen. Die Vorbereitungen für die Wanderung zum

Gurotan waren in vollem Gang, und die Aufregung stieg bei allen Stammesmitgliedern. Krodans Freunde löcherten ihn in einem fort, ob er nicht etwas erzählen könne, was ihn erwarte, aber sie gaben sich schließlich mit seiner wiederholten Erklärung zufrieden, dass er es genauso wenig wisse wie sie. So war er froh, als er endlich zum Fluss konnte. Schon vor den Reusen bog er ab Richtung Adlerberg und war kurz vor dem höchsten Stand der Sonne an der vereinbarten Stelle. Er sah sich um, aber Miritir war nicht zu sehen. Er fand nur Fußspuren und schätzte sie auf ein Alter von zwei Tagen. Krodan nahm sich vor, häufiger herzukommen, denn er musste sich eingestehen, dass er Gefallen und Lust bei der Vorstellung empfand, dass sie mit seinem Lombon spielte.

Noch einige Male kam er wieder hierher, aber sie blieb verschwunden. Und so näherte sich die Zeit des Aufbruchs. Die Schweine wurden eingefangen, die Jurten gepackt. Die Schleppen mussten gebaut werden, um alles befördern zu können. Trockenfisch, eingelegtes Gemüse, hartes Brot, Honig, Met und vieles mehr an Nahrungsmitteln wurde zusammengetragen, denn für die Jagd blieb während der Reise keine Zeit. Daher waren sie auf Vorräte angewiesen, die sie mitnahmen.

Endlich war es so weit, und der Marsch begann. Nach einem Tag trafen sie auf die Shordoroy, und da sah Krodan Miritir wieder. Sie konnten miteinander sprechen, bevor sie neue Aufgaben zu erfüllen hatten.

»Ich war häufig am Adlerberg, habe aber nur einmal Fußspuren von dir gefunden«, sagte er.

»Ich konnte leider kurz danach nicht mehr zum Berg. Das wurde mir verboten«, antwortete sie traurig.

»Aber warum? Du warst ganz häufig dort, und wir haben früher da gespielt.« Krodan war verwirrt, denn obwohl er Pflichten hatte, gab es, solange er sie ordentlich ausführte, wenige Verbote. Und auch ihr Stamm, die Shordoroy, war nicht bekannt für übermäßig gestrenge Sitten.

»Weil ich mich nicht in Gefahr bringen durfte«, sagte sie so leise zu ihm, dass die Menschen in ihrer Umgebung wegen den

Geräuschen der Schleppen, der anderen Gesprächen und dem Quieken und Grunzen der Schweine nichts davon hörten. »Ich bin die Auserwählte meines Stammes für Hallebynge.«

»Im Ernst?«, fragte Krodan so laut, dass sich Leute zu ihm drehten. Er machte eine Pause, bis sie wieder unbeachtet waren, und flüsterte dann: »Miri, ich auch.«

»Nein, wirklich? Ich freue mich für dich«, jetzt war sie es, die die Aufmerksamkeit auf sich zog. Sie setzte leise nach: »Es ist bei unserem Stamm Sitte, dass eine Auserwählte bis zum Hallebynge besonders gut geschützt wird. Sie darf nirgendwo mehr alleine hin. Die Ältesten sagen, dass in früheren Zeiten Auserwählte geraubt wurden und dass so etwas ein Jahr Unglück bringt.«

»Wie schade, dann können wir uns ja gar nicht in die Büsche schlagen.« Krodan war betroffen.

»Nein, und du kannst mich auch nicht besuchen. Sie würden dich abweisen. Wir müssen uns bis zum Mittsommer gedulden«, sagte Miritir ebenfalls traurig.

Und jetzt stand sie vor ihm in ihrer herrlichen Schönheit. Die Trommeln erschienen Krodan lauter und er meinte, sein Blut würde in seinen Ohren rauschen. Sie bewegte sich im Klang der Musik. Ihr geschmeidiger Körper wand sich auf eine Art, die er noch nie gesehen hatte. Sie wiegte sich wie eine Weide im lauen Sommerwind. Ihre Hüften schwangen rhythmisch nach links und rechts. Sie drehte sich dabei langsam um sich selbst. Krodans Erregung stieg und war für die Zuschauer sichtbar. Anfeuernde und bestätigende Rufe, aber auch Bewunderung hörte er aus den Wortfetzen. Und trotz dieser ungewohnten Lage, die ihm, so dachte er bei sich, peinlich sein müsse, war das Gegenteil der Fall. Er fühlte sich stolz, seinen Stamm zu vertreten, und selbstbewusst stützte er sich mit beiden Händen hinter sich auf dem Holzklotz ab und schob sein Becken nach vorne. Sein Lombon stand emporgereckt, als ob er seinen Bauchnabel berühren wolle. Nässe bildete sich auf der Nuss. Miritirs Tanz wurde immer ausladender, ohne seine Anmut zu verlieren. Die Sonne sank tiefer, und ein erster verhaltener

Strahl schien zwischen den Steinen hindurch. Ein paar Augenblicke, und er würde gänzlich durch die steinernen Tore hindurchscheinen und die Reihe der Holzblöcke mit den jungen Männern und Frauen erleuchten.

In dem Moment beugte sie sich herunter, kniete sich vor den Block und begann mit beiden Händen, sanft Krodans Lombon zu streicheln, um dann fester zuzupacken und die Haut hin- und herzuschieben. *Gut, dass sie gesehen hat, wie ich es mache*, dachte er und konnte seine Lust kaum zügeln, was Miritir merkte. Über und über nass war sein steifer Stecken, denn in einem fort floss es klar wie Wasser und zäh wie Speichel aus ihm heraus. Abrupt hörte sie auf, drehte sich um und setzte sich behutsam auf seinen Schoß, und er glitt in sie. *Es ist sehr eng und erregend*, dachte er. Sie bewegte sich langsam auf und ab. Die Zuschauer johlten, die Trommeln dröhnten, und unerwartet hatte die Sonne den Punkt erreicht, in dem alle Strahlen genau durch die Öffnungen schienen. Und obwohl schon Dämmerung herrschte, wurde der schmale Weg beinahe taghell erleuchtet. Der Jubel, der anbrach, war unbeschreiblich und stachelte die entrückten Paare auf ihren Holzblöcken weiter an. Im Taumel dieser Wollust begann die Orgie, denn es hielt die Zuschauer nicht mehr länger. Sie rissen sich die Kleider vom Leib, fielen lüstern übereinander her. Krodan und Miritir näherten sich schweißnass und stöhnend dem Höhepunkt, als ...

... Paul aufwachte und eine bretthharte Erektion hatte, die seine Hose fast platzen ließ. Er musste auf Bürostuhl eingenickt sein, denn auf seiner Brust lag die aufgeschlagene Fachzeitschrift mit dem Artikel zu den sensationellen steinzeitlichen Funden von Schweineknochen bei Stonehenge.

Versuche

Sie waren nackt und am ganzen Körper rasiert. Lediglich auf den Köpfen waren kurze Haarstoppeln vorhanden. Sie stöhnte, als er seinen stattlichen und extrem harten Penis in ihre Vagina einführte. Die Kameras waren perfekt ausgerichtet, sodass jedes Detail scharf war, wie zum Beispiel die Tröpfchen, die beim Eindringen die Scheide verließen. Er umarmte sie und sie ihn. Die elastischen Gurte, die beide zusätzlich fixierten, garantierten einen festen Halt und drückten die Personen mit gleichmäßigem Zug aufeinander. Die Frau passte sich seinen ersten Stoßbewegungen an, und ihre Körper bewegten sich harmonisch und fließend. Auf diese einvernehmliche Weise drang sein Penis komplett bis zur Wurzel in sie ein, und in einer gleitenden Bewegung verließ er die Vagina fast. Die Kamera zoomte zu den austretenden Tröpfchen. Die zwei intensivieren ihren Sex und stöhnten geräuschvoll.

»O ja, fick mich noch härter. Lass meine Möse spritzen«, hauchte sie ihm ins Ohr, als er wieder bis zum Anschlag in sie eingedrungen war.

Er ließ sich nicht lange bitten und steigerte das Tempo in der Gurtkonstruktion hängend, die sie bei ihrem Treiben unterstützte. Eine winzige fliegende Kamera umkreiste das Paar. Sie verharrte, um die Bewegungen des Busens der Frau aufzunehmen.

Die gesamte Konstruktion drehte sich, bis der Mann horizontal unter ihr hing und sie auf ihm ritt. Er stieß sie kraftvoll, sie bäumte sich dabei ein wenig auf und präsentierte ihm ihre festen Brüste mit den steifen Nippeln. Er beugte sich vor und saugte daran, wodurch er ihre Lust weiter steigerte. Ein Schwall Flüssigkeit spritzte bei jedem Stoß aus ihrer Vagina. Er spürte seinen Orgasmus kommen. Sie waren geübt in der Abstimmung ihrer Höhepunkte. Sie würde es synchron mit ihm schaffen, so wie die vielen anderen Male vorher auch.

Er explodierte in ihr und zeitgleich erfasste ein Zucken ihren ganzen Körper, akustisch untermalt durch laute Lustschreie. Ein paar Stöße folgten noch, und dann lösten sie sich voneinander, indem er einen Gurt öffnete. Die Kamera zoomte auf das aus ihrer Vagina austretende Sperma.

»Okay, danke an euch beide, das war sehr gut«, kam eine männliche Stimme aus einem Lautsprecher, »morgen versuchen wir doggy, einverstanden?«

»Ja, das hatten wir ja schon heute Morgen geklärt, oder?«, fragte die nackte Frau.

»Ach stimmt, Alissa, das hatte ich vergessen. Gut, ruht euch erst mal aus. Wir müssen die Aufnahmen auswerten und auch noch sauber machen«, sagte er, um dann hektisch hinzuzufügen: »Vorsicht, Norman, da kommt Sperma!«

Der drehte sich beiseite und trudelte gegen die Wand, der Samenflüssigkeit ausweichend.

Die beiden verließen routiniert den Raum.

Das Gurtzeug wurde eingezogen und verschwand in der Decke. Der Boden fuhr langsam hoch. Schnell stieg der Pegel einer Flüssigkeit, bis sie den Restraum komplett ausfüllte. Hereingepumpte Luft verwirbelte das Wasser, in dem Spermaschlieren sichtbar waren. Anschließend wurde wie bei einer Flugzeugtoilette das Gemenge mit Unterdruck ruckartig abgesaugt.

»Es war die richtige Eingebung von Mannix Enterprises, professionelle Pornodarsteller zu nehmen. Das läuft ganz anders und weitaus schneller als mit den Amateuren«, sagte ein Mann, der von außen durch ein Fenster in den Raum blickte.

»Vollkommen. Und gut, dass sie sich nicht von diesen scheinmoralischen Debatten davon haben abhalten lassen. Ich meine, das ganze Projekt kostet ohnehin schon jeden Tag Hunderttausende, und alle Positionen sind mit absoluten Profis besetzt. Warum also bei diesem Thema eine Ausnahme machen? Und sie kann squirten, was wichtig ist. Es geht schließlich um alle Aspekte«, stimmte ihm eine Frau zu, die einen ähnlichen Overall trug wie er.

»Lass uns mit der Auswertung anfangen, und wer weiß, vielleicht hast du ja auch mal Lust auf eine Übung?«, fragte er. »Mich macht das einfach geil, den beiden beim Ficken zuzusehen.«

»Ja, und mich erst. Trotzdem sollten die beiden alles ausprobiert haben, was auf unserer Agenda steht. Ich will nicht, dass bei uns was schiefläuft, immerhin sind wir nicht so kompetent wie sie«, meinte sie.

»Ja, hast schon recht. Gut, ich würde jetzt die Aufnahmen klassifizieren, und du tippst schon an dem Bericht?«

»Genauso machen wir es«, sagte sie und öffnete ein Programm auf ihrem Rechner. Der Bildschirm zeigte das Logo und einen Titel: *Private Raumbasis Mannix Enterprises, Vorbereitung Marsmission, Sektion Geschlechtsverkehr in Schwerelosigkeit*

Redensart

B itte tretet ein, Madame erwartet Euch im grünen Salon«, sagte eine zierliche Frau mit schwarzen Haaren und Augen und machte einen Knicks. Ihr Akzent klang fremd für den Herrn.

Ihr zulächelnd betrat er den Vorraum des ersten Stocks des Bürgerhauses nahe dem Neuen Markt und gab ihr Dreispitz und Gehstock. Seinen grauen Gehrock, der, im Gegensatz zur aktuell herrschenden Mode seines Standes, unscheinbar und nicht verziert war, händigte er der Dienerin ebenfalls aus.

»Ich führe Euch zu ihr, mein Herr«, sagte sie.

»Oh, danke, das ist nicht nötig. Ich kenne mich aus.« Und ohne abzuwarten schritt er einen kurzen Flur entlang. An dessen Ende klopfte er an eine Tür.

»Entrez, s'il vous plaît.«

Er öffnete die Tür und trat ein und ging schnurstracks auf die Dame des Hauses zu, die auf einer Chaiselongue ruhte. Auf einem Beistelltisch standen zwei Kristallkaraffen, eine mit Wasser und eine mit Rotwein, sowie zwei Gläser.

»Bonsoir, Madame Bernhard«, sagte er, nahm ihre rechte Hand und gab ihr einen vollendeten Handkuss. »Wenn Ihr erlaubt, wechsle ich ins Deutsche.«

»Mein lieber Graf, das ist mir sehr genehm. Auch mir ist meine Muttersprache vertrauter. Was für eine schöne Überraschung. Was führt euch zu so später Stunde zu mir? Darf ich Euch etwas anbieten?«

Die Abendsonne schien durch die beiden halbhohen Fenster, die mit Gardinen versehen waren. Die gerafften Vorhänge waren nicht geschlossen. So konnte er erkennen, dass auf dem Neuen Markt noch Betrieb war. Die Kerzen im Kristalllüster waren entzündet, ebenso wie die in den Leuchtern an den Wänden. Der Raum wurde in ein sanftes, warmes Licht getaucht.

»Aber sehr gerne. Ein Schlückchen Wein, wenn es keine Umstände macht.«

»Aber keineswegs, mein Herr«, sagte sie und zog an einer Schnur, die von der Decke hing.

»Ihr wisst, Ihr seid mir die Liebste hier in Potsdam, und da will ich es keinesfalls versäumen, Euch meine Aufwartung zu machen, zumal ich nun einer längeren Abwesenheit entgegensehen werde.«

»Oh, das ist aber sehr schade. Was ist der Grund?«

»Ich habe heute meinen Abschied eingereicht.«

»Das ist allerdings eine große Neuigkeit. Wie kam es dazu, und wie hat es der König aufgenommen?«, fragte die Dame, wohl wissend, dass Friedrich durchaus aufbrausend sein konnte.

»Ach, Madame, das tut nichts zur Sache. Nur so viel, es war wenig ehrenhaft, weder für ihn noch für mich. Ich für mein Teil werde nunmehr nach Schlesien gehen, und so werden wir uns eine Zeit lang aus den Augen verlieren.«

»Oh, ich bedaure das zutiefst«, sagte sie traurig, um dann mit kokettem Augenaufschlag fortzufahren: »Also sollten wir dafür sorgen, dass uns dieser Abend in Erinnerung bleibt.«

In dem Moment klopfte es.

»Herein«, rief Madame Bernhard.

Das Hausmädchen erschien.

»Bring dem Grafen bitte ein Glas von unserem besten Rotwein, Mayla«, orderte sie.

Das Mädchen nickte stumm und verschwand wieder.

»Ich hatte in der Tat die Hoffnung, dass Ihr dergleichen äußern würdet«, sagte er, als sich die Tür hinter der Zofe geschlossen hatte. Aus seinem Blick sprach die Begierde.

»Wenn Ihr mir behilflich sein wollt, mein lieber Graf?«

»Gleich hier – im Salon?«

»Keine Angst«, sagte sie auflachend, »hier wird uns keiner stören. Mayla wird sich fernhalten.«

»Ah, die Zofe, wie ich vermute?«, fragte er.

»Ja, sie ist kürzlich mit ihrer Familie aus der Levante nach Potsdam gekommen. Sie sind islamischen Glaubens. Da der König Religionsfreiheit gewährt und Arbeitskräfte gesucht sind, haben sie sich entschieden, hierherzukommen. Sie ist eine Perle, fleißig, aufgeweckt, hat sehr schnell unsere Sprache gelernt. Ich bin rundum zufrieden«, stellte Madame Bernhard fest, um dann in verführerischem Ton fortzufahren: »Und, mein lieber Graf, sie hat mich in islamische Sitten eingeführt. Ich kann mir vorstellen, dass dies Euer Interesse wecken könnte.«

»Das macht mich nun in der Tat neugierig«, sagte er, als es erneut klopfte.

Es war das Hausmädchen mit dem Wein, den sie dem Grafen mit einem Knicks überreichte.

»Danke sehr, Mayla. Ich hoffe, ich habe es richtig ausgesprochen?«, erkundigte er sich.

»Jawohl, mein Herr«, sagte sie, den Blick zu Boden gerichtet.

»Liebes, ich werde dich heute nicht mehr brauchen. Du darfst nun nach Hause gehen.«

»Vielen Dank, Madame.« Mayla knickste und verließ den Salon.

»Bitte, Graf, nehmt doch Platz«, sagte sie dann und wies auf einen Stuhl, der so stand, dass er ihr gegenübersaß, sie wiederum mit dem Rücken an der Lehne der Chaiselongue. »Wusstet Ihr, dass die Reinlichkeit bei Muslimen weitaus höher entwickelt ist als in unserer Kultur?«, fragte Madame und erhob ihr Glas, um ihm stumm zuzuprosten.

Er erwiderte die Geste. »Nein, das ist mir neu. Ich muss ohnehin zugeben, dass ich so gut wie keine Kenntnisse von Sitten und

Gebräuchen dieser Glaubensgemeinschaft habe. Wir haben ja in Preußen auch wenig Zugang dazu.«

»Es ist in der Tat so. Reinlichkeit ist dort ein Gebot. Ein gläubiger Moslem ist also verpflichtet, sauber zu sein«, fing Madame an.

»Wenn der König hier so etwas einführen würde, wäre ich der Letzte, der dies ablehnte. Meine Güte, selbst in Sanssouci war ich vorhin von wirklich unangenehmen Gerüchen umgeben. Als ob ein Elefant in eine Parfümerie geschissen hätte, wenn Ihr meine Ausdrucksweise entschuldigen möget«, echauffierte sich der Graf.

Madame lachte auf. »Wir sind ja unter uns, und ich stimme Euch zu. Es würde dem preußischen Volk in Gänze, und keineswegs nur den unteren Ständen, gut zu Gesicht stehen, sauberer zu sein.«

»Und wie hängt das nun mit Eurer Zofe zusammen, Madame, wenn ich so unverschämt neugierig sein darf? Wir pflegen seit bald fünf Jahren eine sehr offene Konversation, möchte ich meinen, sodass Ihr kein Blatt vor den Mund nehmen müsst«, sagte er und spielte darauf an, dass die preußische Sittenstrenge nicht ihrer beider Metier war. Tatsächlich tauschten sie sich gerne über Angelegenheiten aus, die so gar nicht in einen Bürgersalon passten. Sicher war dies auf ihre rauschhaften Nächte zurückzuführen, die sie, immer wenn er in Potsdam weilte, durchlebten. Sie waren untereinander zu einer Vertrautheit gelangt, die sie beide genauso genossen wie den Austausch von Frivolitäten.

»Als ob Ihr hellsehen könntet, mein lieber Graf. Das ist ein gutes Stichwort. Mögt Ihr dies bitte in Augenschein nehmen? Und nehmt dabei kein Blatt vor den Mund«, sagte sie kichernd und rutschte ein wenig herunter auf der Chaiselongue. Dann raffte sie ihre Röcke, einen nach dem anderen, und präsentierte ihm ihre komplett rasierte Vulva.

»Mon dieu, was für ein Anblick, Madame! Es ist sehr ungewöhnlich, aber auch fremdartig schön.«

»Seht es Euch in Ruhe an«, sagte sie und spreizte dabei die Beine, sodass sich die Spalte ein wenig öffnete. Glitzernde Feuchtigkeit war trotz des schummrigen Lichts zu erkennen. »Es ist im Islam verpflichtend, dass sich Frauen die Schamhaare entfernen. Mayla war so gut, mir zur Hand zu gehen, nachdem sie mir diesen Brauch eröffnet hatte und ich ihn sofort ebenfalls versuchen wollte.«

»Ich bin sprachlos. Und ich gebe zu, es ist über die Maßen erregend.«

»Tut Euch keinen Zwang an«, sagte sie und öffnete die Schenkel weiter.

Der Graf konnte nicht länger an sich halten, stellte sein Glas ab, kniete sich vor sie. Er drückte ihre Beine auseinander und erkundete mit Inbrunst mit der Zunge die haarlose Spalte und die vorstehende Knospe. Madame wand sich, stöhnte wohlig, weil es ihm perfekt gelang, sie durch Küsse und Lecken zu erregen. Auch wenn er sie früher in dieser Art befriedigt hatte, war es heute anders. *Die Rasur steigert seine und meine Lust*, dachte sie und spürte, wie sich ein Höhepunkt anbahnte. Er bemerkte es und intensivierte seine Bemühungen. Sein virtuoses Zungenspiel gipfelte in einer plötzlichen Aufwallung, und es überkam Madame so heftig, dass ihr Körper sich schüttelte und ihr ein Lustschrei entfuhr. Außer Atem sagte sie: »Mon dieu, Graf, Ihr geht ja ran, wie … ja, wie …«

»Wie Blücher?«, schlug Graf Gebhard Leberecht von Blücher vor, was bei Gabriele zu schallendem Lachen führte, als der Podcast zu Ende war.

Gelandet

»Ich bin immer noch nicht sicher, dass das eine gute Idee ist«, sagte sie zweifelnd, nachdem sie gelandet waren.

»Keine Angst, hier ist alles friedlich. Ich war schon oft hier. Nie ist was passiert«, beschwichtigte er sie. »Sieh mal, was ich mitgebracht habe.« Er dirigierte sie zu einem doppeltürigen, mit Aluminiumapplikationen verzierten Schrank und öffnete ihn.

»Oh, Wahnsinn! Das sind ja unglaublich viele Spielzeuge«, staunte sie und vergaß ihre Bedenken. »Darf ich mir sie näher ansehen?«

»Aber natürlich, sie sind alle für dein und unser gemeinsames Vergnügen«, sagte er und erfreute sich an ihrer Überraschung.

»Du hast ja sogar den Pulsator. Der ist brandneu«, stellte sie fest.

»Ja, der soll in Kürze rauskommen, aber der Hersteller ist ein guter Freund von mir«, meinte er vielsagend.

»Darf ich ihn gleich ausprobieren?«, fragte sie lüstern.

»Aber natürlich.« Er lachte und feixte innerlich, wie perfekt er alles arrangiert hatte. »Wie wäre es auf der neusten Ergoliege?«

»Was? Die hast du auch schon?« Ihre Überraschung schlug in blanke Bewunderung um. »Wo ist sie denn? Ich sehe gar nichts.«

Er drückte auf einen Knopf neben dem Schrank, und in der Mitte des Raums entfaltete sich aus dem Boden ein Gestell, das schnell zur Ergoliege wurde.

»Bitte sehr, bereit für deine Lust.«

»Du hast mir nicht zu viel versprochen«, sagte sie, nahm auf der Liege Platz und schaltete den Pulsator an. Ihre Geilheit steigerte sich augenblicklich, und ihr entfuhr wohliges Stöhnen.

Nun konnte er auch nicht mehr an sich halten.

Doch in dem Moment, als er seinen Tentakel in ihren Thorax einführen wollte, wurde das Raumschiff durch eine wendende Straßenbauwalze auf dem Betriebshof der Autobahnmeisterei zermalmt.

Überraschungen

Dieser Tag würde sein Leben radikal ändern, nur wusste er es nicht. Stattdessen blickte er aus dem Fenster. Das neue Fitnessstudio direkt gegenüber hatte eröffnet. *Als ob sie mich zwingen wollen, endlich was zu tun,* dachte er heute Morgen an seinem Schreibtisch. Klar, seit er diesen Job hatte, kam er kaum noch raus. Und es nervte ihn häufig, dass er so antriebslos geworden war, aber er machte keine Anstalten, etwas daran zu ändern. Die Ausreden, die er sich zurechtgelegt hatte, waren immer dieselben. Entweder war es wahnsinnig wichtig, diesen Bug zu fixen, oder bei diesem User-Interface musste die Performance optimiert werden. Er hatte an Gewicht zugelegt, seine Haut war teigig, seine strähnigen braunen Haare waren wieder etwas zu lang und zu fettig. Sein Fünftagebart zierte weniger, als er ihn leger unrasiert aussehen ließ. Die Jeans, die er trug, befand sich in einem bedauernswerten Zustand, fadenscheinig und fleckig. Sein T-Shirt mit der Aufschrift *No sleep until Mars* zeigte ein Raumschiff, das an seiner Spitze mit einem Ketchupfleck verziert war. Sein Penthouse im vierten Stock war verlottert, und das, obwohl es hinreißend gewesen war, als er es bezogen hatte. Vier Zimmer, zwei Bäder, großzügige Küche, beste Lage inklusive Tiefgarage. Er hatte damals einen Innenarchitekten beauftragt und ihm freie Hand gelassen, weil er glaubte, keinen Sinn für Ästhetik zu haben. Designermöbel und hochwertige Jalousien, ausgewählte Unterhaltungselektronik, raffiniertes Lichtdesign, edle Materialien am Boden und an den Wänden waren das noble Ergebnis, das ihn einen sechsstelligen Betrag gekostet hatte. Im Grunde nutzte er aber nur Schlaf- und Arbeitszimmer und gelegentlich das Wohnzimmer. In der Küche stapelten sich die Hinterlassenschaften der Lieferdienste, die Spüle starrte vor nicht gespültem Geschirr und Besteck. Seine Klamotten wusch er unregelmäßig, sodass die meisten auf einer Skala zwischen ›sauber‹ und ›dreckig‹ bei ›mäßig dreckig‹ landen würden. Die Designerkeramik der beiden Bäder war von einer Schicht aus Zahnpastaflecken, Haaren, Staub und Kalk bedeckt.

Er hatte sich selber reduziert auf eine Art Maschine, die als Treibstoff Pizza, Döner und Cola benötigte, um Software zu produzieren. Die Maschine Bastian Reckhaus entwickelte Individualsoftware für ein privates Raumfahrtunternehmen und verdiente damit unglaubliche Mengen an Geld, mit denen er so gut wie nichts weiter anfing.

Das Einzige, worauf er sorgfältig achtete, war sein Aquarium im Wohnzimmer. Das hatte ein Volumen von fünfhundert Litern, und die Unterwasserwelt darin faszinierte ihn. Wann immer Bastian Ängste oder das Bewusstsein plagten, dass in seinem Leben wahrlich nicht alles in Ordnung war, versenkte er sich vor diesem Ort des Friedens im bequemen kippbaren Sessel, die Füße auf einem passenden Hocker abgelegt, das Zimmer abgedunkelt, den Fokus ausschließlich auf den Fischen und Pflanzen.

Während er ernsthaft darüber nachdachte, dass er vielleicht doch ein Fitnessstudio besuchen sollte, riss ihn ein kreischendes Geräusch heraus. Es kam aus dem Wohnzimmer. Er wuchtete seinen Leib von 1,95 Meter Größe und mit 120 Kilo aus seinem verstärkten Bürostuhl, wobei er seinen Becher mit Kaffee umstieß, dessen Inhalt, er war noch halb voll gewesen, sich auf den Schreibtisch ergoss. Hektisch riss Bastian die Tastatur weg, aber es war schon zu spät. Am Monitor zeigte sich das Problem. Durch den Kurzschluss produzierte sie den Buchstaben m, und zwar fortwährend. Nach der letzten geschweiften Klammer, die er getippt hatte, wurde der Bildschirm mit m's gefüllt. Das Kreischen hörte nicht auf. Den Rechner konnte er so nicht bedienen, auch nicht den Editor beenden, in dem er den Programmcode verfasst hatte, um seine Arbeit zu retten. Die Tastatur wiederum war drahtlos per Bluetooth mit dem PC verbunden. Er drückte den Ausschalter, der nicht reagierte. Und die Maus hatte ebenfalls Kaffee abbekommen. Ihm blieb nichts anderes übrig, als das kabellose Keyboard so weit wegzubringen, dass es außer Reichweite des Rechners war. Er nahm es, verließ das Arbeitszimmer, schloss die Tür und hastete ins Wohnzimmer, wo ihn die nächste Überraschung erwartete. Das Geräusch kam von der Aquarienpumpe. Was immer damit defekt war, hatte dazu geführt, dass Wasser auslief. Und das, obwohl ein Techniker sie letzte Woche repariert hatte. Etwa ein Drittel des Beckens war inzwischen leer und der Fußboden komplett bedeckt. Allerdings bemerkte er die Nässe erst, als er ausgerutscht, zunächst mit dem Steißbein und dann dem Kopf auf dem Boden aufgeschlagen war. Die Tastatur vermochte er geistesgegenwärtig festzuhalten, wodurch sie beim Sturz und Aufprall einige Tasten verlor und nun durchnässt war. Vor Schmerzen konnte er sich kaum aufrichten, während das Wasser weiter aus dem Becken gepumpt wurde. Seine Hose war mittlerweile mit Aquarienwasser vollgesogenen und verbreitete einen leicht modrigen Geruch. Dann knallte es kurz, und Dunkelheit und Ruhe kehrten ein, als die Pumpe ihr Kreischen einstellte und die Beleuchtung des Aquariums verlosch. Anscheinend war die Sicherung herausgesprungen.

Mit schmerzverzerrtem Gesicht sah er sich im Wohnzimmer um und stellte fest, dass Wasser in eine Steckdose gelaufen war, die sich im Boden befand. In dem Moment klingelte es. Dem Ton nach musste es direkt an der Wohnungstür und nicht an der Haustür sein. Er drehte sich ein wenig auf die Seite, damit er sich aufstützen konnte, und erhob sich mühsam. Es schellte wieder, diesmal ausdauernder.

»Ich komme ja schon«, rief er, als er gebeugt durch den Flur wankte, sich immer wieder an der Wand abstützend, die dadurch Flecke bekam. Das Klingeln hörte auf. Er schleppte sich tropfend zur Tür, sah durch den Spion und erkannte Veronika, die Frau, die in einer der beiden Wohnungen lebte, die sich unter seinem Penthouse befanden. Manchmal begegneten sie sich vor dem Haus und plauderten oft länger miteinander. Sie war Krankenschwester, arbeitete seit Jahren halbtags, wusste er aus ihren Gesprächen. Sie hatte die Wohnung geerbt, daher musste sie nur die Betriebskosten erwirtschaften. Sie meinte, sie würde es genießen, nicht mehr Vollzeit in der Tretmühle des Schichtdienstes gefangen zu sein. Sie war Ende dreißig, also in seinem Alter. Mit siebzehn hatte sie eine

Tochter bekommen, die mittlerweile aus dem Haus war, erinnerte er sich. Er fand Veronika attraktiv mit ihren langen blonden Haaren und dem schmalen Gesicht. Sie war um einiges kleiner als er mit ihren knapp eins siebzig. Durch die natürliche Präsenz, die sie ausstrahlte, wirkte sie größer. Sie hatte in seinen Augen perfekte Proportionen. Ihm gefielen vor allem ihre Brüste, die zwar nicht üppig, dafür herrlich geformt waren. Häufig war sie ohne BH unterwegs, und dann waren ihre Nippel sichtbar. Das erregte ihn dermaßen, dass er, sobald er in seiner Wohnung war, ausführlich masturbierte, manchmal sogar mehrmals hintereinander, bis kein Sperma mehr kam. Danach überfiel ihn die ganze Einsamkeit, die er seit einem Jahr erlebte.

Früher, als er kleinere Projekte bearbeitete, war Sport ein fester Bestandteil seines Alltags gewesen. Er hatte Basketball gespielt im Park – in lose zusammengewürfelten Mannschaften. Fahrrad war er gefahren, auch oft in der Umgebung Kölns. Manchmal unternahm er längere Touren ins Siebengebirge oder das Bergische Land. An Trail-Wettbewerben hatte er teilgenommen. Medaillen lagen in einer Vitrine in seinem Wohnzimmer. Er war schlank und sehnig gewesen. Nur ein Jahr hatte gereicht, aus ihm einen versifften IT-Nerd zu machen, der alle Vorurteile, die es über solche Leute gab, bestätigte. In den ersten paar Wochen in diesem Projekt hatte seine Freundin Yvonne ihn verlassen, weil sie seinen Dauerstress und seine zunehmende Verwahrlosung nicht mehr ertragen konnte. Die Trennung hatte ihn zusätzlich hart getroffen. Das blieb seiner Umgebung und natürlich auch Veronika nicht verborgen. Manchmal meinte er, Bedauern bei ihr zu sehen, wenn sie sich trafen.

Das Wasser hatte sich langsam in den Flur ausgebreitet. Er öffnete die Tür.

»Mein Gott, Bastian! Was ist denn hier los?«, war die Begrüßung. »Ist das da Blut an deinem Arm? Zeig mal her.« Sie trat ein, wobei es platschte. Sie entdeckte, dass das Blut aus seinem Hinterkopf austrat.

»Das muss ich behandeln. Was ist denn bloß passiert? Wo ist das Bad?«

Bastian deutete zum anderen Ende des Flurs.

»Okay, komm mit«, sagte sie, schloss die Wohnungstür und schob ihn ein wenig an. Dabei hatte sie sein Steißbein getroffen, und er heulte vor Schmerz auf.

»Oh, entschuldige, was ist denn damit?«

Er erzählte ihr stockend, sich langsam Richtung Bad schleppend, was geschehen war.

»Mensch Bastian, das ist ja furchtbar! Ich werde mir erst mal deinen Kopf und dann dein Steißbein ansehen, okay?«

Obwohl er das eigentlich nicht okay fand, stimmte er zu. Er war nicht gewaschen, und eine Unterhose trug er ebenfalls nicht, aber er sagte nichts. Außerdem war er mit dem Aquarienwasser eingesaut.

»Mann Bastian, wann ist denn hier das letzte Mal sauber gemacht worden? Hier werde ich dich nicht behandeln. Da fängst du dir garantiert irgendwelche Keime ein. Du kommst mit runter zu mir.«

Ihr Ton ließ keinen Widerspruch zu. Energisch marschierte sie vor. Er griff sich seinen Schlüssel, zog die Wohnungstür zu und folgte ihr langsam bis zum Fahrstuhl.

Er betrat das erste Mal ihre Wohnung. Was für ein Unterschied. Sofort durchströmte ihn ein Gefühl der Behaglichkeit. Der Flur war mit einem orientalischen Läufer ausgelegt, und es hingen Fotos an den Wänden, die Landschaften aus verschiedenen Regionen der Erde zeigten. An der Garderobe fielen ihm zwei Mäntel und einige Schuhe auf einem Regal auf.

Bastian schleppte sich hinter Veronika her, die voranschritt. Im Bad wies sie ihn an, sich auf das WC zu setzen, und dann überprüfte sie die Verletzung. »Es ist nicht so schlimm, wie ich anfangs dachte«, sagte sie. »Ich denke, ich muss dir nicht den Kopf an der Stelle rasieren. Ich tupfe jetzt das Blut weg und desinfiziere die Wunde. Das kann ein wenig wehtun.«

Mit flinken geübten Händen kümmerte sie sich um seine Läsion. Bastian schaute sich im Bad um. Sein Blick fiel auf eine Badewanne und eine separate Dusche sowie ein Regal, das verschiedene

Badezusätze, Essenzen, Cremes und Kosmetik enthielt. Im Spiegel über dem Waschbecken verfolgte er die Behandlung. Durch einen weiteren, auf der Innenseite der Badezimmertür befindlichen, konnte er sogar ihren Rücken und festen Po betrachten. Auf der Wanne lag ein mobiler Aufstelltisch. *Es ist klein, aber wohnlich und richtig gemütlich*, dachte er.

Dann zuckte ein heftiger Schmerz durch seinen Kopf und er zog ihn instinktiv ein.

»Schön so bleiben, Bastian, ich habe ja gesagt, dass es ein wenig wehtun kann.«

Um nicht wie ein Waschlappen vor ihr dazustehen, sagte er nichts und ertrug stoisch das Ende der Prozedur. Er beobachtete in beiden Spiegeln, wie sie behutsam einen Verband um seinen Kopf wickelte. Er sah ein bisschen aus wie ein Stirnband aus Mull.

»So, jetzt zieh mal bitte deine Hose aus, damit ich mir dein Steißbein ansehen kann.«

»Äh, ich habe keine Unterhose an«, brachte er heraus und errötete.

»Ach tatsächlich? Habe ich auch häufig nicht. Aber das ändert nichts daran, dass ich mir das ansehen muss. Also bitte runter damit.«

Folgsam stand er auf und zog er sie herunter, was nicht so leicht war, denn die Nässe hatte sich mittlerweile mehr oder weniger gleichmäßig im Stoff verteilt. Und es tat höllisch weh, sodass er laut stöhnte.

»Ich helf dir«, sagte sie und zog mit. Im Nu war die Hose über seinen Hintern nach unten gezogen und hing ihm in den Kniekehlen. Er konnte daher im Spiegel seinen Penis sehen, genau wie Veronika. Es war nur ein kurzer Moment, indem ihre Augen darauf verharrten, aber Bastian meinte, so etwas wie Interesse gesehen zu haben.

Wenn schon peinlich, dann komplett, schoss es ihm durch den Kopf.

Sie tastete sorgfältig den unteren Rücken ab. Mit routinierten Fingern traf sie die Stelle, auf die er gefallen war, und er stöhnte vor Schmerz auf.

»Du kannst die Hose wieder hochziehen. Ich denke, das ist eine klassische Steißbeinprellung. Du solltest damit auf jeden Fall zum Arzt gehen, um zu prüfen, ob es nicht doch ein Bruch ist.«

»Und wie würde die Behandlung bei Prellung oder Bruch aussehen?«

»In beiden Fällen Ruhe und Schmerzmittel und für das Arbeiten am Schreibtisch einen Sitzring.«

»Dann kann ich mir den Arztbesuch aber auch schenken, wenn es ohnehin auf das Gleiche rausläuft.«

»Theoretisch ja, aber wenn der Bruch nicht von selbst wieder verheilt, muss man operativ dran. Deshalb solltest du Gewissheit bekommen. Ich schlage vor, ich hole dir ein paar Sachen aus deiner Wohnung und du fährst zum Orthopäden. Ich kenne einen, der bei uns Belegbetten in der Klinik hat. Da kommst du gleich dran.«

»Vielen Dank, Veronika, aber ich muss mich um den Wasserschaden kümmern. Das läuft bestimmt bei dir in die Wohnung.«

»Ja, du Schlaumeier. Warum, glaubst du, habe ich bei dir geklingelt? Genau das ist passiert.«

»O nein, das ist mir aber unangenehm. Ich bezahle natürlich für alles.«

»Bastian, obwohl ich dich nicht wirklich gut kenne, habe ich mir gedacht, dass du das sagen würdest. Und weißt du was, ich mag dich, auch wenn du ein Vollnerd bist. Wir machen das jetzt so: Ich setze dich in ein Taxi und wische das Gröbste weg. Und wenn du wieder da bist, überlegen wir weiter, okay?«

»Na ja, eigentlich nicht so richtig. Es ist mir etwas peinlich …«, begann er stockend.

»Dass deine Wohnung ein Saustall ist und ich das jetzt mitbekomme?«

»Ja, genau, und ich wollte auch schon längst …«

»Aber dann konntest du dich nicht aufraffen. Du wirst überrascht sein, aber ich habe eine ziemlich genaue Vorstellung, was bei dir los ist. Ich habe den Eindruck, dass du eine ausgewachsene Depression hast. Immerhin kennen wir uns ja schon seit über zwei

Jahren, und ich habe deine Entwicklung – oder besser deinen Verfall – mitverfolgt.«

»Glaubst du? Ich meine, ich fühle mich nicht schlecht oder so.«

»Männer sind besser im Verdrängen als Frauen. Aber darum kümmern wir uns später.« Sie nahm ihr Telefon, meldete ihn beim Arzt an und bestellte ein Taxi.

»Du bleibst jetzt hier sitzen, und ich hole dir trockene Klamotten. Vielleicht finde ich sogar saubere, was meinst du?«, fragte sie, lächelte ihn an und hielt ihm die offene rechte Hand hin. Er wollte automatisch einschlagen, als sie sagte: »Ich brauche den Schlüssel, sonst komme ich nicht rein, oder?«

»Ach ja, natürlich«, stellte er fest und gab ihn ihr.

Energischen Schrittes verließ sie ihre Wohnung. Er hörte, wie sie die Tür anlehnte und die Treppe herauflief. Sein Mobiltelefon vibrierte in seiner linken Hosentasche und meldete sich mit dem Geräusch sich öffnender Türen der alten Raumschiff-Enterprise-Serie aus den 1960er-Jahren.

»Reckhaus.«

»Hallo Basti, hier ist Graham, hast du gerade Zeit?«, fragte eine Stimme mit amerikanischem Akzent.

Eigentlich wollte Bastian *Nein* sagen, entschied sich aber anders.

»Ja, worum geht es denn?«

»Neil hat gerade mitgeteilt, dass wir eine Pause im Projekt machen müssen, weil die weitere Finanzierung ins Stocken geraten ist.«

»Und das heißt was genau?«

»Er meinte, dass das vermutlich zwei bis drei Wochen dauert, bis der Aufsichtsrat weitere Mittel freigibt. Er will aber nicht das Risiko eingehen, dass wir weiterarbeiten und Kosten auflaufen. Mit anderen Worten: Du kannst erst mal Urlaub machen. Passt dir das, oder brauchst du interimsmäßig einen anderen Job?«

»Das passt mir sogar sehr gut, denn, ehrlich gesagt, habe ich den ziemlich nötig.«

»Okay, Basti, dann will ich dich die nächsten zwei Wochen nicht online bei uns im Teamchat sehen. Ich melde mich, wenn es was Neues gibt.«

»Danke Graham, und bye-bye.«

»Bye Basti.«

Er hörte Schritte auf der Treppe. Veronika hatte tatsächlich passable Kleidung gefunden.

»Ich habe deine Brieftasche mitgebracht, die wirst du vermutlich brauchen.«

»Oh, Klasse. Ähm gut, dann ziehe ich mich mal um, äh …«

»Ich seh schon nicht hin, keine Sorge, obwohl ich sagen muss, dass mir zwar nicht alles an dir, aber doch dieses oder jenes Detail sehr gut gefällt«, sagte sie, zwinkerte ihm zu und drehte sich um.

Ich kann es nicht glauben, dachte Bastian, *sie scheint mich zu mögen.*

So schnell, wie es ihm möglich war, schlüpfte er in die Klamotten, während es an der Haustür klingelte.

»Das Taxi ist da«, sagte sie, »ich begleite dich. Hier ist die Adresse.« Sie gab ihm einen Zettel mit einer handschriftlichen Notiz.

Auf dem Weg nach unten erklärte sie ihm im Fahrstuhl: »Ich werde jetzt das Gröbste wegmachen, damit der Schaden nicht noch größer wird. Wenn du wieder da bist, überlegen wir weiter, was zu tun ist, einverstanden? Und das hier legst du im Taxi unter.« Sie gab ihm ein dickes Kissen.

Er nickte nur, denn sie waren im Erdgeschoss angekommen, und das abrupte Abstoppen des Lifts jagte eine Schmerzwelle durch seinen Körper, die das Sprechen unmöglich machte.

Der Orthopäde stellte eine leichte Steißbeinprellung fest und gab ihm ein Rezept für einen Sitzring und Schmerzmittel. In ein paar Tagen würde das Schlimmste überstanden sein, beruhigte ihn der Arzt und gab ihm eine Spritze gegen die akuten Beschwerden. Bastian besorgte sich die Medikamente in einer nahe gelegenen Apotheke, nahm ein Taxi und war nach zwei Stunden wieder zurück. Er klingelte, und Veronika ließ ihn ins Haus ein. Oben angekommen öffnete sie ihm im Kittel und einer alten, teilweise gerissenen Hose seine Wohnungstür. Ihre Hände steckten in Gummihandschuhen.

»Und?«

Bastian erzählte kurz von der Diagnose.

»Dann ist das ja glimpflich abgegangen. Zeig mir mal bitte die Schmerzmittel, die du verschrieben bekommen hast«, sagte Veronika.

Er gab ihr die Packung.

»Gut verträgliches Produkt, du darfst sogar Alkohol trinken.«

»Ist das denn wichtig?«

»Vielleicht«, sagte sie geheimnisvoll.

»Müsste ich irgendwas dazu wissen?«

»Nein, alles okay.« Sie machte sich daran, weiterzuarbeiten.

»Sag mal, machst du gerade meine ganze Wohnung sauber?«

»Wie soll ich sonst das Wasser loswerden? Ich muss überall wischen, mittlerweile hat es alle Räume erreicht. Und die Hälfte der Wohnung ist ohne Strom.«

»Ach Mist, die Sicherung. Die wird bestimmt gleich wieder rausspringen, wenn ich sie reindrücke, weil die Steckdose noch nass ist. Ich muss die wohl ausbauen und trocknen.«

»Schaffst du das denn?«

»Im Moment habe ich wenig Schmerzen. Ich mach mich gleich dran.«

Er prüfte vorher seinen Rechner, der noch an war, aber keine weiteren m's produzierte. Aus einem Schrank holte er eine alte Tastatur mit Kabel, schloss sie an und konnte seine Arbeit beenden. Er fuhr den Computer runter und widmete sich dann der Steckdose. Rasch war sie ausgebaut, und er konnte die Sicherung ohne Probleme reindrücken. Sofort setzte das Kreischen ein.

»Bastian, mach sie raus«, rief Veronika aus dem Wohnzimmer, »das Wasser läuft wieder.«

Schnell zog der den Stecker der Pumpe. »Ich helf dir jetzt«, sagte er.

»Nein, das machst du bestimmt nicht in deinem Zustand. Und ehrlich gesagt bist du, was deinen Hygiene-Standard hier angeht, dazu vermutlich sehr, sehr wenig geeignet.«

Sie sah, wie ihm das Blut ins Gesicht schoss.

»Ach Basti, du bist süß, ich schaffe das schon. Ich würde vorschlagen, du kümmerst dich um eine Firma, die das trocknen kann.«

»Ja natürlich. Du hast recht.«

Während sie sich systematisch durch die Wohnung arbeitete, hatte Bastian nach einiger Zeit einen Betrieb gefunden, der Kapazitäten für die Reparatur in Aussicht stellte. Der Mitarbeiter wollte in einer Stunde da sein, um sich den Schaden anzusehen. Das teilte er Veronika mit.

»Möchtest du vielleicht einen Kaffee oder was anderes zu trinken«, fragte er aus dem Flur, als sie im kleinen Bad arbeitete.

»Ein Kaffee wäre super. Du könntest außerdem die Wäsche aufhängen, denn zwei Maschinen warten noch.«

»Äh, du wäschst meine Wäsche?«

»Ja, was sonst? Soll ich sie vielleicht sauber schrubben?«

»Ich meine, du musst doch wirklich nicht, also … das ist ja meine Sache, also, verstehst du?«

»Aber klar verstehe ich. Jetzt kommt der Teil, den ich vorhin angesprochen habe: die Depression.«

»Aber das ist doch gar nicht sicher. Das vermutest du«, sagte Bastian lahm.

»Lass es mich mal so sagen. Ich habe dich kennengelernt als sportlich aktiven, sexy Mann, der mehrmals die Woche Rad gefahren ist. Ich habe übrigens deine Medaillen gesehen, sehr beeindruckend. Und seit ungefähr einem Jahr igelst du dich ein. Hattest du nicht auch eine Freundin?«

Bastian nickte traurig. »Sie hat mich vor knapp einem Jahr verlassen.«

»Das hatte ich mir damals schon gedacht. Das sind alles bedrohliche Anzeichen. Ich kenne das, denn mein Mann war depressiv.

Jahrelange Aufenthalte in der Psychiatrie, und schließlich hat er sich umgebracht.«

»O nein, wie furchtbar! Es tut mir so leid, Veronika. Das wusste ich nicht«, sagte er hilflos.

»Natürlich nicht, woher denn auch?« Sie lächelte dabei. »Es ist passiert und nicht zu ändern, aber bei dir lässt sich was tun. Und ich will dir gerne helfen.«

»Ich weiß nicht, was ich sagen soll«, brachte er stockend heraus, und eine Träne lief seine linke Wange herunter.

»Du musst nichts sagen.« Sie ging auf ihn zu und sah ihm in die Augen. »Basti, seit du hier eingezogen bist, fühle ich mich zu dir hingezogen, ja, ich habe mich in dich verliebt. Ich habe mich zurückgehalten, denn ich hatte den Eindruck, du willst nichts von mir wissen – und du hattest ja eine Freundin. Aber nun bist du in einer beschissenen Lage, und ich kann dir wenigstens helfen … dir eben auch dieses Geständnis machen. Komisch eigentlich, dass es dazu erst eine Katastrophe brauchte.«

»In mich? Aber wieso?«

»Weil du freundlich, herzlich und ein bisschen wie ein Kind bist. Außerdem groß, sportlich und ziemlich attraktiv, wobei ich zugeben muss, dass du bei den letzten beiden Punkten nachgelassen hast«, sagte sie, und auf seinen erstaunten Gesichtsausdruck hin lachte sie. »Ich bin aber sicher, dass du da ganz bald wieder so sein wirst, jedenfalls wenn du es willst. So, jetzt ist es raus. Ich mach dann mal weiter.« Sie wollte sich umdrehen, doch Bastian hielt sie davon ab, indem er sie mit beiden Armen sanft an den Schultern festhielt.

»Ich hatte keine Ahnung, nur es mir insgeheim gewünscht. Ich fand dich immer schon toll, aber das hätte ich mich nicht getraut zu sagen, denn du hast schon recht, ich bin wie ein schüchternes Kind. Ich meine, du bist eine gestandene Frau und ich ein IT-Nerd, der nutzlosen Kram macht.«

»Basti, ich weiß nicht, was du machst, aber ich kann mir beim besten Willen nicht vorstellen, dass du dich auf etwas Nutzloses einlassen würdest.« Sie reckte sich und gab ihm einen Kuss, der intensiv erwidert wurde. Nach einer Weile lösten sie sich voneinander.

»Ich mag übrigens solche Komplimente.« Veronika zeigte ungeniert auf die stattliche Wölbung in seiner Hose und er wurde rot. »Vielleicht zeigst du mir ja, was du damit so anstellen kannst?«

»Jetzt gleich?«

Sie lachte schallend. »Ich würde sagen, wenn wir hier fertig sind. Ich nehme an, dass auch bald der Handwerker kommt, und denk an die Wäsche. Die Dachterrasse sollte wohl groß genug sein, um sie aufzuhängen.«

»Das kommt für mich alles vollkommen überraschend.«

»Die Dachterrasse, die Wäsche oder die Aussicht, dass wir im Bett landen? Ich persönlich finde die dritte Möglichkeit am besten, und du?«

»Äh ja, klar. Also …«, versickerte sein Gesprächsfaden.

»Verstehe, du bist auch für die dritte. Gut, dann erledigen wir alles andere, und dann lass ich mir gerne Komplimente einführen. Wo, das werden wir dann sehen. Ach ja, den Kaffee würde ich gerne nehmen.«

»Äh, Veronika, bist du immer so forsch?«

»Nein, Basti, ganz bestimmt nicht. Immerhin habe ich dich zwei Jahre lang nicht angesprochen, aber jetzt, wo wir uns beide eingestanden haben, dass wir uns wollen, will ich keine Zeit verlieren. Denn das Leben ist begrenzt, manchmal viel zu kurz. Außerdem ist Aktivität ein sehr gutes Mittel gegen Depression. Und ich will, dass wir deine besiegen. Vor allem wegen der Komplimente, weißt du?«

Bastian brauchte einen Moment, und dann brach er in Lachen aus. Die Wirkung war befreiend. Diese permanente undefinierbare Last fiel von seinen Schultern ab. Er ging in die Küche, bereitete Kaffee zu und brachte ihn Veronika, die ihm einen leidenschaftlichen Kuss gab. Nachdem er die Wäsche aufgehängt hatte, duschte er ausgiebig, reinigte seinen Penis, rasierte sich gründlich und bedauerte, seine Haare nicht waschen zu können. Kaum damit fertig, läutete es an der Tür. Es war die Fachfirma. Routiniert überprüfte der Techniker den Schaden in Bastians und Veronikas Wohnung. Er müsse Trocknungsgeräte aufstellen, die Tag und Nacht liefen, was reichlich störend sein könne, klärte er beide auf. Voraussichtlich würde das Ganze eine Woche dauern. Und er riet ihnen, sich eine Ausweichmöglichkeit zu suchen.

»Ja, kein Problem, ich habe etwas für uns«, sagte Bastian, und Veronika zog fragend eine Augenbraue hoch. »Erzähle ich dir später.«

Er vereinbarte mit dem Betrieb, gleich am nächsten Tag mit der Trocknung anzufangen. Als der Termin mit dem Aquarienservice gefunden war, erzählte er ihr von seinem unverhofften Urlaub. Er schlug ihr vor, entweder kurz entschlossen irgendwo mit ihm hinzufahren oder sich gemeinsam eine luxuriöse Unterkunft in Köln zu nehmen.

Da sie spontan nicht freibekam, entschied sie sich für die Hotel-Alternative. Er buchte eine Suite in einem Ressort mit fünf Sternen, das für seinen exzellenten Wellnessbereich bekannt war. Eine Nacht beschlossen sie noch hierzubleiben, denn Bastian musste am nächsten Tag die Handwerker hereinlassen. Gegen sieben Uhr abends war die Wohnung wieder in einem halbwegs passablen Zustand.

»So, Basti, jetzt haben wir uns verdient. Ich mache schnell was zu essen, und es wird gemütlich, okay?«

»Aber ich habe kaum was da«, sagte er.

»Das habe ich angenommen, deshalb gehen wir zu mir runter.«

»Sehr gerne. Ich kann das hier heute wirklich nicht mehr sehen.«

Veronika bereitete in ihrer Küche Schnitten zu, die sie mit Käse, Schinken, Tomaten und Gurken belegte. Dazu gab es ein paar Oliven und Radieschen. Sie öffnete eine Flasche Rotwein und nahm zwei Gläser aus einem Küchenschrank, gab sie Bastian und ging vor ins Wohnzimmer.

»Wow, ist es das, was ich glaube, dass es das ist?«, fragte er und wies auf eine senkrechte Stange mitten im Raum.

»Wenn du damit Poledance meinst, dann ist es das.«

»Und das machst du?«

»Ja, schon seit Jahren. Ich habe es in einem Club gesehen, und es hat mich fasziniert. Ich habe mir dann die Stange einbauen lassen, damit ich üben kann. Die kann man übrigens auch rausnehmen.«

»Ähm, in was für einem Club denn?«

»In einem Swingerclub.«

»Du gehst in Swingerclubs?«

»Ja, warum nicht? Ich habe gerne Sex, und der ist da unverbindlich, die Atmosphäre ist entspannt, es gibt viele nette Leute, und sie sind nicht alltagsprüde.«

»Meine Güte, dieser Tag hält eine Überraschung nach der anderen bereit. Zeigst du mir vielleicht was?«

»Gerne, aber vorher muss ich ein bisschen was essen, sonst fall ich direkt von der Stange.« Sie nahm sich ein Brot und biss herzhaft herein. Bastian tat es ihr gleich und schluckte dabei noch eine Schmerztablette. Eine Zeit lang aßen sie schweigend, dann prostete Veronika ihm zu. »Mach es dir bequem, Basti, du bekommst eine besondere Privatvorstellung!«

Er ließ sich in dem Eckplatz der Sofaeckgarnitur nieder und seinen Blick über den Couchtisch, das Sideboard und die Essecke schweifen. Dabei fiel ihm das Fehlen eines Fernsehers auf. Lediglich zwei kleinere Lautsprecherboxen konnte er entdecken. So war um die Stange herum in jeder Richtung anderthalb Meter Platz.

Veronika zog sich aus bis auf ihren Slip und BH. Auf ihrem Smartphone wählte sie Disco-Musik mit treibendem Rhythmus aus, die drahtlos übertragen wurde. Sie stellte eine gefällige Lautstärke ein. Bastian kam aus dem Staunen nicht heraus, als sie zu tanzen anfing. Sie war wahnsinnig gelenkig, sie konnte sogar Spagat an der Stange, ein Bein nach unten parallel gestreckt und eins nach oben. Artistisch zeigte sie unterschiedliche Figuren, die für ihn elegant und dabei extrem erotisch waren. Sein Schwanz regte sich, was Veronika mit Sicherheit nicht übersah, denn immer wieder blickte sie zum ihm hin und lächelte.

Nach drei Minuten war der Zauber vorbei.

»Ich könnte noch länger, aber wir haben ja bestimmt noch anderes vor, was meinst du?«, fragte sie vor ihm stehend und dabei kaum außer Atem.

»Alles, was du möchtest«, sagte er.

»Diese Einladung nehme ich sehr gerne an.« Mit den Worten zog sie sich BH und Slip aus. Ihre akkurat rasierte Vulva mit den fleischigen Schamlippen ließ Bastians Schwanz härter werden und pulsieren. »Gefällt dir das?«

»Und wie. Darf ich dich lecken?«

Statt einer Antwort stellte sie sich breitbeinig auf das Sofa über ihn und stützte sich an der Wand ab. Er atmete den Geruch ihrer Möse ein, die sie direkt vor seinen Mund platzierte.

Mit der Zunge erforschte er ihre Spalte und leckte sie dann mit Inbrunst. Veronika lieferte ihm bereitwillig die geschmackliche Untermalung, indem ihre Vagina unablässig Nässe absonderte. Sie stöhnte dabei und wand ihren Unterleib. Bastian schob seinen linken Zeigefinger in ihr feuchtes Loch. Die Finger seiner rechten Hand bearbeiteten ihre Klitoris, was ihre Lust schlagartig steigerte.

»O ja, das ist geil. Schieb mir noch mehr in meine Möse«, flehte sie ihn an.

Behutsam führte er Zeige-, Mittel- und Ringfinger gleichzeitig langsam in ihre Vagina ein. Trotz ihrer schlanken Figur gelang ihm das mühelos. Den G-Punkt rhythmisch drückend, verschaffte er ihr Lust, die sie geräuschvoll heraus stöhnte.

»O bitte, jetzt die Faust, Bastian.«

Wenn auch mit etwas stärkerem Druck als vorher, hatte er seine rechte Hand bald eingeführt, und Veronika ritt darauf, indem sie sich auf und ab bewegte. Dabei knetete sie abwechselnd ihre Brüste, was ihn aus seiner Perspektive umso mehr erregte. Er fingerte mit dem linken Zeigefinger und Daumen ihre Klitoris, was ihr Stöhnen und Reiten intensivierte. Mit einem Aufschrei und leichtem Einknicken des Körpers überkam sie ein Orgasmus, der sie zucken ließ, gepfählt von seinem Arm.

»Bitte, zieh die Faust jetzt raus«, bettelte sie.

Das war schwieriger, als er es vermutet hätte, da die Vagina sich zusammengezogen hatte. Sachte und mit gleichmäßigem Zug zog er seine Hand aus ihrem Loch. Sie war nass und verströmte einen durchdringenden Geruch nach Lust.

Veronika setzte sich außer Atem neben Bastian.

»Das war so geil. So hat mich noch nie jemand gefistet«, sagte sie und küsste ihn leidenschaftlich. Dann stand sie auf, öffnete seine Hose und zog sie ihm mitsamt Unterhose schonend aus, damit er keine Schmerzen hatte.

»Ich weiß nicht genau, ob wir jetzt schon poppen sollten, denn ich kann mir vorstellen, dass es dir wehtut. Aber gegen Blasen dieses geilen Prügels spricht bestimmt nichts.« Damit kniete sie sich zwischen seine Beine und schob sich genüsslich mit dem Mund über seinen stattlichen Schwanz. Dabei sah sie ihn aus ihren blauen Augen an. Als ob sie an einem leckeren Lolli lutschen würde, bearbeitete sie ihn.

Ich kann es nicht fassen, dachte Bastian, *eben noch ein Idiot mit der Aussicht auf einen Döner, und jetzt hat diese unglaublich schöne Frau, die ich so lange gewollt habe, meinen verdammt harten Schwanz im Mund und …*

»Ich werde gleich kommen, Veronika«, ächzte er, und sie entließ sofort den Penis.

»Nein, noch nicht«, sagte sie, »wir wollen es doch genießen. Leg dich einfach mal so auf das Sofa, dass es für dich bequem ist.«

Er folgte der Anweisung und platzierte seinen Kopf auf einer der Seitenlehnen und streckte sich aus. Sie küsste ihn einmal mehr überschwänglich, und es war wie ein Sturz und Auffangen gleichzeitig, so vollständig entrückte es ihn aus der Realität. Als sich Veronika dann in der Neunundsechzig-Stellung auf ihn setzte, seinen Schwanz wieder mit dem Mund bearbeite und ihm ihre nasse Möse präsentierte, versenkte er seine Zunge in ihrer Scheide und leckte ihre Spalte. Ihre Geilheit, die physisch und animalisch war, übertrug sich auf ihn. Seine Lethargie hatte sich verflüchtigt, und die aufsteigende Euphorie setzte, genau wie früher bei Rad-Wettbewerben, Glückshormone frei. Er fühlte sich schwerelos, sein Körper war im Einklang mit sich und ihr. Sein Fokus verengte sich auf die ausfließende Nässe, ihr Geschenk an ihn. Sorgfältig darauf bedacht, Bastian nicht kommen zu lassen, lutschte sie sanft seinen Penis, und er genoss leidenschaftlich ihren Mösensaft. Er verlor das Zeitgefühl, ihre Vereinigung war so innig, wie er es niemals zuvor erlebt hatte. Er lernte, ihre Erregung zu steuern, und leckte sie allmählich, gleichsam träge, zum Orgasmus, der wie eine Explosion angestaute Energie schlagartig freisetzte. Sie zuckte, schwallartig ergoss sich zähe Flüssigkeit, die Bastian gierig aufsaugte.

Beinahe ruckartig erhob sie sich und stand auf. Er blickte sie fragend an.

»Basti, du hast mich so unfassbar kommen lassen, dass ich im Moment kein bisschen mehr ertragen kann, sonst werde ich bestimmt ohnmächtig. Ich werde mich jetzt um dich kümmern.«

Mit sanftem Druck schob sie seine Beine auseinander, sodass das linke über die Sofakante hinaus abgewinkelt lag, während sein rechtes an der Rückenlehne des Sofas ruhte. Veronika kniete sich dazwischen und umfasste seinen Penis und massierte den Schaft einfühlsam. Manchmal leckte sie ihn von unten bis nach oben an die Eichelspitze. Bastians Blick verfolgte erregt die Geschicklichkeit ihrer Zunge und bemerkte, wie sein Herzschlag sichtbar im Schwanz pulsierte. Die Adern waren prall gefüllt, die Eichel lila angelaufen. Der Druck in seinem Unterleib stieg, obwohl er das nicht für möglich gehalten hätte, weiter an. Dass sie ihm dabei in die Augen sah, steigerte seine Erregung. Keine Frau vor Veronika hatte ihm jemals so intensiv Lust bereitet. Es hatte das Gefühl, als ob es für sie das Wichtigste auf der Welt wäre, seine Geilheit unendlich zu steigern, bis, ja bis wohin eigentlich? Es war wie ein Rausch. Sie nahm ihre Brüste zur Hilfe, drückte sie zusammen und rieb sich den Schwanz dazwischen. Nässe daraus mischte sich mit dem Schweißfilm ihrer Haut, und so glitt er darin wie in einer Vagina. Sie leckte, sie bearbeitete Bastian auf alle erdenklichen Weisen und führte ihn auf dem schmalen Grat der Erregung haarscharf vorbei am lechzend wartenden Höhepunkt. Oh, wie sie es beherrschte, es war reine Magie. Sie kniete sich vor ihn, dass sie mit seinem langen Schwanz ihre Klitoris rieb, und brachte sich zum Orgasmus, gleichzeitig darauf bedacht, Bastian nicht kommen zu lassen. Und als er in dieser Trance glaubte, nur noch Geilheit zu sein, ohne jemals wieder denken zu können, verschaffte sie ihm endlich zwischen ihren Brüsten Erlösung. Und obwohl die Eichel dazwischen wie geborgen war, quoll das Sperma stoßartig und in nicht enden wollenden Stößen hervor, tropfte auf ihre Schenkel und auf seinen Bauch. Bis nichts mehr kam, blieb sie in ihrer Position. Die Nässe störte sie nicht. Im Gegenteil, sie quittierte jeden neuen Schwall mit Druck auf ihren Busen, um buchstäblich alles aus ihm herauszuholen.

Schließlich stand sie auf, Sperma rann ihren Körper herab. Sie ließ es geschehen. Sie kniete sich auf den Boden und küsste Bastian, dessen Kopf auf der Seitenlehne ruhte, leidenschaftlich. Er erwiderte ihre Zärtlichkeit. Lange dauerte es, bis sie sich lösten.

»Vielen Dank für diesen offenen und aufschlussreichen Bericht. Puh, das wird bei unserer Leserschaft bestimmt für die eine oder andere Entladung sorgen. Und da schließt sich aus meiner Sicht die Frage an: Seid ihr nach exakt diesem Erlebnis darauf gekommen, etwas ganz anderes zu machen?«, fragte der Redakteur.

»Ja, genau, und die Auszeit, die ich dann notgedrungen genommen habe, hat einen Denkprozess in Gang gesetzt, der reichlich Eigendynamik bekommen hat. Schnell war mir klar, dass ich diese Tretmühle nicht mehr wollte. Klar, ich habe reichlich Geld verdient, aber um welchen Preis?«, meinte Bastian.

»Und eines Abends, in der Sauna unserer Suite im Hotel, habe ich ihn gefragt, ob er sich nicht vorstellen könnte, was völlig anderes zu machen, und ihm von meiner Idee erzählt, die ich ja schon lange mit mir herumgetragen hatte«, führte Veronika weiter aus.

»Ich war zuerst total verblüfft, aber dann haben wir uns gemeinsam das Thema genauer und vor allem von meiner Seite aus möglichst vorurteilsfrei angesehen. Und, ob du es glaubst oder nicht, am nächsten Tag haben wir angefangen, was witzig ist, denn ich hatte bis dahin null Erfahrung damit. Durch die

Programmiertätigkeit gab es ein ordentliches monetäres Polster, sodass wir nicht langwierig über Finanzierungen reden mussten.«

»Wir haben ungefähr ein Jahr gebraucht, um was Geeignetes zu finden, es herzurichten, die Genehmigungen klarzumachen, na eben das Übliche. In der Zeit haben wir in unseren alten Jobs jeweils halbtags weitergearbeitet.«

»Ihr habt nach der Eröffnung gleich Furore gemacht, weil ihr von vorneherein auch Kultur, Literatur und Kleinkunst einen Ort geboten habt. War das nicht ein großes Wagnis?«, fragte der Redakteur.

Veronika lachte. »Die Bedenken hatte Basti genauso. Aber ich konnte ihn überzeugen. Nachdem er selbst die Subkultur kennengelernt hatte, war er Feuer und Flamme. Es ist eine Komponente, die wunderbar reinpasst, und der Zuspruch, den wir haben, ist immens. Außerdem haben wir auf diese Weise während der Woche zahlendes Publikum. Unser Bekanntheitsgrad ist stark gewachsen, und mittlerweile haben wir auch Gäste, die nicht zur engeren Szene gehören. So gesehen ist es schon eine Erfolgsgeschichte.«

»Zum Schluss noch eine kurze Frage. Was dürfen wir von euch in der Zukunft erwarten?«

»Das sollte eigentlich noch ein Geheimnis bleiben, aber wir werden expandieren. Als Nächstes wollen wir in Leipzig eröffnen und versprechen uns wegen der größeren Toleranz gegenüber sexuellen Themen im Osten einen guten Start«, erläuterte Bastian.

»Dann sage ich vielen Dank im Namen unserer Erotik-Plattform *Fun & Joy* für das Interview und eure spannende und erregende Geschichte, wie der momentan in NRW angesagteste Swingerclub *Paarweise* entstanden ist.«

Mitkommen

»Soll ich da mitkommen?«, fragte sie ihn zweifelnd. Sie hatten in einem schmucklosen Gewerbegebiet neben einem roten Ferrari geparkt, und ihr Mann hatte sie schnurstracks zu dem Geschäft geführt.

»Meine liebe Bettina, ganz genau«, sagte er verschmitzt und wies auf die Auslage, die außer Reizwäsche jede Menge Sexspielzeug für Damen und Herren darbot. Gezielt zeigte er auf einen Vibrator: »Damit sollst du kommen.«

Maßvoll

Früh fingen Sandras Brüste an zu wachsen. Sie war damals erst neun. Die anderen Mädchen in der Dorfschule waren zu dem Zeitpunkt genauso platt wie die Jungs, während sie schon ein Jahr später Körbchengröße C benötigte. Zum Glück hatte sie eine verständnisvolle Mutter. Denn Sandra hatte die Brustgröße von ihr geerbt. Sie hatte ihrer Tochter die Angst vor der Entwicklung ihres Busens versucht zu nehmen. Einige Frauen seien nun mal üppiger ausgestattet als andere. Dadurch hatte sich das Verhältnis zu ihrer Mutter intensiviert. Wie bei einer älteren Freundin war es geprägt von Offenheit und Vertrauen. Sie bereitete ihre Tochter darauf vor, dass das Wachstum möglicherweise andauerte, bis sie siebzehn oder achtzehn wäre, und dass bei ihr die Menstruation eher als bei anderen Mädchen einsetzen könne. Und diese Einschätzung bestätigte sich, denn ihre Regel bekam sie mit knapp elf Jahren. Erst kurz vor der Volljährigkeit war das Brustwachstum zum Stillstand gekommen, im zweiten Lehrjahr zur Konditorin. Schon früh in der Schule hatte sie gemerkt, wie die Jungs sie umgarnten. Das hatte ihr ihre Mutter vorausgesagt. An ihrem dreizehnten Geburtstag hatte sie ein Gespräch mit ihr gehabt.

»Sandra, Männer sind einfach gestrickt. Sie wollen vor allem Sex, und die meisten stehen auf große Brüste. Daher wirst du reichlich Auswahl haben. Und das ist die Schwierigkeit, nämlich den zu finden, der *dich* will, nicht nur deinen Körper. Das habe ich selbst erfahren. Und du weißt ja, dass meine erste Ehe sehr schnell geschieden wurde, noch bevor ich dich und Caroline bekommen habe. Da hatte ich mich viel zu schnell entschieden. Nach der ersten Hochstimmung war der Alltag ein ödes Einerlei. Der Reiz meines Busens reichte eben nicht aus, um ein gemeinsames Leben zu führen. Zum Glück hat er das auch so gesehen, und die Scheidung war einvernehmlich. Das ging vor der Wende ja viel einfacher als jetzt.«

»Aber wie finde ich heraus, wer der Richtige ist?«

»Ach, Kind, du musst jetzt noch gar nichts rausfinden, du bist ja noch jung. Aber du wirkst schon viel erwachsener, und deine dreizehn Jahre sieht und hört man dir nicht an. Bestimmt glauben viele Jungs, die die nicht kennen, dass du viel älter bist. Deshalb rede ich auch mit dir. Interessierst du dich schon für Jungs?«

»Ja … schon«, sagte sie schüchtern, »Andi zum Beispiel finde ich total süß und er mich wohl auch, glaube ich jedenfalls.«

»Das habe ich mir schon gedacht. Und deshalb müssen wir über Verhütung nachdenken. Ja, ja, ich weiß, was andere jetzt sagen würden. Sie ist dreizehn und darf gar keinen Sex haben. Ich weiß selbst, wie es im Eifer des Gefechts zugehen kann. Und deshalb wollte ich dir vorschlagen, natürlich nur, wenn du es willst, dass wir gemeinsam zu Frau Dr. Wilmers gehen und dir die Pille verschreiben lassen.«

Sandra vertraute ihrer Mutter voll und ganz. Außerdem hatte sie davon in der BRAVO gelesen und fühlte sich doppelt bestätigt. Ihre Mama bat sie trotzdem darum, es zu vermeiden, ungeschützten Sex zu haben, denn die Pille könne sie nicht vor Geschlechtskrankheiten bewahren.

Das Mädchen hatte mit Beginn ihrer Pubertät entdeckt, wie sie sich Lust verschaffen konnte. Zunächst rieb sie ihre Vulva auf dem Bauch liegend an ihrer Lieblingspuppe, die immer in ihrem Bett war. Ermutigt durch diese zarten Lustgefühle begab sie sich auf Entdeckungstour durch ihren Körper. Mit dreizehn gehörte Masturbation in verschiedenen Variationen genauso selbstverständlich zu ihrem Leben wie das Erledigen von Hausaufgaben. Sie befriedigte sich nun beinahe täglich.

Einmal wurde sie dabei von ihrer Mutter entdeckt, die diskret am Wochenende die Zimmertür geöffnet hatte, weil sie wissen wollte, ob ihre Tochter noch schlief. Da lag Sandra nackt mit geschlossenen Augen und breit gespreizten Beinen auf dem Bett und rieb sich inbrünstig mit der rechten Hand ihre Perle, den Zeigefinger der linken in ihrer Vagina bewegend. Durch den Luftzug, der kaum vernehmlich hereinwehte, öffnete sie die Augen und war fast zu Tode erschreckt. Hektisch griff sie nach ihrer Decke und bedeckte sich.

»Liebes, du musst dich nicht verstecken«, versicherte ihre Mutter. Sie schloss die Tür und setzte sich zu ihr ans Bett. Sandra war knallrot angelaufen und brachte kein Wort heraus. »Das ist normal und übrigens auch sehr gut.«

Als ihre Tochter nichts sagte, fuhr sie fort: »Das machen alle Frauen, oder anders gesagt, das sollten alle Frauen tun, denn es ist ganz wichtig zu wissen, wie unser Körper reagiert und was uns guttut.«

Schüchtern und immer noch rot fragte das Mädchen flüsternd: »Machst du das denn auch?«

»Aber ja, natürlich.« Die Mutter lachte leise und herzlich. »Ich mache es fast jeden Tag, und es tut mir gut, außer wenn ich meine Regel habe. Dann habe ich meist einfach keine Lust.«

»Das ist genau wie bei mir«, stellte Sandra erstaunt fest.

»Warum sollte es anders sein, du bist schließlich mein Kind. So, wenn du noch weitermachen möchtest, dann gehe ich, oder möchtest du schon zum Frühstück mitkommen? Und zukünftig klopfe ich immer an. Versprochen.«

»Danke Mama, ich komme jetzt mit. Ich zieh mich nur schnell an.«

Zu ihrem vierzehnten Geburtstag bekam Sandra von ihrer Mutter einen dünnen Dildo mit Vibrationsfunktion geschenkt. »Du wirst bestimmt viel Freude damit haben, aber lass ihn bitte nicht offen herumliegen. Papa soll das nicht mitbekommen, weil er bestimmt meint, dass du noch zu jung für so etwas bist. Lassen wir ihn in dem Glauben. Er ist ein guter Mann und ich liebe ihn sehr, aber dies sollte unter uns Frauen bleiben.«

Sie freute sich und probierte ihn gleich aus. Für sie eröffnete sich eine neue Dimension der Lust. Sie spielte ausdauernd damit und führte ihn sich manchmal ein. Anfangs gestaltete sich das schwierig, denn ihre Vagina war zu eng. Dadurch, dass sie fleißig übte, gelang es immer besser.

Kurz darauf war Klassenfest. Natürlich gab es Alkohol und natürlich schlugen alle über die Stränge. Und Sandra hatte ihren ersten Sex mit Andi. Er stellte sich unbeholfen und trotzdem irgendwie süß an. Sie hatten sich in der Schule einen Geräteraum an der Sporthalle ausgesucht. Zwar war die Gefahr, dort erwischt zu werden, gering, weil man sich hinter verschiedenen Kästen verbergen konnte, ausgeschlossen war es aber nicht. Jedenfalls agierte Andi nervös. Sie beruhigte ihn. Die beiden befummelten sich tastend, sie zielstrebiger als er. Sie hatte das erste Mal einen erigierten Penis in der Hand, und mit Interesse erkundete sie den pulsierenden Schaft und spielte mit Vorhaut und Eichel. Sie merkte, wie die Lust in ihr aufstieg, und er spürte es zweifellos auch. Ihr Höschen lag längst neben ihr, und ihr Kleid hatte sie ausgezogen. Er fingerte sie scheu, und sie zerfloss förmlich. Ihre Schamhaare waren klitschnass. Sie öffnete ihren BH und befreite ihren Busen, bei dessen Anblick es um ihn geschehen war. Er leckte zart an ihren harten Nippeln, und kaum hatte sie seinen Schwanz berührt, spritzte es unkontrolliert aus ihm heraus. Prompt entstand eine Pfütze auf der Sportmatte, und es war ihm sichtlich peinlich. Sandra aber erregte es. Sie griff beherzt zu und rieb seinen Penis ausdauernd und kräftig. Sie wies Andi an, sich hinzulegen, und dabei bearbeitete sie ihn immer weiter. Sie beugte sich vor und nahm seinen Schwanz zwischen ihre üppigen Brüste, was nicht die Wirkung verfehlte. Und nach kurzer Zeit stand er wie eine Eins.

»Hast du ein Kondom?«, fragte sie und war überrascht, ihn nicken zu sehen. Wortlos zog er das Päckchen mit ein wenig Mühe aus der zerknäult neben ihm liegenden Jeans, denn am Boden in seiner Lage war das nicht so leicht. Er öffnete die Umverpackung mit den Zähnen und, was sie erstaunte, streifte es über, als ob er das nicht zum ersten Mal täte. Sie setzte sich auf ihn und führte seinen Penis langsam ein. Zum Glück, dachte sie später, war der nicht so dick. Das Eindringen bereitete ihr genauso wenig Schmerzen wie der Dildo, mit dem sie immer wieder gespielt hatte. Sie ritt ihn lange und war insgeheim froh, dass er einmal gespritzt hatte. Denn vermutlich wäre er sonst sofort gekommen, wenn er ihre üppigen Brüste im Gesicht hatte. Jetzt zeigte sich, wie gut es war, dass sie viele Erfahrungen beim Masturbieren gesammelt hatte. Sie ritt ihn, den Kitzler auf dem Ansatz seines Schwanzes hin- und her reibend, und ein Orgasmus brach aus ihr hervor ... *Fast so, wie mit der Puppe*, dachte sie. In dem Moment war es auch um Andi geschehen und er ergoss sich in das Kondom.

Er benutzte seine Unterhose, um die Spuren zu beseitigen, und zog seine Jeans ohne an. Ein wenig verschämt kleideten sie sich wieder an und schlenderten getrennt zurück zum Fest. Natalie aus ihrer Klasse nahm sie beiseite und flüsterte ihr zu: »Und war es Andi?«

Sandra nickte, ihre Freundin nickte ebenfalls und lächelte dabei wissend.

Sie fand Gefallen daran. Die Erfahrungen anderer Mädchen, von denen sie in der BRAVO las, wonach der erste Sex eher abstoßend war, konnte sie nicht teilen. Sie wollte mehr davon, viel mehr. Und sie holte es sich. Bald gab es Gerüchte, dass sie mühelos zu bekommen sei. Sie merkte, wie über sie getuschelt wurde, und verlagerte als Folge dessen ihre Aktivitäten in die Umgebung. Manchmal nahm sie den Bus nach Neubrandenburg, zur nächstgelegenen Stadt. Sie war zwar noch nicht alt genug für die Kneipen, die sie dort besuchte, aber sie kam trotzdem überall rein. *Klar, einen so großen Busen hat nur eine erwachsene Frau*, feixte sie innerlich.

Für sie war es folgerichtig, ihre Lehre ebenfalls hier durchzuführen, zumal es auf dem Land ohnehin keine Stellen gab. Ihre Eltern willigten ein und überwiesen ihr als Unterstützung das Kindergeld. Sie nahm sich dort eine kleine Wohnung. Sandra arbeitete zur Zufriedenheit ihres Lehrherren und bekam gute Zeugnisse. Die Arbeit fiel ihr leicht und machte ihr Spaß. Und sie hatte Sex, wann immer die Lust sie überkam. An Männern gab es keinen Mangel, und sie waren alle scharf auf sie. Mit achtzehn hatte längst den Überblick verloren, mit wie vielen sie geschlafen hatte. Auf etlichen Partys hatte sie ihre Bekanntschaften abgeschleppt und dabei auch Erfahrung mit zwei Männern gleichzeitig gemacht. Und sie stellte fest, dass sie absolut heterosexuell war, denn als eine Frau sie auf einer dieser Veranstaltungen anbaggerte, gefiel ihr das nicht, und sie verließ die Party fluchtartig.

Mittlerweile war ihr Busen ausgewachsen, und sie hatte Körbchengröße F. Sandra war mit ihren eins fünfundsechzig nicht übermäßig groß. Insofern waren ihre Brüste prägend für ihre Gesamterscheinung und fielen auf. Das Volumen erschwerte ihr manche Tätigkeiten, aber ihr gefielen ihre Titten. Sie liebte es, wenn Männer daran spielten, saugten, sie anfassten, kneteten. Wichtig war nur, dass sie nicht zu grob herangingen. Sandra hatte von Lustschmerz gelesen. Bei ihr verschwand jegliche Erregung unmittelbar, sobald ihre Brustwarzen zu hart angefasst und ihre Brüste zu heftig geknetet wurden. Und sie mochte Sperma. Ihr war nicht klar, warum, denn normalerweise ekelte sie sich vor Schleim. Aber dies war anders. Sie liebte es, wenn auf ihren Busen gespritzt wurde. Es erregte sie zusätzlich, sich die Flüssigkeit darauf zu verreiben. Für sie war es intimes Geschenk, das ihr eben nur Männer geben konnten.

Sie masturbierte weiterhin ausgiebig. Sie hatte sich Sexspielzeug gekauft, zum Beispiel einen dickeren und längeren Dildo mit Vibration. Der, den ihre Mutter ihr geschenkt hatte, füllte sie nicht mehr aus. Denn die Enge, die sie als pubertierendes Mädchen gespürt hatte, war verschwunden. Und sie hatte sich schicke Dessous zugelegt. Auf Strapse und Spitzen-BHs fuhr sie ab, wobei die gar nicht so einfach zu finden waren in ihrer Größe.

Das Mobiltelefon vibrierte in der Tasche ihres Kittels, den sie über ihrem Kleid trug, aber sie ignorierte es.

»Zwei Weltmeister, vier Mohnbrötchen, einen Hefezopf und ein halbes Vollkorn geschnitten. Darf es noch etwas sein, Ilse?«

»Nein danke, das wars. Wie viel macht das?«

Sie tippte die Waren in die Registrierkasse ein. »Neun Euro zehn, bitte.«

Die ältere Frau zahlte und verabschiedete sich. Im Moment waren keine Kunden da, und das gab Sandra Gelegenheit nachzusehen, was für eine Nachricht sie bekommen hatte. Was sie sah, erregte sie sofort, und sie schrieb zurück: *Respekt Bernie, aber es reicht leider nicht. Du musst die Abmachung einhalten.*

Prompt kam die Antwort: *Ist schon klar, ich wollte nur einen Zwischenstand rübergeben. Heute Abend bin ich garantiert so weit.*

Zeig es mir dann, und ich werde dich nicht enttäuschen, das weißt du.

Ja, darauf ist Verlass.

Die Ladentür wurde geöffnet, und zwei Frauen betraten die Bäckerei. Sandra bediente sie, und bis Mittag herrschte reger Betrieb. Um Punkt zwölf schloss sie den Laden und spazierte die Dorfstraße runter nach Hause. Aufgrund der Hitze zog sie sich den Kittel auf dem Weg aus. Sie wärmte das Mittagessen auf, das sie am Wochenende vorgekocht hatte. Es gab Schweinegulasch mit Nudeln. Ronnie liebte deftige Mahlzeiten, denn in seinem Job als Dachdecker brauchte er reichlich Kalorien. Selbst wenn Sandra sich manchmal wünschte, etwas ausgefallener zu essen, fügte sie sich. Ab und zu bereitete sie einen grünen Salat, doch er ließ ihn meistens stehen.

Sie hatte vor einiger Zeit angefangen, sich bewusster zu ernähren, denn seit beide Kinder aus dem Haus waren, hatte sie deutlich zugenommen. Sie war immer kräftig gewesen, doch nicht fett. Und überdies legte sie vor allem am Busen zu, und das wollte sie vermeiden.

Sie hörte Ronnies Pick-up auf den Hof fahren und kurz darauf, wie er die Wohnungstür aufschloss. Er zog seine Schuhe aus, schlüpfte in seine Hausschuhe, und einen Moment später stand er in der Wohnküche, die direkt vom Flur gegenüber der Garderobe abging. Er gab Sandra einen Kuss.

»Ah, klasse, Gulasch. Ich liebe es«, sagte er begeistert und füllte seinen Teller und ihren.

»Und wie war es heute?«, fragte sie, denn er hatte ihr von den Schwierigkeiten bei dem Dach erzählt, das sie erneuerten. Es handelte sich um ein nahe gelegenes Gutshaus, und sie arbeiteten mit teuren, alten Schindeln.

»Es geht voran, aber es wird länger dauern. Ein paar unvorhergesehene Probleme am Dachstuhl. Wir brauchen noch mal einen Zimmermann. Ich denke, dass der übermorgen kommt. Ich muss daher morgen nach Neubrandenburg auf die Baustelle und werde den ganzen Tag weg sein.«

»Möchtest du hiervon was zu essen mitnehmen?«, fragte Sandra.

»Sehr gerne.«

»Gut, dann packe ich dir das ein.«

»Und jetzt habe ich Lust auf ein Dessert«, sagte er lüstern.

»Gleich hier in der Küche?«, fragte sie und lächelte anzüglich.

»Auf jeden Fall. Und zwar am Tisch.« Er zog sich Hose und Unterhose aus. Sein Schwanz war hart, dick und nicht besonders lang. Dafür stand er vorwitzig steil nach oben. Sandra entledigte sich ihres Kleides. Ein Höschen hatte sie heute nicht an. Im Handumdrehen hatte sie den BH abgestreift, und ihre Brüste hingen frei. Obwohl sie zwei Kinder gestillt hatte, waren sie immer noch fest, wenngleich die Brustwarzen ein wenig nach unten zeigten. Zudem war ihre blasse Haut von zarten bläulichen Adern durchzogen. Ronnie liebte den Anblick. Sie machte das glücklich, denn sie hatte gelesen, dass dies manchmal von Männern als abstoßend empfunden wurde. Sie beide erregte es, wenn er sie von hinten stieß und dabei ihre Titten frei schwangen. Er öffnete die Tür zum Flur. Im Garderobenspiegel konnten sie sich in dieser Stellung darin sehen. Und sie waren immer wieder amüsiert, sobald Gäste fragten, ob es nicht ungünstig sei, den direkt gegenüber der Küchentür zu haben. Sandra stützte sich auf dem Küchentisch mit ihrer linken Hand ab, und mit der rechten fingerte sie ihre Klitoris. Ronnie drückte ihr seinen entblößten Kolben mit der zurückgeschobenen Vorhaut in die klitschnasse Möse und traktierte sie kraftvoll und ungestüm. Ihre Brüste schwangen bei jedem Stoß und stießen flüchtig gegen die Tischkante und klatschten zusammen. Er stöhnte laut, und Sandra gab sich ihm vollkommen hin. Vor Erregung tropfte Nässe aus ihrer Vagina. Immer wenn sie in dem Spiegel den Schwanz sah, der sich von hinten in sie bohrte, und ihre Titten geil hin- und herschwangen, spürte sie, wie ihre Möse feuchter wurde. Und so kam sie genauso stürmisch wie Ronnie zum Orgasmus. Sie stand auf diesen Mittagsquickie.

Rasch zog er seine Klamotten über den nach Sex und Schweiß riechenden Körper. Auf dem Weg ins Bad tropfte Sperma aus Sandra, und sie duschte die Spuren ihres *Desserts* ab. Sie hörte ihn kurz zum Abschied rufen, als sie sich abtrocknete.

Unwillkürlich erinnerte sie sich an das Ende ihrer wilden Zeit, wie sie sie nannte. Diese endete mit Ronnie in einer Kneipe in Neubrandenburg, die sie vier Monate nicht mehr aufgesucht hatte. Sie hatte damals Lust auf Sex. Sie besuchte nicht immer die gleichen Läden, sondern verteilte ihre Jagd auf die ganze Stadt. Sie war wählerisch, mit wem sie sich einließ. Sie genoss das Knistern, wenn die Chemie zwischen ihr und einem Mann stimmte. Natürlich hatte sie aufgrund ihres Busens nicht die Modelfigur, aber ihr Becken war nicht zu schmal, nicht zu breit, und sie nicht dick. Ihre blonden Haare trug sie mittlerweile über schulterlang, gerne zu zwei Zöpfen am Hinterkopf geflochten. Ihr Gesicht hatte die kindlichen Rundungen verloren und zeigte schärfere Konturen, ohne dabei hart zu sein. Sie hatte normale Klamotten, wie Jeans, Sweatshirts, T-Shirts, meist Turnschuhe oder Sandalen an, wenn es Sommer war. Im Winter trug sie gerne kniehohe Lederstiefel und Wolljacken. Sie kannte ihre Wirkung auf Männer und wusste instinktiv, welche Knöpfe sie drücken musste. *Ach, sie sind so simpel*, dachte sie, *Mama hatte absolut recht damit.*

»Na, mal wieder mal Bock auf 'n Fick?«, fragte sie unvermittelt ein Typ, den sie irgendwann mal gesehen hatte, mit dem sie aber garantiert nie im Bett war. Fettige Haare, Übergewicht, fleckiges T-Shirt, bekleckerte Hose, unrasiertes Gesicht, verquollene Augen. Üblicherweise machte sie einen weiten Bogen um solche Proleten.

»Kennen wir uns?«, fragte sie den reichlich angetrunkenen Kerl.

»Nee, noch nicht, aber das werden wir jetzt nachholen, Fotze«, sagte er.

»Bist du nicht ganz dicht, Alter?«, konterte sie, laut genug, dass sowohl die Leute an der Bar neben ihr als auch der Wirt aufblickten.

»Du gehst doch mit jedem ins Bett, habe ich gehört. Deshalb«, lallte er weiter und sah sie provozierend mit glasigem Blick an, wobei er schwankte. Er streckte seine ungewaschenen Hände aus, um sie anzufassen. In dem Moment wurde er herumgerissen von einem Mann mit dunklen Haaren, einem Dreitagebart und einem zierlichen goldenen Ring im rechten Ohr.

»Lass sie in Ruhe und verschwinde«, befahl er, keinen Widerspruch duldend.

»Ey, fass mich nicht an, du Wichser.«

»Es ist besser, wenn du jetzt gehst, bevor ein Unglück passiert.«

»Sagt wer?«, kam die trotzige Replik.

»Dein schlimmster Albtraum, wenn du nicht gleich weg bist«, konterte der Beschützer, dessen Größe und Muskeln trotz der Arbeitskleidung zur Geltung kamen.

»Du hast mir gar nichts zu sagen, du Arsch!«

Der dunkelhaarige Mann sah kurz zum Wirt, der unmerklich nickte. Mit einer unerwartet schnellen Bewegung hatte er dem Betrunkenen den rechten Arm auf den Rücken gedreht und schaffte ihn flink zur Tür, dass er nicht mal protestierte. Ein paar Sekunden später war der Beschützer wieder im Lokal und gesellte sich zu Sandra.

»Ist dir was passiert?«, fragte er.

»Nein, alles okay. Danke für deine Hilfe. Das war ja krass, wie du den so schnell losgeworden bist. Bist du Polizist oder so?«

»Eher oder so«, lachte er und zeigte blendendweiße Zähne. »Ich war einige Jahre bei der Bundeswehr, und da habe ich ein paar Sachen gelernt.«

»Aber die Klamotten, die du trägst, sehen nicht nach Militär aus.«

»Stimmt, ich habe da vor drei Jahren aufgehört und wieder als Dachdecker angefangen.«

»Das ist aber ein ziemlicher Unterschied, finde ich«, sagte Sandra, »und klingt total interessant. Wollen wir uns nicht da an den Tisch setzen, und du erzählst mir ein bisschen was darüber?«

Ronnie erzählte ihr von einem Auslandseinsatz in Afghanistan, bei dem er den Sinn der Mission dort infrage stellte und die Konsequenzen daraus zog. Er beschloss, in seinen ursprünglich erlernten Beruf des Dachdeckers zurückzukehren. Der Betrieb, bei dem er anfing, hatte sich auf historische Gebäude und Reetdächer spezialisiert. Dadurch erhielt er einen Zugang zur Geschichte, für die er eine Leidenschaft hatte. Und ihm gefiel die Arbeit an der frischen Luft.

Je länger der Abend wurde, umso näher kamen sie sich, obwohl Ronnie keinerlei Anstalten machte, Sandra anzubaggern. Und er starrte nicht ständig auf ihren Busen. Stattdessen war er aufmerksam, zog zum Beispiel einen Stuhl beiseite, um ihr den Weg zur Toilette zu vereinfachen, und stand aus Höflichkeit auf, als sie zurückkehrte. Gegen elf verabschiedete er sich, denn er habe am nächsten Tag einen Job auf einer Baustelle in Malchow. Er schlug ihr für den nächsten Tag ein neues Treffen vor. Sandra spürte das erste Mal in ihrem Leben Schmetterlinge im Bauch. Sie wollte ihn unbedingt wiedersehen. Sie tauschten ihre Telefonnummern. In der folgenden Zeit trafen sie sich fast täglich. Eine Woche später landeten sie gemeinsam im Bett, und nach weiteren drei Monaten heirateten sie. Sie zogen in ein Dorf nahe von Neubrandenburg, wo Sandra in einer Filiale ihres Betriebes arbeitete. Das Haus baute er allmählich aus. Sie waren glücklich, finanziell sorgenfrei und hatten abwechslungsreichen und befriedigenden Sex, denn Ronnie erfüllte ihre Lust auf Sperma üppig. Ein Jahr später wurde Maria geboren und vierzehn Monate danach Tim.

Sie fühlte sich geborgen und gab ihren Kindern die gleiche Liebe, wie sie sie von ihrer Mutter erfahren hatte. Sie übernahm die Filialleitung, was sich in mehr Geld, aber kaum in anderer Arbeit äußerte. Maria und Tim waren ausgeglichen und machten keine Schwierigkeiten. Ihre Tochter besuchte sogar das Gymnasium.

Und da regte sich bei Sandra die Lust nach Abwechslung. Wahrscheinlich, so dachte sie später, wenn sie sich erinnerte, war der Wunsch schon viel früher da gewesen, aber jetzt, wo die Kinder nicht mehr den Alltag so dominierten, gestand sie sich ihre eigenen Bedürfnisse wieder ein. Sie liebte Ronnie wie am ersten Tag, doch den Kick, den ihr schneller, heimlicher oder ausgefallener Sex brachte, vermochte er ihr nicht zu geben.

Sie zweifelte an sich und haderte lange mit diesem Begehren. Im Sommer vor zwei Jahren gab sie dem nach. Ronnie war auf Montage in Süddeutschland, wie häufiger in den letzten Monaten. Sandra hatte schon seit einiger Zeit in verschiedenen Portalen im Internet heimlich Männerbekanntschaften gesucht. Mit einem, der ihr ungemein gefiel, hatte sie intensiv gechattet. Ohne große Umschweife ging es um Sex. Er war ebenfalls verheiratet und suchte ein Abenteuer. Sie verabredeten sich in Neustrelitz, weil Sandra fürchtete, von Bekannten entdeckt zu werden. Rainer war außergewöhnlich gut aussehend. Das Begehren dieses schönen Mannes schmeichelte ihr und machte sie geil. Schnell landeten sie in seiner Pension und hatten ausgiebig miteinander Sex, als ob sie beide jahrelang gedarbt hätten. Sie vereinbarten einen weiteren Termin in zwei Wochen.

Sandras erste Affäre, seit sie mit Ronnie zusammen war, blieb nicht die letzte. Ihre Wirkung war die gleiche wie früher. Mühelos fand sie neue Abenteuer. Nach einem Jahr wurde sie dieser Eskapaden überdrüssig. Sie wollte begehrt werden. Sie sollten es ihr zeigen. Sie fasste einen Plan. Sie würde nur noch mit Männern, außer natürlich ihrem geliebten Ronnie, ins Bett gehen, wenn diese sich durch eine herausragende Leistung würdig erwiesen. Sie dachte sich Aufgaben aus. Sie machte die Kandidaten mit expliziten Fotos und Videos scharf, zum Beispiel, indem sie mit ihrer blank rasierten Möse spielte und mit der glitzernden Feuchtigkeit ihre Nippel benetzte, die hart wurden. Sie wusste, dass keiner dem Netz, das sie spannte, entrinnen könnte, dazu waren sie zu berechenbar. Sie würden alles daransetzen, was auch immer zu erfüllen, um an ihre geilen Möpse zu kommen und ihre nasse Möse zu ficken und zu lecken.

Der Erste, den sie einfing, war Harald, ein Pharmareferent, der in ganz Deutschland herumkam. Er übernachtete ausschließlich in Hotels und Pensionen. Er war ihr vor allem wegen einer skurrilen Leidenschaft aufgefallen: Er verfasste erotische, meist historische Texte und stellte sie als Podcast ins Internet. Über einen kurzen, der sich mit Sodom und Gomorrha beschäftigte, dem sie vor ein paar Tagen lauschte, hatte sie sich köstlich amüsiert. Er schrieb ihr, dass er so seine Abende auf Reisen kurzweiliger gestalten würde. Für ihn hatte sie einen Einfall, dass er ihr zeigen solle, wo er gewesen war, und zwar auf eine Art und Weise, die sie vorgab. Als Beweis sollte er Fotos liefern. Die Belohnung dafür wäre Sex mit ihr. Von diesen Gedanken erregt, besorgte sie es sich sofort heftig. Sexuell entspannt konnte sie klarer denken und sie entwickelte weitere Ideen.

Einem anderen Mann, Thomas, den sie ebenfalls attraktiv fand, gab sie die Aufgabe, ihr möglichst ausgefallene Praktiken für Sex zu präsentieren, die er stimulierend ins Bild zu setzen hatte. Und falls es sie antörnte, würde sie dies mit ihm ausprobieren. Grenzen setzte sie kaum, außer dass es ohne Schmerzen für sie abgehen müsse. Manchmal gab sie ihm Anweisungen. Einmal schickte sie einen getragenen und mit ihrem Mösensaft durchtränkten Slip, den er tragen sollte. Danach musste er ihn mit Sperma vollspritzen und zurückschicken. Sie wählte als Adresse dafür wohlweislich eine Abholstation des Lieferdienstes. Das Auspacken des Höschens erregte sie in nie gekanntem Ausmaß. Auf die Schnelle suchte sie einen ungestörten Ort, an dem sie sich befriedigen konnte. Ihre

Wahl fiel auf einen zum Feierabend verlassenen Betriebshof der Autobahnmeisterei, wo lediglich eine einsame Straßenbauwalze hinter einem undefinierbaren Metallteil stand.

Und dann lernte sie Bernie kennen. Er war ihr komplett verfallen, kurz davor, hörig zu sein, und er schickte ihr Filme, in denen er für sie wichste. Sandra war beeindruckt von den Spermamengen, die er produzierte, zumal er augenscheinlich wenig Zeit brauchte, um es nachzubilden. Für ihn hatte sie eine prickelnde und nasse Idee parat.

Ihr Mobiltelefon vibrierte und kündigte zwei Nachrichten an. Da sie erst um halb drei wieder im Laden sein musste, hatte sie noch ein bisschen Zeit. Sie sah auf den Bildschirm und öffnete den Internet-Messenger, den sie nur dann einschaltete, wenn Ronnie nicht dabei war. Sie klickte die oberste Mitteilung an. Diese zeigte das Foto eines erigierten Penis' vor einer städtischen Kulisse. Darunter stand *Hotel am Markt, Münster, Marktseite. Das ist Nummer siebzehn. Nächste Woche sollte ich zwanzig voll haben. Harald.*

Sie tippte: *Sehr fleißig. Nur das von gestern zählt nicht, da waren die Gardinen zugezogen. Du weißt, dass es nur gilt, wenn du gesehen werden könntest, oder wurdest.*

Kurz darauf kam die Antwort: *Ja, aber die waren nicht zu öffnen. Kannst du keine Ausnahme machen?*

Nein, und das musst du nicht regelmäßig fragen. Da bin ich hart, genau wie dein geiler Schwanz, Harald.

Okay, dann dauert es eben noch ein bisschen. Dafür werde ich dich aber deutlich länger ficken als sonst.

Auf jeden Fall wirst du das. Ich freue mich darauf.

Die zweite Nachricht zeigte das Bild eines prallen Schwanzes, der in einer Penispumpe steckte, die eine Maßeinteilung in Zentimetern besaß, an der er bis zweiundzwanzig reichte. Als Text war zu lesen: *Wie gefällt dir das, Sandra? Das haben wir noch nicht gemacht. Das wäre ganz bestimmt geil für dich.*

Sie fühlte, wie ihre Möse bei dem Bild und dem Gedanken daran, diesen Knüppel in sich zu spüren, sofort nass wurde. *Damit hast du mich so erregt, dass ich es mir jetzt gleich selbst machen muss,* schrieb sie und fügte hinzu: *Du hast nicht zu viel versprochen. Ich hätte am Donnerstagmittag eine Stunde Zeit. Passt dir das?*

Prompt kam die Antwort: *Na klar. Wollen wir uns wieder an der einen Badestelle treffen? Da ist dann garantiert keiner. Und schick mir bitte ein Bild davon, wie du es dir besorgst.*

Bekommst du gleich. Aber denk dran, dass dein Schwanz schon gepumpt ist, damit du mich kräftig durchficken kannst, denn ich werde mehr als scharf sein.

Natürlich. Das weiß ich doch. Also bis Donnerstag. Geile Grüße, Thomas.

Im Schlafzimmer zog sie rasch das Kleid und den BH aus und nahm sich den Vibrator, der einführbar war mit einem Fortsatz, der zusätzlich an der Klitoris vibrierte. Mit der linken Hand bediente sie das Gerät und mit der rechten streichelte sie ihre Brustwarzen. Schnell erreichte sie einen Höhepunkt, der sie genug befriedigte. Sie fotografierte den Vibrationsstab in ihrer Möse und schickte das Bild an Thomas. Erst dann zog sie sich wieder an. Währenddessen erhielt sie eine weitere Nachricht. Es war ein kurzer Film, der einen harten Penis zeigte, der in einen annähernd gefüllten Messbecher ejakulierte.

Sie tippte eine Antwort: *Super Bernie. Ich hätte gleich morgen Zeit. Wie sieht es bei dir aus? Jetzt, wo du ja knapp zwei Wochen dafür gearbeitet hast, möchte ich dich gerne belohnen. So schnell hast du den Viertelliter noch nie geschafft.*

Frei

Gisela stand am offenen Grab. Selbstverständlich war sie schwarz gekleidet, so wie die anderen Trauergäste. Ein Schleier bedeckte ihr Haar und Gesicht, der ihre Mimik schattenhaft verbarg. Kondolierende Freunde und Bekannte defilierten an ihr vorbei und sprachen oder nuschelten Beileid. »Er war ein so guter Mann«, sagte eine Frau, die, wie Gisela wusste, eine alte Schulfreundin von Herbert war, dem er bei seinem letzten Klassentreffen begegnete. Das fand ausgerechnet an ihrem achtundsechzigsten Geburtstag statt. Sie wäre froh gewesen, hätte er diesen Termin abgesagt. Aber er war hart geblieben, wie immer in den zehn Jahren seit dem Herzinfarkt. *Nein, er war kein guter Mann,* dachte sie, *er hat mich verdorren lassen.*

»Ach Gisela, es tut mir so leid. Jetzt bist du so alleine. Du kannst jederzeit zu uns kommen, wenn dir die Decke auf den Kopf fällt«, versicherte ihr eine Nachbarin aus dem Stockwerk unter ihnen, die mit ihrem Gatten zur Beerdigung gekommen war.

»Vielen Dank, Martha. Ich werde bestimmt darauf zurückkommen«, erwiderte Gisela. *Nein, ich bin nicht alleine,* dachte sie bei sich, *sondern endlich frei.*

Der Pfarrer sagte etwas, aber sie hörte nicht richtig zu. Das Surren, das sie spürte, lenkte sie ab. Ihr war trotz des kühlen Tages Ende April mittlerweile wohlig warm. *Wie unendlich ich mich danach gesehnt habe, die Erregung wieder wie früher zu spüren. Endlich ist diese Durststrecke vorbei und ich kann leben!*

»Mein herzliches Beileid, Gisela. Herbert und du, ihr wart so ein treuer Teil unserer Gemeinde. Es zerreißt mir das Herz, dass du nun alleine zurückgeblieben bist«, sagte der Geistliche zu ihr. Sie beugte nur den Kopf und hielt kurz seine Hand.

»Danke, Hochwürden, für Ihre Anteilnahme.« Sie schaffte sogar einen kleinen Schluchzer. *Das ist das Erste, was vorbei sein wird, diese Kirchen-Heuchelei. Du wirst mich nie wieder sehen, Pfaffe.*

Sie nahm die Schaufel und warf einige Brocken Erde sowie eine rote Rose auf den Sarg und trat beiseite. Die anderen Gäste taten es ihr gleich. Gisela griff in ihre Handtasche und förderte nach kurzer Suche ein Taschentuch zutage, in das sie sich leise schnäuzte. Dann steckte sie es wieder zurück. Dabei drückte sie auf dem kleinen neuen Gerät den linken Knopf.

Nachdem alle Gäste Abschied genommen hatten, sagte der Pfarrer zu denen, die noch am Grab verharrten, einige Worte.

»Sollen wir noch bei dir bleiben? Du wirkst so unruhig«, fragte ihre Freundin Gabi, die ein paar Jahre jünger war. Und in vertraut leisem Ton zu ihr herübergebeugt: »Oder musst du vielleicht auf die Toilette, so wie du von einem Bein aufs andere trittst?«

Gisela lachte kurz auf, worauf die verbliebenen Gäste und der Geistliche missmutig blickten.

»Es ist alles in Ordnung. Ich bin froh, dass es nun vorbei ist«, antwortete sie.

»Ja, Beerdigungen sind immer anstrengend«, sagte ihre Freundin und wandte sich dann zum Gehen.

Nein, liebe Gabi, das ist nichts im Vergleich zu meinen letzten Jahren. Ich will nur alleine sein jetzt, dachte sie.

Langsam zerstreuten sich die Gäste. Gisela sah sich um. Nur sie stand noch am offenen Grab. Unruhig trat sie von einem Fuß auf den anderen. Sie öffnete ihre Handtasche und betätigte wieder den linken Knopf, so wie sie es in der Anleitung gelesen hatte, die bei dem Paket dabei gewesen war, das sie letzte Woche nach Herberts Tod bei diesem Spezialversand in Leipzig bestellt hatte.

Noch einmal, erinnerte sie sich, *und das ist Maximum.* Sie drückte.

Wenn jetzt jemand neben mir stehen würde, würde er garantiert das Surren hören, war ihr letzter Gedanke, bevor der kräftige Vibrator sie am Grab ihres Mannes zum Orgasmus brachte.

Feucht

Er führte zwei Finger ein. *Bloß vorsichtig sein*, dachte er, denn er wusste, wie empfindlich ihr Inneres war. Da, die Stelle, die er gesucht hatte, eine knappe Fingerlänge hinter der Öffnung an der Oberseite. Es fühlte sich ein bisschen furchig an. *Fast porös*, schoss es ihm durch Kopf. Ein leichtes Pressen, aber es regte sich nur ein wenig. Er verstärkte den Druck. Kaum Reaktion. *Also gut, dann muss ich doch stärker hinlangen*. Rhythmisch drückte er den Punkt, und urplötzlich, als ob sich eine Schleuse im Inneren geöffnet habe, ergoss sich ein Schwall Flüssigkeit aus der defekten Aquarienpumpe.

Zahlenspiele

Arnold mochte Zahlen. Sie waren rein, hatten keine Stimmungen, waren im wahrsten Sinne des Wortes berechenbar. Er spielte schon als Kind mit ihnen. Früh hatte er die Faszination entdeckt. Er erinnerte sich, dass er rechnen, bevor er sprechen konnte, selbst wenn er nicht wusste, dass das so hieß.

Später in der Grundschule gefiel ihm Mathematik, oder wie er es bei sich nannte, der *Rechnenunterricht*, am besten. Seine Lehrerin hatte früh seine Begabung bemerkt und förderte ihn gezielt, indem sie ihm Aufgaben gab, die für seine Mitschüler um einiges zu schwer waren. So lernte er langsam das Universum der Zahlen näher kennen. Primzahlen gefielen ihm am meisten. Sie waren die ersten, eben die primären. Sie waren nicht aus anderen zu konstruieren. Sie waren wie Herrscher, die sich nicht in das übliche Schema der Zerkleinerung einpassten. Sie waren Monolithe der Unteilbarkeit, und nichts konnte ihnen etwas anhaben. Und sie waren nicht beschränkt auf einen Teil des Zahlenraums. Ihre Menge war unendlich, genau wie die der weiteren, angepassten Zahlen. Aber trotzdem war ihre Anzahl kleiner. Das fand er logisch, denn es gab ja weniger Herrscher als Beherrschte.

Sobald ich groß bin, möchte ich bestimmen, wünschte er sich schon als Kind, wenn ihn die anderen hänselten und aufzogen. Er war immer einer der Letzten, die im Sportunterricht ausgewählt wurden, eine der vielen Demütigungen, die seine Schulzeit prägten. Später auf dem Gymnasium wurde es nicht besser. Er fraß den Kummer in sich hinein, wie üblich. Als er zunehmend schlechte Schulnoten bekam, außer in Mathematik, wurde er in die Realschule geschickt. Seine Eltern meinten, dass das Beste für ihn wäre, aber Arnold wusste, dass Schule insgesamt nicht gut für ihn war. Niemand verstand ihn wirklich, nur seine Tante Gabriele, die er Eli nannte. Sie kam manchmal zu Besuch, sobald sie in Göttingen einen Auftrag hatte. Sie beschäftigte sich mit ihm, und auch wenn sie seine Leidenschaft für Zahlen nicht teilte, fand sie ihn nicht sonderbar. Sie selbst hatte keine Kinder.

Wenigstens wurde er in der neuen Schule von den Klassenkameraden eher in Ruhe gelassen als früher. Freundschaftliche Kontakte hatte er trotzdem nicht. Nur mit einem Mädchen, das aus seiner Nachbarschaft kam, traf er sich manchmal. Sie war ernst und alberte nicht herum. Er mochte sie und sie ihn möglicherweise auch. Ganz sicher war er sich aber nicht. Andere hatten in dem Alter schon ihre ersten sexuellen Erfahrungen gesammelt. Das hatte er aus Gesprächsfetzen seiner Mitschüler, die an ihm vorbeischlenderten, aufgeschnappt. Aber das war für ihn mit Andrea völlig unvorstellbar. Er fand sich selbst unattraktiv und war darüber hinaus zurückhaltend. Seine Mutter sagte immer, dass ihr *Noldi* eben schüchtern sei. Er sah das nicht so. Er hatte nachgelesen, was genau das Wort bedeutete, und es stimmte seiner Ansicht nach für ihn nicht. Er hatte eher das Gefühl, sich nicht ausdrücken zu können, sodass er verstanden würde. Hätte er einen Weg gefunden, das mit Zahlen auszudrücken, wäre es ihm leichter gefallen. Er hatte Andrea bei einem Treffen auf dem verlassenen Spielplatz am Gewerbegebiet seine Bewunderung für Primzahlen gestanden. Sie hatte sich das ruhig angehört und dann gefragt »Wen würdest du gerne beherrschen?«

Am liebsten hätte er gesagt, er meine nicht *Beherrschen* im Sinne von Gewaltherrschaft, sondern etwas Weises und Wohlüberlegtes, das sich errechnen ließe. Dass es ihm dabei um wirkliche Gerechtigkeit ging – eine nüchterne und reale –, die nicht abhängig war von Launen. Dazu fehlten ihm, wie immer, die Worte.

»Ich weiß es nicht genau«, sagte er und kam sich besudelt vor, weil er Andrea anlog, denn so empfand er es.

Arnold hatte das Gefühl, dass die zarte Beziehung zu ihr durch seine Lüge zerbrochen war. Ob das stimmte, vermochte er nicht zu überprüfen, aber die Treffen wurden seltener, und eines Tages eröffnete sie ihm, dass sie wegziehen würde. Er hatte gar nicht gefragt, wohin, denn es war ihm egal. Nur das Ergebnis zählte, und das hieß, er würde Andrea nicht wiedersehen.

Er schaffte knapp den Realschulabschluss und war froh, endlich frei zu sein. Allerdings währte diese Zeit nur kurz. Mit seinen sechzehn Jahren war er eben nicht erwachsen und durfte nicht über sein eigenes Leben bestimmen. Seine Eltern bedrängten ihn, sich für eine Ausbildung zu entscheiden. Beim Arbeitsamt schlug ihm eine gelangweilte Mitarbeiterin Berufe vor, zu denen er keine Lust hatte. Mathematiker, ja, das wäre was, aber ohne Abitur völlig aussichtslos. Auf Druck seines Vaters fing er widerwillig eine Lehre bei der Agentur einer bekannten Versicherung in seiner Heimatstadt Göttingen an.

Und dann änderte sich sein Leben in atemberaubender Geschwindigkeit. Es ging nur um Zahlen, nichts anderes. Klar, letztlich wurden irgendwelche Sachen oder Menschen abgesichert, doch das war für Arnold nebensächlich. Sein Ausbilder fand schnell heraus, dass er gänzlich ungeeignet war, im Vertrieb zu arbeiten. Denn seine Möglichkeiten zur zwischenmenschlichen Kommunikation waren überaus begrenzt. Sein Betreuer entdeckte aber auch seine überragenden mathematischen Kenntnisse. Er konnte individuelle Risiken berechnen wie kein anderer. Bereits im zweiten Ausbildungsjahr befasste er sich mit exotischen

Versicherungen. Ob es sich um Kunstsammlungen oder Veranstaltungen handelte, war ihm dabei egal. Seine Fähigkeiten sprachen sich herum, und eines Tages fragte die Zentrale an, ob er nicht Lust habe, in der neu entstehenden Sparte ›Klimawandel‹ mitzuarbeiten. Arnold hörte sich an, was dort zu tun war, und willigte schnell ein. Er, der Nicht-Akademiker, könne in einem Team aus Wissenschaftlern aller möglichen Disziplinen wie Meteorologie, Biologie, Geologie, Physik, Wirtschaftswissenschaften und Mathematik mitwirken. Das war seine Chance, mit Zahlen zu arbeiten, die weitaus faszinierender waren als die, mit denen er aktuell zu tun hatte. Er wusste zwar wenig von der Materie und sagte das auch, aber sein Chef und die zuständigen Leute in der Zentrale versicherten ihm, dass das keine Rolle spiele. Es käme vor allem auf seine Kenntnisse in der Mathematik an.

Und so zog er in seinem dritten Lehrjahr nach München. Es zeigte sich, dass die Arbeit anspruchsvoller war als seine bisherige, aber er wurde schnell vom Team anerkannt wegen seiner fundierten Berechnungen und Modellierungen. Er war das jüngste Mitglied in einem der innovativsten Institute der Versicherung. Seinen Abschluss erreichte er problemlos, vor allem, weil sein Arbeitgeber seinen gesamten Einfluss geltend machte, dies mit minimalem Aufwand zu ermöglichen. Ihm wurde eine Festanstellung in Aussicht gestellt. Und obwohl er nach wie vor im Umgang mit Menschen ungeübt war, ließ er sich bei Zahlen nichts vormachen, schon gar nicht bei solchen, die direkt mit Geld zu tun hatten. Ihm war klar, dass sie ihn brauchten und halten wollten. Er erinnerte sich lebhaft an die Verhandlung mit seinem Vorgesetzten, Alfred-Edgar Krämer, die nach Dienstschluss stattfand.

»Na, Bornemann, was stellen Sie sich denn so vor?«, hatte er gefragt.

Arnold hatte aufrecht auf einem Stuhl vor dem Schreibtisch gesessen und geantwortet: »120.000 Euro Jahresgehalt, dreizehntes und vierzehntes Monatsgehalt, sechs Wochen Urlaub und zusätzlich fünf Tage Fortbildungszeit meiner Wahl. Weiterhin möchte ich eine progressive Gehaltssteigerung von eins Komma drei sechs Prozent pro Jahr.«

Zunächst nahm Krämer diese Ansage wortlos entgegen, um dann herauszuplatzen: »Sind Sie wahnsinnig? Das bekommt kein einziger Berufsanfänger in Deutschland, schon gar keiner, der nicht mal einen Uniabschluss hat. Das können Sie sich abschminken! Ich biete Ihnen 55.000 Euro an und am Anfang vier Wochen Urlaub. Und glauben Sie mir, damit sind Sie sehr, sehr gut bedient.« Er lehnte sich in seinem kippbaren Bürostuhl zurück und deutete mit seiner Körpersprache an, dass dieses Gespräch beendet sei.

»Ich möchte 120.000 Euro Jahresgehalt, dreizehntes und vierzehntes Monatsgehalt, sechs Wochen Urlaub und zusätzlich fünf Tage Fortbildungszeit meiner Wahl. Weiterhin möchte ich eine progressive Gehaltssteigerung von eins Komma drei sieben Prozent pro Jahr.«

»Ach, tatsächlich? Jetzt sind es schon eins Komma drei sieben Prozent. Und wie erklärt sich das, Herr Bornemann?«, fragte Krämer süffisant.

»Da ich jetzt mehr Zeit außerhalb meiner eigentlichen Arbeitszeit darauf verwenden muss, meine berechtigten Interessen durchzusetzen, verliere ich wiederum Freizeit, in der ich mich um Geldanlagen kümmern könnte. Das will ich ebenfalls vergütet haben«, sagte Arnold gelassen und sah dabei seinen Chef aus seinem fast kindlichen Gesicht mit seinen blauen Augen an.

»Sie müssen in der Tat verrückt geworden sein. Aber Ihr Beharrungsvermögen imponiert mir. Daher biete ich Ihnen 57.000 an. Das ist mein letztes Wort.«

»Ich verstehe. Ich habe mit einer Wahrscheinlichkeit von 43,2 Prozent damit gerechnet, dass mein Gehaltswunsch abgelehnt wird. Das fand ich ausreichend genug, um meine Kündigung zu schreiben.« Er öffnete seine abgeschrammte schwarze Ledertasche und zog einen nicht verschlossenen Briefumschlag heraus, den er auf den Tisch legte.

»Was soll das heißen, Bornemann? Sie können doch nicht ernsthaft kündigen. Also gut, ich gebe Ihnen 60.000 und fünf Wochen

Urlaub«, sagte Krämer und setzte sich dabei aus seiner gekippten Position wieder an den Schreibtisch. Schweißperlen hatten sich auf seiner Stirn gebildet.

Arnold stand auf und streckte seinem Chef die Hand zum Gruß hin. »Vielen Dank für Ihre Zeit und die Möglichkeit, in der Forschungsgruppe mitarbeiten zu dürfen. Leider kann ich Ihr Angebot nicht annehmen.«

»Mensch Bornemann, Sie müssen mich verstehen. Das wäre ein Präzedenzfall. Das kann ich nicht alleine entscheiden. Geben Sie mir etwas Zeit, das muss ich mit dem Vorstand abstimmen.«

»Ich erwarte eine Antwort in spätestens zwei Tagen. Sie werden feststellen, dass die Kündigung das Datum von übermorgen zeigt. Sollte ich bis dahin keine Zusage zu meinen Konditionen haben, werde ich das Unternehmen verlassen.«

Am nächsten Nachmittag kam Krämer direkt zu ihm in die Arbeitsgruppe und teilte ihm mit, dass alles akzeptiert worden sei. »Aber was ich doch jetzt wissen wollte, Bornemann, was hätten Sie gemacht, wenn es nicht geklappt hätte?«

»Dann hätte ich eine ähnliche Stelle bei der Perfecta angenommen, die mir angeboten worden ist, allerdings zu weniger guten Bedingungen als jetzt«, sagte Arnold und wandte sich wieder seiner Modellierung am Bildschirm zu.

»Mein lieber Bornemann, Sie sind ein Fuchs. Das hätte ich Ihnen absolut nicht zugetraut. Da haben Sie uns ganz schön über den Tisch gezogen«, stellte er resigniert, aber bewundernd fest.

»Nein, ich habe Sie nicht betrogen. Ich bin nicht kriminell. Ich habe lediglich Wahrscheinlichkeiten abgewogen. Danach war ich zu 82,1 Prozent sicher, dass mich die Union-Versicherung behalten will, vor allem auch, damit ich eben nicht zur Konkurrenz gehe. Das Restrisiko von 17,9 Prozent erschien mir akzeptabel.«

»Aber Sie haben doch bei mir im Büro von 43,2 Prozent Wahrscheinlichkeit gesprochen.«

»Das bezog sich darauf, dass Sie nicht auf meine Vorstellungen eingehen und eine Kündigung erforderlich sei, um so den

Vorstand einzubinden. Das ist ja auch geschehen.« Damit zog Krämer wortlos und Kopf schüttelnd ab.

Arnold arbeitet weiter im Institut. Dies wuchs in den nächsten fünf Jahren, und ihm wurde der Aufstieg zum Abteilungsleiter vorgeschlagen. Das lehnte er ab, denn das hätte ihn von den spannenden Zahlen entfernt. So blieb es beim Alten, und sein Gehalt blieb das höchste in seinem Team.

In seiner Freizeit analysierte er sorgfältig Geldanlagen. Er investierte immer dann, wenn die Wahrscheinlichkeit, dass er mehr herausbekommen könnte, als er eingesetzt hatte, größer als neunzig Prozent war. Das funktionierte zuverlässig, und so wuchs kontinuierlich ein kleines Vermögen heran. Er war trotzdem nicht rundum zufrieden. Was genau ihm fehlte, vermochte er nicht zu sagen. Er spürte es, konnte es aber nicht benennen.

Eines Abends, nach der Arbeit lag er wieder einmal bei Natalia und packte die Gelegenheit beim Schopf. »Kannst du mir helfen, eine Frau zu finden? Ich weiß nicht, wie ich es anstellen soll.«

»Und da fragst du ausgerechnet mich, eine Nutte?«

»Bitte, ich möchte nicht, dass du das Wort in meiner Gegenwart benutzt. Ich finde es beschmutzend.«

»Entschuldige, das weiß ich doch. Es ist mir so herausgerutscht. Also wieso glaubst du, dass ich dir helfen kann?«

»Du kennst dich mit Männern aus und hast mir vor drei Wochen erzählt, dass du auch mit Frauen Sex hast. Damit kennst du beide Seiten. Deshalb könntest du in der Lage sein, zu analysieren, was ein Mann wie ich tun müsste, um eine passende Frau zu finden.«

»Na, du traust mir ja einiges zu. Aber gut, es ist dein Geld, also können wir genauso gut miteinander sprechen.«

»Um das Geld musst du dir keine Gedanken machen. Ich bezahle natürlich dafür.«

»Manchmal bist du einfach nur rührend und süß, Arni. Ich weiß das doch. Du bist der ehrlichste Mensch, den ich kenne. Das ist wahrscheinlich auch eines der Probleme.«

»Was ist daran falsch?«

»Lass es mich so sagen: Frauen mögen zum Beispiel Komplimente. Vor allem dann, wenn eigentlich keins angebracht ist«, fing sie an.

»Das verstehe ich nicht«, sagte Arnold dazwischen.

»Stell dir vor, du hättest eine Frau zum Essen eingeladen. Sie hat sich schick gemacht, ihr schönstes kleines Schwarzes, ihre neusten Pumps, den teuren Lippenstift von Dior aufgetragen und vielleicht noch ein wenig Parfum von Vivien Westwood. Sie kommt mit zu dir, und ihr verbringt die Nacht zusammen. Ihr treibt es wild und heftig und schlaft erschöpft ein. Am nächsten Morgen wird sie in den Spiegel sehen und feststellen, dass sie im Vergleich zu gestern Abend ganz grauenhaft aussieht, und in dem Moment kommst du dazu. Was würdest du sagen?«

»Vermutlich würde ich fragen, ob ihr schlecht ist.«

Natalia lachte laut auf. »Das kann ich mir gut vorstellen, und du würdest es ernst und gut meinen. Wahrscheinlich würdest du ihr ein Aspirin anbieten.«

Arnold nickte.

»Mein lieber Arni, stattdessen sagst du ihr, wie umwerfend sie aussieht, jetzt sogar noch schöner als gestern. Du würdest sie fragen, ob sie einen Kaffee oder Tee haben möchte, vielleicht auch ein Wasser dazu. Dann kann sie dich, ihr Gesicht wahrend, um eine Kopfschmerztablette bitten, falls sie eine möchte.«

»Das heißt, ich müsste lügen, damit sie sich gut fühlt?«

»Ja, das müsstest du wohl oder übel, auch wenn ich zwischen Komplimenten und Lügen unterscheiden würde. Wie soll ich es dir erklären ... Mal überlegen ...«, sagte sie und zog ihre Stirn kraus. »Vielleicht so. Komplimente sind sprachliche Optimierungen oder zukünftige Wahrheiten. Sie wollen Menschen aufwerten. Und das wollen Lügen nicht, denn die sind meist egoistisch.«

»So habe ich das noch nicht gesehen. Ich stelle fest, dass ich Frauen erst mal viel besser verstehen muss, um eine zu finden, die zu mir passt. Kannst du mir dabei helfen?«

»Wie stellst du dir das vor?«, fragte Natalia.

»Ich beschäftige dich als meinen Coach. Wir gehen gemeinsam aus. Wir gehen zum Shoppen. Im Grunde machen wir alles, was Frauen eben so tun, und ich bin dabei und lerne dazu. Und du bringst mir möglichst viel zum Thema Sex bei. Damit meine ich alle möglichen Spielarten, die wir noch nicht miteinander ausprobiert haben. Was meinst du?«

»Wenn ich dich nicht schon fast zwei Jahre kennen würde, würde ich sagen, dass du übergeschnappt bist. Aber es hört sich für mich sehr reizvoll an. Du bekommst auch einen Sonderpreis.«

»Nein, auf keinen Fall. Ich zahle dich pro Stunde oder pro Tag, gleichgültig, was wir machen.«

»Gut, abgemacht. Dann beginnen wir gleich mit den Lektionen. Lektion kommt übrigens von ›Lecken‹«, sagte sie verschmitzt, streifte sich ihr Negligé ab, legte sich auf das breite Bett und präsentierte ihm ihre blanke Vulva. Zwischen ihren äußeren Schamlippen lugten die inneren fast einen halben Fingerbreit hervor.

»Aber das haben wir doch schon gehabt«, stellte Arnold fest.

Natalia lachte wieder. »Arni, du bist wirklich ein Vogel. Ja, du hast mich schon geleckt, und ja, das ist nicht neu. Aber wir fangen ja erst an. Später werden wir dann sehen, ob du mich auch spritzen lassen kannst. Aber da benötige ich Vorbereitung. Also, fangen wir mit der Ausbildung an?«

»Natürlich, aber stimmt es, dass Lektion wirklich von Lecken kommt?«, fragte er, sich seiner Kleidung dabei entledigend.

Statt einer Antwort lachte Natalia erneut, griff sich ein Handtuch, das auf einem Beistelltisch lag, legte es unter sich und ließ sich auf dem Bett nieder. Dann spreizte sie ihre Beine und streckte ihm ihre Scham entgegen.

Arnold hatte sie schön häufiger oral befriedigt und es gefiel ihm. Er mochte die Wärme, den Geruch und die Macht, die es ihm über Natalia gab. Es war nicht so, dass er herrschsüchtig war, es ging ihm um die Kontrolle. Situationen, die er einzuschätzen vermochte, waren ihm lieber als völlig unbekannte. Diese war mittlerweile vertraut und er in der Lage, alleine mit seiner Lecktechnik ihre Lust zu steuern. Das faszinierte und erregte ihn. Lusttropfen bildeten sich auf seinem steifen Schwanz. Natalia wand sich inzwischen vor Geilheit und presste ihre Brüste seitlich zusammen, sodass ihre festen und großen Nippel zusammenstießen. Arnold merkte den Grad ihrer Erregung daran, wie viel Flüssigkeit aus ihrer Vagina strömte und wie sich Geruch und Geschmack veränderten.

»Und jetzt üben wir, eine Frau zum Spritzen zu bringen«, sagte Natalia unvermittelt.

Er richtete sich auf und schaute sie erwartungsvoll an.

»Zeig mir bitte mal deine Hände.«

Arnold rutschte ein wenig weiter hoch und spreizte seine Finger vor ihrem Gesicht.

»Perfekt geschnittene Nägel. Ich habe es nicht anders erwartet«, sagte sie. »Du wirst mir jetzt Mittel- und Ringfinger gemeinsam in die Möse einführen, und zwar so, dass die Knöchel nach unten zeigen.«

Folgsam führte er die Anweisung aus.

»Was spürst du, wenn du die Finger ein wenig krümmst?«

»So was wie kleine Furchen. Es ist nicht richtig rau, weil es so nass ist, aber es sind schwache Vertiefungen zu fühlen.«

»Sehr gut. Das ist der G-Punkt. Und den drückst du gleich rhythmisch mit deinen beiden Fingern. Dabei kannst du ruhig kräftig zur Sache gehen. Später wirst du dabei auch mit der Hand zustoßen. Soweit verstanden?«

Arnold nickte und legte los. Ihre Lust war sofort wieder angefacht, und er spürte, wie er vorgehen musste, um sie zu steigern.

»Stoß mir fester in die Möse und beweg die Finger noch stärker«, feuerte sie ihn an. Er hörte die Geilheit in ihrer belegten Stimme. Ihr Unterleib spannte sich an, ihre Vagina erweiterte sich, und im Schwall sprudelte klare Flüssigkeit hervor, die im Handtuch versickerte. Verdutzt zog er seine Hand heraus.

»Komm, mach weiter, da geht noch was«, stöhnte sie.

Er ließ sich nicht bitten, vor allem, da er selbst es noch mal wollte, und kurz darauf spritzte es erneut. Natalia forderte mehr ein. Nach einer Weile fragte er: »Geht das eigentlich immer so weiter?«

Sie lachte. »Nein, irgendwann ist Schluss. Ich muss auch ziemlich viel trinken nachher, denn irgendwie muss der Körper wieder an Flüssigkeit kommen. Das ist sehr unterschiedlich bei Frauen. Es gibt auch welche, die das gar nicht können. Das musst du wissen, denn da führt diese Technik nicht zum Erfolg. Andererseits gibt es Frauen, die gar nicht wissen, dass sie das können. Da wiederum könntest du dann richtig punkten.«

»Das kann ich verstehen. Ich erweitere ihre Sexualität und dafür sind sie dankbar. Und sie halten mich für erfahren.«

»Treffende Analyse, mein lieber Arni. Ich würde sagen, wo wir gerade bei Analyse sind, dass wir beim nächsten Mal Analsex machen. Was meinst du?«

»Du bist die Ausbilderin und machst das Kursprogramm.«

»Richtig, daran muss ich mich noch gewöhnen. Gut, zum Abschluss der heutigen Lektion wirst du für mich wichsen. Es gibt Frauen, die darauf stehen, wenn Männer sich selber befriedigen und sie ihnen dabei zuschauen. Und dann solltest du das natürlich in besonders erregender Art und Weise bewerkstelligen. Am besten du setzt dich mit dem Rücken an die Bettlehne und ich mich vor dich.«

Als Arnold so saß, wie sie es sich vorstellte, sagte sie: »Dein Schwanz ist schon sehr schön hart und du bist perfekt rasiert. Also beste Voraussetzungen. Jetzt zeig mir, wie du es machst!«

Er schob mäßig schnell mit der rechten Hand die Vorhaut hin und her. Dann beschleunigte er, bis Natalia ihn stoppte.

»Ich kann mir gut vorstellen, dass du es dir so besorgst, effizient und darauf bedacht, möglichst wenig Zeit aufzuwenden. Das aber ist nicht sehr aufreizend. Du möchtest ja die Dame dabei anzutörnen. Also musst du ihr auch was bieten. Die meisten Frauen mögen Sinnlichkeit, und das hat mit Gefühl zu tun. Auch wenn du es noch nicht spüren kannst, näherst du dich dem schon an, indem du es langsamer angehen lässt. Also noch mal von vorne.«

Und er tat, wie geheißen, und sein Schwanz nässte fortwährend.

»Du kannst die Nässe auch gerne auf der Eichel verreiben. Schieb die Vorhaut ganz runter und dann streichst du kreisförmig darüber«, gab Natalia einen Hinweis. »Ja, genau, so sieht es geil aus. Ich werde gerade wieder erregt. Ein gutes Zeichen.«

Während er sie intensiv beobachtete, spielte er weiter an seiner Latte. Er spürte, dass die Erregung sich erheblich langsamer steigerte als sonst, wenn er masturbierte, aber es gefiel ihm selbst schon jetzt besser.

»Sobald du kommst, versuch es möglichst lange aufzuhalten. Spann deine Beckenbodenmuskeln an, dann funktioniert das gut.«

Er ahnte, was sie meinte, aber im Grunde hatte er sich nie mit seinem Beckenboden beschäftigt. Vermutlich sah sie ihm an, dass er nicht genau wusste, was sie erwartete.

»Tu einfach so, als ob du ganz dringend pinkeln musst und es zurückhalten willst.«

Damit konnte er was anfangen. Er setze seine Bewegung fort, und Natalia fingerte sich selbst mit einer Hand. Mit der anderen zog sie abwechselnd an ihren Nippeln. Er sah, dass sie auf einen Orgasmus zusteuerte, und spürte seinen aufsteigen. Normalerweise würde er jetzt schnell zum Abschluss kommen. Aber diesmal versuchte er, sich zurückzuhalten. Das gelang ihm gut, fand er. Da, er war kurz davor zu spritzen. Er zog seine Muskeln weiter zusammen. Sein Unterleib bewegte sich stoßend, als ob er eine Frau ficken würde. Natalias Blick war glasig geworden. Er tippte leicht mit den Fingern an seine Eichel. Die Stimulation genügte, so gereizt war sein Penis mittlerweile. Und dann konnte er sich nicht mehr beherrschen. Sein Körper verschoss das Sperma in kraftvollen Stößen. *Bestimmt ein halber Meter*, dachte Arnold, die schwallartige Fontäne mit seinem Blick verfolgend. Natalia kam in dem Moment, und mit einem leisen Schrei brach der Höhepunkt aus ihr heraus.

Erschöpft lehnte er sich an. Sie erwachte aus ihrer Trance und legte sich neben ihn.

»Das war schon sehr überzeugend, Arni. Ich denke, darauf können wir aufbauen. Wann sehen wir uns das nächste Mal?«

Sie verabredeten sich im wöchentlichen Turnus. Natalia sollte ihn in sämtliche sexuelle Praktiken einführen und, falls erforderlich, die dafür notwendigen Vorbereitungen treffen. Darüber hinaus vereinbarten sie, dass sie Arnold in das weibliche Gefühlsleben einführte. Wobei damit all die Aspekte gemeint waren, die sich nicht, oder zumindest nicht unmittelbar, auf Sex bezogen.

Er hatte jetzt ein Ziel, und das verfolgte er methodisch. Natalia hatte ihm mitgeteilt, dass Frauen muskulöse Körper gefielen. Auf seinen Einwand, dass das aber sicher nicht auf alle zutreffen würde, beschied sie ihm, dass es nicht übermäßig wahrscheinlich sei, ausgerechnet diejenige zu finden. Er würde durch ein vernünftiges Training seine Chancen erhöhen. Das leuchtete ihm ein, selbst wenn er es nicht in Zahlen zu fassen vermochte. So meldete er sich in einem Fitnessstudio an, ließ sich einen Trainingsplan erstellen und nahm alle Termine gewissenhaft wahr. Nach kurzer Zeit bemerkte er die Veränderungen an seinem Körper. Und er gestand sich ein, dass es ihm gefiel. Seine Körperhaltung hatte sich verändert. Und Natalia bestätigte, dass er jeden Tag begehrenswerter wurde.

»Dich nehme ich sofort«, sagte Arnold zu ihr.

»Das kann ich mir vorstellen. Aber das würde nichts werden. Ich bin nicht aus der Not heraus das, was ich bin. Ich liebe Sex und will viel davon. Ich würde dich nur unglücklich machen. Ich bin nicht für Monogamie gemacht. Und übrigens bin ich über zehn Jahre älter als du.«

Er gab sich damit zufrieden, selbst wenn es ein klein wenig an ihm nagte. Warum, das war ihm nicht klar. Immerhin hatten sie beide dem Deal zugestimmt, ohne Ansprüche und Verpflichtungen. Vielleicht würde er sie später erneut fragen.

Beim Sex machte er Fortschritte. Er hatte mittlerweile Analsex mit Natalia gehabt, sie hatte ihn mit einem Strapon ebenfalls anal genommen. Er hatte einen Plug ausprobiert, und manchmal gefiel es ihm. Als er sie fragte, ob das ein Anzeichen wäre, dass er schwul sein könnte, beruhigte sie ihn.

»Arni, selbst wenn, ist das kein Problem. Es ist eine Form der Sexualität, dafür müsstest du dich nicht schämen. Ich glaube es aber nicht, wenn ich mir ansehe und fühle, mit welcher Hingabe du mich fickst, leckst oder spritzen lässt. Ich kann mir aber vorstellen, dass du bisexuell bist. Das wäre eigentlich ein großes Glück, denn dann hättest du natürlich viel mehr Möglichkeiten als ein reiner Hetero.«

So hatte er das bisher gar nicht gesehen und nahm sich vor, dies weiter zu ergründen, und zwar nachdem er gelernt hatte, die Frauen zu verstehen.

Er hatte Natalia gefistet und geübt, ihre Vagina vorbereitend zu dehnen, bevor er seine komplette Hand in sie reinschob. Sie hatten Spermaspiele in allen möglichen Variationen gespielt. Er hatte sein eigenes versucht, war aber nicht so angetan davon. Er hatte Vibratoren sowohl an sich als auch an Natalia ausprobiert, ebenso wie Pumpen für Vulva, Klitoris und Penis. Etliche unterschiedliche Stellungen standen auf dem Plan, viele aus dem Kamasutra. Sie verfügte über umfangreiche Erfahrungen. Außerdem hatte sie ihm einige BDSM-Techniken beigebracht. Arnold war aber nicht überzeugt davon, dass er diese benötigen würde.

»Du würdest dich wundern, wenn du wüsstest, wie viele Frauen manchmal oder auch immer auf Unterwerfung Lust haben«, hatte sie erklärt, und er glaubte ihr. Daher machte er hierbei genau so engagiert mit, wie bei allen anderen Elementen, die auf dem Lehrplan standen.

Arnold hatte für sich selbst eine Liste zusammengestellt, in der er die sexuellen Praktiken verwaltete. Er empfand es als passend, diese zu nummerieren. Und da er nach wie vor die Primzahlen am liebsten hatte, wählte er diese. Er entwickelte ein System, das sich an Körperregionen und eingesetzten Spielzeugen orientierte und daran, ob die Techniken einen Partner erforderten oder nicht. Als er Natalia davon erzählte, lachte sie, aber sie verspottete ihn nicht. Sie respektierte seine Art, sich der Aufgabe zu stellen. Amüsant fand sie, dass er bei Praktiken, die durch beide jeweils unten oder oben liegend beziehungsweise stehend ausgeführt werden konnten, den Rückwert wählte. Er erläuterte ihr das an einem Beispiel: »Wenn du auf mir liegst und die Beine geöffnet hast, dann gibt es diese Stellung auch umgekehrt. Und deshalb habe ich ihnen die

Nummern 13 und 31 gegeben. So weiß ich, dass sie zusammengehören. Außerdem kommt bei der Addition oft ein Palindrom heraus. Und die sehen für mich wie Zwillinge oder Mehrlinge aus.«

»Palindrome?«

»Ja, Zahlen, die gleich sind, egal, von welcher Seite man sie liest, in diesem Fall 44.«

»Du bist schon sehr besonders, Arni. Und ich wette, dass es genug solcher Paare gibt.«

»Ja klar, die Anzahl der Primzahlen ist unendlich. Aber für mich spielt auch eine Rolle, ob die Differenz zwischen den beiden Zahlen für mich noch eine weitere Bedeutung hat. Wenn du 13 und 31 nimmst, dann ist die Differenz 18. Und in dem Alter habe ich das erste Mal diese Stellung, also die Frau unten und ich darüber, bei einer Prostituierten ausprobiert.«

»Meine Güte, Arni, erzähl das bloß nicht irgendwelchen anderen Frauen. Da kommst du sofort in Schwierigkeiten.«

»Keine Angst, ich habe schon viel dazu gelernt. Vor allem, dass man Frauen nicht alles sagt, was einen bewegt.«

»Genauso ist es. Jedenfalls gilt das so lange, bis du die wirklich Richtige findest.«

Mittlerweile war er geübt, eine ausgedehnte Shopping-Tour zu überstehen. Bei Entweder-oder-Fragen, welches Kleid eine Frau tragen solle, bei denen ein Mann nur falschliegen konnte, kannte er die passende Antwort. Natalia brachte ihm bei, beim Schmuckkauf, selbst wenn alle Stücke in seinen Augen identisch aussahen, mit eingeübten Formulierungen Interesse beizusteuern, egal, ob er es empfand oder nicht.

Sie waren mehrfach zum Essen ausgegangen. Natalia hatte mit rustikalen Gasthöfen begonnen. Dann hatte sie die Anforderungen gesteigert, indem sie angesagte und schicke Läden ansteuerte. Anfangs fühlte er sich fremd zwischen diesen ganzen gestylten Menschen. Sie half ihm, Selbstvertrauen zu entwickeln und sich zunehmend sicherer zu bewegen. Er lernte Höflichkeits- und Anstandsregeln. Und er übte Sachkunde bei Wein und Essen zu imitieren.

Denn hierbei, so stellte er fest, gelang es ihm leider nicht, sich der Materie so zu stellen, dass er echtes Interesse daran fand. Das Gastronomie-Training schlossen sie in einem Restaurant der Sterne-Kategorie namens *Alte Abtei* ab. Und obwohl es hier extrem teuer war und gediegen zuging, lernte Arnold, dass es weniger auf den Schein ankam, sondern auf wirkliche Qualität und Kochkunst. Das imponierte ihm. Er überlegte, woran das liegen könnte, und fragte Natalia.

»Vermutlich, weil Sterneköche oft genauso im Tunnel sind und nicht nach links und rechts sehen wie du«, teilte sie ihm mit.

Das mag stimmen, dachte er.

Sie hatten Konzerte besucht. Arnold meinte, er könne mit Musik nichts anfangen. Das ließ Natalia nicht gelten, mit dem Hinweis darauf, viele Frauen liebten es, schick ausgeführt zu werden, vor allem, um von anderen gesehen zu werden. Sie erklärte ihm dazu, dass das aber nie eine zugeben würde. So hatte er Oper, Operette, Jazz und Pop kennengelernt.

Sie ging mit ihm in Saunen und Thermen. Arnold war skeptisch, ob das was für ihn war. Doch sie beharrte darauf. »Du sollst Nacktheit in der Öffentlichkeit erleben und fühlen. Das wird dein Selbstbewusstsein, aber auch deine Selbstbeherrschung steigern, glaub mir.«

»Selbstbeherrschung?«

»Warte ab, du wirst es erleben.«

Und sie behielt recht. Das erste Mal suchten sie die Therme in Erding und dort eine gemischte Sauna auf. Die nackten Frauen erregten Arnolds Männlichkeit, und er musste sich anstrengen, keine Erektion zu bekommen.

»Siehst du, Arni, das passiert den meisten Männern zu Anfang. Und damit du auch hierfür gut aufgestellt bist, üben wir das. Übrigens, wo ich gerade von ›aufgestellt‹ rede, merke ich, dass ich richtig geil bin. Was hältst du davon, wenn wir uns zwischenzeitlich eine Umkleide suchen?«

»Finde ich sehr gut. Wie kann ich dir denn zu Diensten sein?«

»Der Unterricht trägt Früchte, wie ich wohlwollend höre«, sagte sie leise und schlug den Weg zum Umkleideraum ein, »du fickst mich von hinten richtig durch, und wenn ich gekommen bin, sauge ich dir deinen Schwanz so leer, dass dein Gesicht faltig wird.«

Arnold lachte laut auf, und sie fiel mit ein, sodass sich einige Leute verwirrt nach ihnen umdrehten.

Sie kümmerte sich auch um sein Outfit. Aber sie drängte ihm nicht ihren Geschmack auf, sondern gemeinsam erkundeten sie Kaufhäuser, Herrenausstatter und besuchten Modemessen. Alsbald zeichnete sich ab, was ihm gefiel. Er hatte eine Vorliebe für einfarbige, schlichte, elegant und körperbetont geschnittene Kleidung. Natalia assistierte ihm kaum noch. Bald waren Arnolds alte Klamotten komplett verschwunden und durch eine neue Garderobe für alle Lebensbereiche ersetzt. Bei den Anzügen hatte er zunächst Bedenken, maßgeschneiderte zu kaufen, denn er meinte, dass es für ihn keinen Unterschied zwischen einem von der Stange und einem individuell gefertigten gäbe. Darauf drängte Natalia ihn dazu, verschiedene anzuprobieren, und schoss jeweils Fotos. Dann ließ sie ihm einen direkt auf den Leib schneidern und ein passendes Oberhemd gleich mit. Davon machte sie wieder Bilder. Als Arnold diese verglich, verstand er, was sie meinte, und die Sache war entschieden.

Bei den Schuhen war es ähnlich. Sie waren handgefertigt. Er wollte gerne nur braune haben. Deshalb erläuterte sie ihm die Regel: *No brown after six.*

»Das klingt aber sehr eingeschränkt«, fand er.

»Aus meiner Sicht ist es auch überholt, aber glaub mir, es schadet nicht, sich daran zu halten. Du kommst damit seriös rüber, und das passt besser zu dir, als wenn du dich als Konventionsbrecher aufspielst. Abgesehen davon finde ich dich in schwarzen Schuhen und passender Abendgarderobe sowieso viel schicker.«

»Aber braune Schuhe im Job gehen doch, oder?«

»Klar, und es ist auch gut, wenn du mehrere Paare hast. Du zeigst Geschmack und dass du kein Geizkragen bist. Frauen merken so was. Und es kann sein, dass du welche auch vor sechs kennenlernst«, sagte Natalia und zwinkerte ihm verschmitzt zu.

»Und jetzt müssen wir noch was mit deinen Haaren machen«, stellte sie eines Tages fest.

»Warum denn?«, fragte er und strich sich eine seiner blonden Locken aus der Stirn.

»Du hast dich verändert durch den Sport. Du hast markantere Gesichtszüge bekommen. Und dazu würde eine Frisur, die diese Linien betont, besser passen als die jetzige. Außerdem ...«

Arnold unterbrach sie, was überaus selten geschah: »... stehen Frauen auf schicke Frisuren.«

Beide lachten.

»Weißt du Arni, ich glaube, du bist schon sehr, sehr weit fortgeschritten«, sagte sie und gab ihm einen Kuss.

Schließlich stand seine Wohnung auf dem Lehrplan.

»Aber was ist denn damit nicht in Ordnung?«, fragte er.

»Arni, mein liebster Schüler. Ich sage es dir am besten schonend. Sie ist nicht wirklich geeignet, um eine Frau einzuladen. Sieh mal, du hast praktisch alles rund um die drei Bildschirme gruppiert. Das sieht aus wie bei einem Nerd«, erklärte sie.

»Na ja, das bin ich eigentlich auch, glaube ich«, sagte er verunsichert.

»Nein, du bist längst auf dem Weg weg davon. Überleg mal, was du alles schon erreicht hast. Du bist finanziell gut situiert, du bist großzügig, du bist freundlich, du hast umfangreiche sexuelle Erfahrungen, wahrscheinlich mehr als die meisten anderen Männer in deinem Alter. Du hast Manieren, du bist kulturell gebildet. Du bist gerade mal vierundzwanzig und schon so wohlhabend, dass du dich zur Ruhe setzen könntest. Und du suchst eine Frau. Also müssen wir was machen. Und Wohnungen sind ein Spiegelbild der Seele. Deine Seele besteht nicht nur aus ein paar Bildschirmen.«

»Jetzt, wo du es so darstellst, finde ich das auch eher retro«, meinte er.

»Arni, du hast gerade ein aktuelles Slangwort benutzt, und das auch noch ironisch. Das war das erste Mal. Du machst wirklich Riesenfortschritte«, lobte ihn Natalia begeistert.

Er grinste dabei und, wie er es insgeheim erhofft hatte, gab sie ihm einen Kuss. *Ich habe einiges gelernt*, dachte er bei sich.

Sie nahm ihn mit in Möbelhäuser, kaufte parallel Einrichtungszeitschriften, sah sich mit ihm Videos von unterschiedlich eingerichteten Häusern an. Und sie versuchte zu ermitteln, ob ihm irgendetwas gefiel. Als darauf wenig Reaktion kam, schlug sie vor, zu verreisen. Unterwegs zeigte sie ihm verschiedene Baustile und damit einhergehende Einrichtungsmöglichkeiten. Für den Parforceritt durch Deutschland, Frankreich, Spanien und Italien hatte sie Hotels gebucht, die für ihr Ambiente bekannt waren. Nach den zwei Wochen ihrer Reise kristallisierte sich seine Vorliebe für einen klaren Stil ähnlich dem des Bauhauses heraus.

»Okay, Arni, jetzt wissen wir, in welche Richtung es gehen soll. Fehlt nur noch die passende Wohnung dazu.«

»Aber was ist mit meiner falsch?«

»Sie ist klein, hat keine schöne Aussicht, eine zu enge Küche und du hast nur ein Bad.«

»Und was stimmt nicht damit?«

»Frauen mögen es sehr, wenn WC, Dusche und Bad getrennt sind. Das lässt sich aber bei dir nicht installieren. Also muss eine andere Wohnung her.«

Diese war schnell gefunden, denn angesichts der Finanzkraft, über die Arnold verfügte, standen ihm alle Türen offen.

Sie half ihm bei der Einrichtung. Er hatte ihr mitgeteilt, er sei nach reiflicher Überlegung zu dem Schluss gekommen, dass die Fibonacci-Folge seinem ästhetischen Empfinden am ehesten entsprach.

»Die was bitte?«, hatte sie verwirrt nachgefragt.

»Das ist eine unendliche Zahlenfolge, benannt nach Leonardo Fibonacci. Die danach benannte Systematik ist aber schon viel länger bekannt. Schon bei den …«, begann er seine Erläuterung.

Natalia, die ahnte, was passierte, wenn Arnold in seinem Element war, und unterbrach ihn: »Arni, bitte die Kurzfassung und davon die Zusammenfassung.«

Er nahm es ihr nicht übel, unterbrochen zu werden. Denn in einer ihrer Übungseinheiten hatte sie ihm mehrfach deutlich zu verstehen gegeben, dass es Frauen maximal nervte, wenn der Mann sich in den Vordergrund spielte.

»Entschuldige, du hast natürlich recht. Es geht dabei um den *Goldenen Schnitt*.«

»Damit kann ich was anfangen«, meinte sie, und dann half sie ihm, einen Innenarchitekten auszusuchen, der so auf ihn einging, wie es erforderlich war. Nach kurzer Zeit war die Wohnung in Schwabing fertiggestellt und Natalia der Ansicht, dass sie Arnold nichts weiter beibringen könne.

»Mein Lieber, jetzt ist die Stunde der Wahrheit gekommen. Auf gehts in den Großstadtdschungel auf Frauensuche.«

»Aber ich darf dich doch noch sehen, oder?«, fragte er ein wenig ängstlich.

Sie nahm ihn wortlos in den Arm und flüsterte ihm ins Ohr: »Jederzeit, es sei denn ich habe gerade Kunden.« Dann verließ sie ihn.

Sex war für Luisa wichtig, aber mit Beziehungen hatte sie eindeutig Probleme. Eine Zeit lang glaubte sie, nicht heterosexuell, sondern lesbisch zu sein. Und so versuchte sie, mit Frauen Erfahrungen zu sammeln. Das war gar nicht so leicht, wie sie feststellte. So suchte sie irgendwann eine Prostituierte auf. Trotz der Ängste und Zweifel, die sie zunächst hatte, genoss sie es. Natalia war routiniert und hatte ihr derart Lust bereitet, wie sie es vorher nie erlebt hatte. Am schönsten war, dass sie sich, ohne dafür extra Geld zu verlangen, Zeit genommen hatte, um mit Luisa ernsthaft über Sexualität zu sprechen. Sie wiederholte die Besuche ein paar Mal und bald war sie sicher, eine Neigung zu beiden Geschlechtern zu haben.

Leichter waren für sie Männerbekanntschaften. Denn sie lernte schnell, dass der Bedarf der Männerwelt an Frauen deutlich größer war als umgekehrt. Sie empfand sich nicht als männermordende Schönheit, doch durch ihre Besuche bei Natalia hatte sie genug Selbstvertrauen aufgebaut und war sich ihrer eigenen Vorzüge bewusst. Ihr war es gelungen, verschiedene Männer kennenzulernen. Bei einigen kam es zu kürzeren Bindungsphasen. Luisa merkte aber, wie wenig ihr das gab. Sobald sie Personen in ihre Wohnung mitnahm, empfand sie das als ein Eindringen in ihre Privatsphäre. Daran änderte sich in ihrer Wahrnehmung auch dann nichts, wenn sie echte Zuneigung spürte.

Sie hatte homosexuelle und Bi-Männer kennengelernt und hatte bizarren, rauen und zum Teil einfach nur geilen Sex mit zwei oder mehr Typen erlebt. Doppelpenetration liebte sie genauso wie die Unverbindlichkeit in der Szene. Ihr kam entgegen, dass es primär nicht um Liebe, sondern um Sex ging.

Im Studium war bei ihr der Verdacht aufgekommen, einen Persönlichkeitsschaden zu haben. Sie belegte ein paar Kurse in Psychologie. Ihre Selbstdiagnose führte zu einer leichten Form des Asperger-Syndroms. Sie war darüber nicht erschreckt. Im Gegenteil, sobald ihre bisherigen unspezifischen Gefühle von Unruhe, Unzufriedenheit, Bedrängung und Angst einen Namen hatten, arrangierte sie sich damit. Sie war, so stellte sie für sich fest, ihr ganzes Leben nicht sie selbst gewesen. Daher entschied sie sich, für den Start in ihr neues Dasein künftig ihren zweiten Vornamen statt dem ersten zu verwenden.

Sie entdeckte in der Folge für sich die Autosexualität, die sie mit Natalia vertiefte. Diese zeigte ihr viele Techniken. Sie lernte zu spritzen und einfühlsam Analsex kennen. Methoden, die aus dem Tantra kämen, vermittelte ihr ihre Freundin, denn so empfand Luisa ihre Beziehung mittlerweile – freundschaftlich. Sie zog daraus nicht nur mehr und mehr Befriedigung, sondern ihr Selbstwertgefühl stieg dadurch gewaltig. Ihre Zielstrebigkeit, sich mit Energie auf eine Sache zu konzentrieren, war hilfreich bei komplexen Techniken. Genauso zog sie ihr Studium durch, und ihre sexuellen Erfahrungen erwiesen sich als nützlich.

Und so fing Arnolds neues Leben an. Durch Natalias gründliche Ausbildung fand er überraschend schnell Kontakt zu Frauen. Es fiel ihm leicht, sie zu umgarnen. Er genoss es, dass sie mit ihm Sex haben wollten. Häufig bekam er Komplimente für seine einfühlsame Art und dafür, wie er sich erfolgreich darum bemühte, Lust zu bereiten. Seine Welt war jetzt eine andere. Klar, er liebte seinen Job nach wie vor, genau wie das Jonglieren mit den Zahlen, aber wenn er das Büro verließ, verschwanden sie immer häufiger aus seinen Geist, und das Abenteuer Frau übernahm ihren Platz. Er lernte das Nachtleben Münchens besser kennen. Sein Selbstbewusstsein stieg mit jeder Eroberung. Ab und zu lud er eine Bekanntschaft zu einem Wochenendtrip ein. Dabei waren die Ziele nebensächlich, Hauptsache, die Stimmung passte. Manchmal besuchte er Natalia und berichtete von seinen Erfolgen. Sie vermittelte ihm, wie stolz sie war, und bestärkte ihn.

Eines Tages, es waren jetzt zwei Jahre vergangen, fragte sie Arnold etwas, was ihm zu denken gab: »Du wolltest doch eine Frau für dich finden. Das scheint aber nicht geklappt zu haben bisher, oder sehe ich das falsch?«

Er grübelte einen Moment nach. »Es ist wie ein Rausch. Ich weiß, dass ich fast jede Frau haben kann, und es fühlt sich gut an. Aber dann kommt so eine Leere, und ich suche weiter. Ich habe bisher keine gefunden, die mich wirklich berührt hat. Ich weiß nicht genau, wie ich es ausdrücken soll, aber sie wollen mich eigentlich gar nicht besser kennenlernen.«

»Ach Arni, ich verstehe dich ganz genau. Du wendest alles exakt an, was du gelernt hast, und die Frauen fühlen sich bestimmt wie auf Händen getragen, aber du vergisst dabei dich selbst. Und das ist mein Fehler. Ich habe dein Innerstes, diesen liebenswerten Arni mit seinem skurrilen Zahlentick, zu sehr aus dem Sinn verloren. Ich wollte, dass es mit den Frauen klappt. Aber es ist ja nicht zu spät. Wir werden uns jetzt darum kümmern, was hältst du davon?«

»Eine neue Lernphase, Coach?«, fragte er.

»Ganz genau, und diesmal wirst du dich unterstehen, mich zu bezahlen. Das fällt unter Garantie.«

»Wie werden wir vorgehen?«

»Wir gehen ins Museum, und zwar am Freitag. Kannst du das einrichten?«

»Ja, klar. Und welches?«

»Das wird nicht verraten. Holst du mich ab, sodass wir noch ein bisschen Zeit bei mir haben?«, fragte sie mit kokettem Augenaufschlag.

Diese Szene faszinierte und erregte Luisa immer wieder aufs Neue. Der große Schwanz des dem Rücken liegenden muskulösen Mannes penetrierte die Möse einer Frau, die ihm gegenüber ebenfalls auf dem Rücken mit weit geöffneten Schenkeln lag. So war sein Penis fast parallel zu seinen gespreizten Beinen ausgerichtet. Rittlings auf ihrem Gesicht saß eine andere, die geleckt wurde und dabei an ihren eigenen Brüsten spielte. Sie sah den Mann an und er sie. Seine Arme waren seitlich ausgestreckt, und er hatte mehrere Finger in den Mösen zweier junger Mädchen. Links von ihnen leckten sich zwei Frauen in der Neunundsechzig-Stellung. Die obere wurde von einem anderen Jüngling von hinten genommen. Die Scham der beiden war entweder komplett oder teilrasiert, das Geschlecht der Männer umgab eine gelockte Schambehaarung. Es gab weitere explizite Darstellungen, die in ihrer Gesamtheit den Eindruck einer gewaltigen Orgie vermittelten.

Luisa hatte sich extra, da diese Bilder heute auf dem Programm standen, einen kleinen Vibrator mitgenommen, wobei sie immer lächelte, wenn sie daran zurückdachte. In einem exklusiven Sexshop für Frauen hatte die Verkäuferin ihn angepriesen mit den Worten: »Der ist sehr intensiv und dabei nicht größer als ein Lippenstift.« Nach einem kurzen Moment hatten sie beide gelacht, und der Kauf war perfekt. Sie hatte ihn gleich ausprobiert und war vollauf zufrieden mit der Wirkung.

Und jetzt war Luisa hier, die Szene vor Augen, die buchstäblich ein Spiegel ihrer eigenen Erlebnisse darstellte. Sie würde noch mindestens eine Stunde lang ungestört sein, denn ihre Kollegen hatten einen Auswärtstermin. Sie zog ihr Kleid aus und prüfte die

Feuchtigkeit ihrer gründlich rasierten Möse. Da sie schon den ganzen Tag auf diesen Moment hingefiebert hatte, überraschte es sie wenig, dass die Nässe die Schenkel herabgelaufen war. Vorsorglich hatte sie auf einen Slip verzichtet. Die Brustwarzen ragten frech aus dem BH, der sie durch Löcher zur Geltung brachte. Sie nahm sich zwei Büroklammern, die sie routiniert zu Klemmen verbog und anlegte. Dadurch wurden die Nippel weiter durch die beiden kreisförmigen Aussparungen im BH gezogen und gequetscht. Durch den Lustschmerz steigerte sich ihre Erregung, und ein kleiner Guss Flüssigkeit verließ ihre Vagina. In weiser Voraussicht hatte sie ein Geschirrhandtuch aus der Teeküche auf ihren Bürostuhl gelegt. An Abwarten war nicht mehr zu denken, und sie bearbeitete ihre Klitoris, die deutlich hervorstand wie ein Penis.

Früher hatte sie sich für ihre Anatomie geschämt und sich sogar über Intimchirurgie informiert. Natalia aber erklärte ihr, was für ein Segen diese anatomische Besonderheit sei, und demonstrierte ihr das mit verschiedenen Techniken. Sie offenbarte ihr, wie viele Männer und Frauen einen hervorstehenden Kitzler geil fänden. Luisa übernahm diese Sichtweise, und seither bestätigten die sexuellen Erlebnisse, die sie hatte, Natalias Einschätzung. Überhaupt war ihre Bekanntschaft ein Segen. Sie erzählte ihr eines Tages von ihrer Selbstdiagnose und wie sich ihr Leben dadurch gebessert habe. Andererseits bedauerte sie ein wenig, dass ihr Bindungen nicht gelangen.

»Würde es dir denn leichter fallen, wenn ein Mann, den du magst, vielleicht gar nicht in deine Wohnung kommt, sondern du in seine?«, fragte Natalia.

»Darüber habe ich noch gar nicht nachgedacht«, gestand sie, »ich hatte immer das Gefühl, dass es zu einer Bindung gehört, eine gemeinsame Wohnung zu haben. Und da habe ich immer an meine gedacht.«

»Ich will dir nicht zu nahetreten, aber das hat bestimmt damit zu tun, dass du sehr ichbezogen bist.«

»Ja, das kann ich mir auch vorstellen.«

»Stell dir vor, du lernst jemanden kennen, den du magst, warum sagst du ihm nicht, dass es dir nicht angenehm wäre, zu dir zu gehen?«

»Ich kann mir vorstellen, es vielleicht mal auszuprobieren.«

»Du wirkst ein bisschen resigniert auf mich. Du glaubst nicht recht daran, oder?«

»Ich vermute, selbst das Problem zu sein, deshalb«, sagte Luisa frustriert.

»Ich glaube, dass es viele Menschen gibt, die ähnliche Schwierigkeiten haben wie du, es sich nur nicht so bewusst gemacht haben. Ich finde es sehr mutig von dir, sich dem zu stellen, und mir kommst du nicht wie ein Problem vor. Vielleicht solltest du gezielter suchen. Was ist mit dem Internet?«

»Habe ich schon probiert, aber du hast recht, da entstehen ja ständig neue Möglichkeiten. Das sollte ich wirklich wieder machen. Aber erst muss jetzt noch die Ausstellung über die Bühne gehen. Da habe ich noch einiges vorzubereiten. Einige Exponate sind so detailliert, dass ich genau analysieren muss, was zu sehen ist. Schließlich wissen die Besucher sonst nicht, was genau dort dargestellt ist. Und bei dem Thema kann das eine heikle Sache sein.«

»Jetzt machst du mich neugierig«, sagte Natalia.

»Weißt du was, komm doch einfach mal vorbei, dann zeig ich dir alles.«

»Das klingt gut. Passt es nächste Woche?«

»Ja, melde dich nur kurz vorher, und dann bin ich da.«

Sie merkte, dass sie gleich kommen würde. Klar, sie hatte von multiplen Orgasmen gehört und fleißig geübt, aber es gelang ihr einfach nicht, das Plateau zu erreichen, von dem sie gelesen hatte. Die unmittelbar aufeinander folgenden Höhepunkte bekam sie nicht. Doch wie alles, was sie mit ihrer Disziplin vorantrieb, schaffte sie es zumindest annähernd. Sie hatte sich, wenn ein Orgasmus sie durchgeschüttelt hatte, angewöhnt, mit einem Vibrator, trotz der Überreizung, die primär ihre Perle betraf, auf der niedrigsten Stufe wieder anzufangen. Anfangs zuckte sie dabei sofort zurück, aber sie sagte sich, dass dies genauso trainierbar war wie jeder Sport. Denn so betrachtete sie in solchen Momenten den Sex mit sich selbst. Da sie intensiv Rennrad fuhr, hatte sie so eine Analogie, die für sie funktionierte. Langsam die Leistung steigern, dem eigenen Körper zuhören und vor allem Geduld haben. Und es gelang ihr allmählich immer besser, wieder zu einem Orgasmus zu kommen. Sie hatte, genau wie beim Sport, mit einer Stoppuhr gearbeitet. Mittlerweile nutzte sie die nicht mehr, denn sie war mit dem Erreichten aktuell zufrieden.

Ihr Blick schweifte durch die Szenerie des Bildes, und sie konnte sich in fast jede Position einfühlen, die meisten hatten sie selbst schon erlebt. Es erregte sie genauso, wie sie es sich gewünscht hatte. Deshalb verstärkte sie ihre Bewegungen, wobei sie die Klitorisspitze zwischen Daumen und Zeigefinger ihrer linken Hand knetete. Sie hatte sich das angewöhnt, weil sie sich dabei aufnehmen wollte, um mehr über sich zu lernen. Als Rechtshänderin gelang es ihr nur mit rechts, die Kamera ihres Smartphones zu bedienen. *Masturbieren ist weniger komplex als Filmen*, hatte sie festgestellt, und sie blieb der Seite treu, selbst als sie keine weiteren Aufnahmen machte. Ein paar Mal drückte sie noch, und dann brach sich ein gewaltiger Orgasmus Bahn, der von einem Schwall Flüssigkeit begleitet wurde, der nicht komplett vom Handtuch aufgefangen wurde.

Ich werde nachher aufwischen müssen, dachte sie bei sich. Sie nahm den Vibrator heraus und setzte ihn sich zwischen den Schamlippen etwas unterhalb ihrer gereizten Perle an. Die Vibration übertrug sich gedämpft. Geübt steigerte sie den Erregungsgrad und wusste aus Erfahrung, dass es nur ein, zwei oder drei Minuten dauern würde, bis sie wieder kommen konnte. Sie schob den *Lippenstift*, wie sie ihn für sich getauft hatte, immer näher an die Spitze der Klitoris, ihre Möse nässte in einem fort. Jetzt dauerte es nicht mehr lange, und dann würde sich ein neuer Orgasmus Bahn brechen.

Das Telefon klingelte. Widerwillig setzte Luisa sich auf und erkannte die Nummer. Und obwohl sie versucht war, den Anruf zu ignorieren, siegte ihr Pflichtbewusstsein. Sie schaltete den Vibrator ab, richtete sich auf und nahm ab: »Dr. Luisa Brauner, Völkerkundemuseum, Abteilung Indien und Kuratorin der Ausstellung Kamasutra und Tantra.«

Am Sonntag war Arnold pünktlich da. Natalia öffnete ihm, und schnell landeten sie im Bett. Heute ging es nicht um ausgefeilte Praktiken, sondern sie wollte nur harten Sex. Das war schon in seiner *Ausbildung*, wie er die Zeit rückblickend für sich nannte, manchmal vorgekommen. Sie hatte ihm eines Tages gebeichtet, dass sie sich unter anderem für diesen Job entschieden hatte, da sie bisweilen so eine unersättliche Gier nach Sex hatte. Sie sei deswegen reihenweise von früheren Freunden verlassen worden und hatte sich eingestanden, eine Nymphomanin, oder eher eine Art Quartalsnymphomanin, zu sein und die Bundeswehr abgebrochen, weil ihr der Sex fehlte. Das anschließende Germanistikstudium schmiss sie kurz vor dem Magister über mittelhochdeutsche Dichtung von Hartmann von der Aue. Wohlüberlegt hatte sie sich für diesen Weg entschieden. Von Anfang an legte sie gesteigerten Wert auf die Auswahl der Freier. So blieb sie verschont von Gewalt oder Perversionen. Seit zehn Jahren übte sie den Beruf aus, und sie plante, so zu lange weiterzumachen, wie es eben ging. Sie war ordentlich kranken- und rentenversichert, und ein stattliches Polster für ihr Alter hatte sie ebenfalls zurückgelegt.

Heute war wieder so ein Tag. Dann wollte sie möglichst hart in alle Öffnungen gefickt werden. Arnold kannte das bereits und hielt entsprechend Haus mit seiner Energie. Natalia schätzte das an ihm. Sie hatten sich so auf dem Bett platziert, dass sie beide in den raffiniert angebrachten Spiegeln sehen konnten, wie sein Schwanz ihren Anus penetrierte. Sie hatte sich zusätzlich einen großen Vibrator in ihre Möse geschoben, den sie mit einer Hand kräftig hineinstieß. Nach einer Weile wechselte sie die Position. Es war Zeit für das Finale. Sie legte sich auf den Rücken und führte sich den pulsierenden Luststab wieder ein und einen extrem dicken Analplug. Arnold kniete neben ihr, zog das Kondom ab und rieb seinen Penis an einem ihrer Nippel. Sie nahm ihn in ihren Mund und saugte mit

Inbrunst daran. Gleichzeitig stieß sich kraftvoll mit dem Dildo in ihre Vagina. Als sie merkte, dass er kommen würde, entließ sie seinen Schwanz, und er spritzte seinen Saft auf ihre Brüste. Befriedigt blieb sie eine Weile liegen und verrieb fast gedankenverloren das Sperma. Arnold stand auf und suchte das Bad auf. Er kannte diese Szenen und wusste, dass Natalia es ihm nicht übel nehmen würde, wenn er sie jetzt verließ. Nach kurzer Zeit gesellte sie sich zu ihm unter die Dusche.

»Danke dir, mein Hengst. Ich brauchte es wirklich dringend heute.«

»Das habe ich gemerkt und genossen.«

Arnold zog sein Polohemd an, das seine muskulösen Arme gut zur Geltung brachte, und schlüpfte in eine leichte Seglerhose. Dazu trug er ein Paar Sneakers. Natalias wohlgeformte Figur wurde durch das geblümte Sommerkleid, das sie sich überzog, hervorgehoben. Es kontrastierte mit ihrem schwarzen Haar. Sie schlenderten später durch die Straßen Richtung Museum. Es war warm und sonnig.

Auf dem Weg fragte Arnold, was sie vorhatte. Aber sie blieb wortkarg. Es störte ihn nicht, denn er hatte so viele Erfahrungen mit Frauen gesammelt, dass er wusste, wann es Zeit war, sich zurückzuhalten. Er lud sie auf ein Eis auf die Hand ein, was sie dankend annahm. Zwanzig Minuten später waren sie da. Er löste Karten für den Eintritt.

»Bitte auch für die Sonderausstellung«, sagte Natalia.

Die Kassiererin händigte ihnen die Tickets aus, und sie betraten die Ausstellungsräume. Die Vorstellung, gemächlich durch das Museum zu schlendern, stellte sich schnell als Irrtum heraus.

»Das ist ja Pornografie«, entfuhr es ihm, als sie offenbar an dem Ziel angekommen waren, das Natalia von Anfang an im Sinn gehabt hatte.

»Nein, Arni, auch wenn es so aussieht, es ist tatsächlich Kultur, und zwar sehr alte. Und da ich nur laienhaft erklären kann, was sich dahinter verbirgt, habe ich mir sachkundige Hilfe geholt. Bestimmt ist sie gleich da.«

»Hallo Natalia«, sagte eine Frauenstimme hinter ihnen, und sie drehten sich um. Die schlanke rothaarige Frau war etwa im selben Alter wie Arnold.

»Darf ich vorstellen, das ist …«, setzte Natalia an.

»Andrea!«, entfuhr es ihm.

Sie sah ihn an. Und dann zuckte ein Erkennen über ihr Gesicht: »Arnold, Mensch, bist du das wirklich?«

»Ja, ich bin es tatsächlich. Und sehr angenehm überrascht, dich hier zu sehen.«

»Du hast dich total verändert«, stellte sie fest.

»Ich hoffe, zum Positiven«, sagte er charmant.

»Ich will ja nicht stören, aber könnt ihr mich kurz aufklären?«, fragte Natalia. »Bist du denn nicht Luisa?«

»Doch, natürlich, aber mein erster Name ist Andrea, und ich bin mit Arnold in die Schule gegangen. Aber wir sind weggezogen und haben uns seitdem nie wieder gesehen. Und woher kennt ihr euch beide?«, fragte sie.

»Luisa, oder soll ich Andrea sagen?«, begann Natalia.

»Nein, Luisa ist mir lieber.«

»Du kennst mich, und ich bin die Diskretion in Person. Daher erfährst du von mir nichts.«

»Ist auch nicht nötig, ich kann es mir vorstellen.« Sie lächelte Arnold an und fügte leise hinzu: »Sie ist scharf, findest du nicht auch?«

Nur einen kleinen Moment zögerte er, bevor er antwortete: »Ja, allerdings, aber meine Diskretion ist mindestens so groß wie ihre.«

»Wisst ihr was, ich glaube, ihr habt euer Wiedersehen zu feiern, und die Kamasutra-Ausstellung läuft ja noch länger«, sagte Natalia.

»Du willst schon gehen?«, fragten beide wie aus einem Mund, sahen sich dann an und lachten laut.

»Ja, aber ich bin ja nicht aus der Welt. Macht euch einen fantastischen Abend, denn ich bin sicher, dass er das wird.« Sie verabschiedete sich von beiden mit einer Umarmung. Im Hinausgehen registrierte sie, wie Arnold Luisa in den Arm nahm und sie den Raum verließen.

Natalia sah ihnen lächelnd nach, sah sich noch ein bisschen um und schlenderte später langsam zurück zu ihrer Wohnung, den Sonnenschein genießend. Sie leerte den Briefkasten. Sie fand die übliche Werbung, eine Rechnung der Krankenkasse, adressiert an Friederike Schumacher. Sie dachte in dem Moment an Luisa, die für ihr neues Leben einen anderen Namen gewählt hatte, genau wie sie selbst.

Später klingelte es an der Tür. Sicher der heutige Abend-Termin. Sie öffnete, begrüßte den Freier und ließ ihn ein: »Na, Alfred-Edgar, was soll es denn heute sein?«

Ritterlich

»Kommt, schreitet mit mir zügig fürbass zu Eurer Kemenate, woselbst ich Euch auf Rosen betten werde, holde Hildegard«, sagte er mit Lüsternheit in der Stimme.

»Verehrter Hartmann, nichts täte ich lieber, denn mich mit Euch der Wollust hinzugeben. Indes ist mir heute gar überzwerch zumute. Der vorige Abend scheint mir ursächlich gewesen zu sein.« Ihre Augenringe und bleiche Gesichtsfarbe, die durch die strahlende Sonne nicht vorteilhaft aussahen, unterstützten diesen Eindruck.

»Hildegard, seid Ihr gewiss, dass auch mein Wunderhorn Euch keine Genesung verschaffen möge, so wie am Vortage?«

»Selbst wenn mich diese Wölbung außerordentlich delektiert«, begann sie und wies unkeusch auf eine Stelle zwischen seinen Beinen, »so wird uns wenig Wohlbehagen sein, sintemalen der Herold meines Gemahls Ankunft in Kürze vermeldete.«

»Und wenn ich Euch erneut die Grotte ausfüllte, sodass sie überliefe?«, triefte seine Stimme vor Geilheit.

»Fürwahr Hartmann, Ihr seid ein Schwerenöter, dem kaum zu entgehen ist. Ihr bringt mich sogleich in Hitzewallungen«, sagte sie und untermalte es mit Erröten und kokettem Augenaufschlag.

»Meine liebe Hildegard, lasst uns dies sogleich in die Tat umsetzen. Seid meine Muse für den neuen Liederzyklus, den ich heute beginnen werde. Einen bukolischen Reigen, wie es ihn noch nie gegeben hat, reuelos, voller Lust und Überschwang, der selbst Eros zur Ehre gereichen würde«, sagte er, nahm ihre Hände und zog sie zu sich heran.

»Wohlan, Ritter, so nehmt mich gleich hier so wild, wie Ihr es vermöget, denn ich höre, dass alle zur Begrüßung des Markgrafen zum Tore laufen. Es bleibt uns also nur wenig Zeit für Eure Inspiration. So steckt denn schnell euer Schwert in die Scheide«, forderte sie ihn atemlos auf, hob ihre Röcke und kniete sich im oberen Wandelgarten der Frauengemächer der Burg vor eine Steinbank, den Oberkörper darauf gestützt. So bot sie ihm mit gespreizten Beinen ihre geöffnete Spalte dar. Und trotz der Haare sah Hartmann die geröteten und geschwollenen Lippen, die Nässe, die ihn einlud, sich ebenfalls auf die Knie niederzulassen und …

Sie stellte fest, dass sie mit glasigen Augen aus dem Fenster gesehen und dem Tagtraum nachgehangen hatte. Komplett nass im Schritt war sie dabei geworden. Sie richtete sich auf. *Bisher dachte ich immer, dass seine Texte eher trocken sind,* lächelte Annegret von Wachenau bei diesem Wortspiel in sich hinein, verließ die Bibliothek und sputete sich, um rechtzeitig zum Germanistik-Seminar *Mittelhochdeutsche Dichtung von Hartmann von der Aue* zu erscheinen.

Klassenkameraden

Als der blonde Dr. jur. Marius von Meyer-Schwelms in seinen nagelneuen roten Ferrari stieg, der vor der Drogerie parkte, war er immer noch erbost darüber, dass ihm die Verkäuferin mit den Worten ›Ich habe sie passend‹ eine Schachtel Kondome in der kleinsten Größe angeboten hatte. Und seine Laune verschlechterte sich, als er in seiner Maisonettewohnung im Waldstraßenviertel in Leipzig seiner Pariser Flamme, Betriebswirtin Dr. phil. Jeanette Beauchamps, davon berichtete.

Sie sagte daraufhin liebevoll zu ihm:»Reg dich doch nicht auf wegen solcher Kleinigkeiten.«

Das war in einen veritablen Streit ausgeartet. Denn sie beschied ihm, dass Burberry-Jacken, wie er sie bevorzugte, mittlerweile zu gewöhnlich seien.

So war der Abend gelaufen, was ohnehin in letzter Zeit häufiger passierte. Sicher, sie sah umwerfend aus, aber im Bett war sie eher inaktiv. Er hatte nicht viele Vergleichsmöglichkeiten, dennoch wurmte es ihn. Andererseits wurde er dafür bewundert, dass er sich sie geangelt hatte.

Am nächsten Tag war sein Ärger verflogen, und er plante auf dem Weg in die Kanzlei, zwei Überraschungen für Jeanette vorzubereiten beziehungsweise zu besorgen.

Allerdings bereute er seinen Entschluss zur Intimhaarentfernung, nachdem er sich im Kosmetikstudio entkleidet hatte und ihm der offenbar schwule Kosmetiker sagte:»Wissen Sie, Sie sollten sich beschneiden lassen, denn gerade kleinere Penisse wirken dadurch gleich etwas voluminöser.«

Versteinert ließ er die Prozedur über sich ergehen und war froh, als er endlich die Praxis verlassen konnte. Er stieg in seinen Wagen und suchte sein weiteres Ziel auf. Er fand sofort einen Parkplatz. So früh am Tage war in diesem Gewerbegebiet kaum etwas los, denn die Geschäfte öffneten gerade. Er betrat den Laden, sah sich um, und nach einiger Zeit hatte er sich entschieden. Er erkannte in der braungelockten Frau an der Kasse erst dann seine ehemalige Klassenkameradin, als sie sagte: »Mensch, Marius, das hätte ich von dir bestimmt nicht erwartet, so verklemmt wie du immer warst«, woraufhin er wortlos das Spielzeug bezahlte und fluchtartig den Sexshop verließ.

Hartmut, Eigentümer und zweite Serviceperson im Laden, hatte das gehört und stellte Melanie zur Rede. »Du kannst doch Kunden nicht auf diese Art vergraulen!«, sagte er entrüstet.

»Stimmt, ja, aber ich war total überrascht, ihn hier zu sehen. Es ist mir so rausgerutscht«, entschuldigte sie sich kleinlaut.

»Entschuldigung angenommen, trotzdem, Strafe muss sein. Du musst schließlich lernen, dass es so nun wirklich nicht geht«, sagte der Chef. »Komm mit nach hinten!« Melanie folgte ihm, sah dabei aber nicht übermäßig schuldbewusst aus.

Marius überfiel draußen die Erkenntnis, dass sein Abgang für einen erfolgreichen Staranwalt nicht von Souveränität geprägt war. Deshalb packte er die Tüte mit seinem Einkauf in den Ferrari. Er kehrte um und fand den Chef vor, der sich wortreich für seine Angestellte entschuldigte, die aber nicht im Laden zu sehen war.

In den Redeschwall hinein fragte Marius: »Sagen Sie, wird bei Ihnen gebohrt?«

»Nein«, sagte der Verkäufer, »wir sind in einer Testphase, die von der guten Melanie durchgeführt wird.«

»Melanie, sehen Sie, wegen der bin ich gekommen. Ich wollte mich für meine wortlose Verabschiedung entschuldigen. Könnte ich wohl kurz mit ihr sprechen?«

»Hm, ich frage sie mal. Wenn Sie sich einen Moment gedulden mögen. Vielleicht sehen Sie sich etwas um?«

»Wissen Sie, es wäre mir nicht so lieb, wenn jetzt jemand käme, der mich kennt. Ich bin relativ prominent, wenn Sie verstehen, was ich meine«, sagte Marius, denn durch die Ladentür sah er, wie ein weiterer Wagen einparkte und ein Paar ausstieg.

»Na gut, dann würde ich vorschlagen, Sie kommen mit nach hinten, da wird Sie niemand sehen.«

Sichtbar erleichtert nickte Marius und folgte Hartmut in die stylish gestaltete Vorführ- und Anprobekabine des Ladens. Kabine war nicht das richtige Wort für diesen Raum. Er hatte die Ausmaße eines Wohnzimmers und annähernd dessen Ausstattung. Der Anwalt erblickte ein zweisitziges schwarzes Ledersofa, einen flauschigen Wollteppich, auf dem Couchtisch zwei Sektgläser und im Kühler eine Flasche Prosecco der gehobenen Preisklasse. Durch die Verspiegelung der Frontwand wirkte das Zimmer geräumiger und einladend.

Leicht zurückgebogen, das nur oben geknöpfte hauchdünne Kleidchen zeigte mehr von ihren Brüsten, als es verhüllte, saß die brünette Melanie auf einem schwarzen, rechteckigen Block. Durch die abgerundete Sitzfläche hatte er die Anmutung eines halbrunden Turnbocks, nahezu wie ein Pferderücken. Ihre Handgelenke und Fesseln waren von ledernen Manschetten umschlossen, die jeweils einen Ring hatten. Ein Bauchgurt umfasste ihre Hüfte. Daran waren Ketten angebracht, die für die Arme an der Decke, die anderen am Boden. Diese fixierten seine ehemalige Klassenkameradin auf dem Block.

Marios Blick fiel auf den kugelförmigen roten Knebel, der ihre fein geschnittenen Gesichtszüge verzerrte. Das Geräusch, das war ihm sofort klar, nachdem er den Raum überblickt hatte, kam exakt von dem Gerät. Melanie wand sich auf einem darauf befestigten, vibrierenden Dildo, der in ihre Vagina eingeführt war. Zusätzlich wurden ihre Schamlippen und Klitoris durch vibrierende Noppen gereizt, was Marius aufgrund der blank rasierten Vulva bestens sehen konnte.

»Bevor Sie möglicherweise entrüstet sind oder gar erwägen, juristische Schritte einzuleiten, versichere ich Ihnen, dass dies hier freiwillig geschieht, nicht wahr Melanie?«, sagte Hartmut in ihre Richtung. Sie nickte kurz, war aber gleichzeitig damit beschäftigt, einen Orgasmus zu bekommen, der sie schüttelte. Marius registrierte, wie links und rechts an den Seiten des Geräts die Flüssigkeit herunterlief, die sie gespritzt hatte. Sie bäumte sich auf, soweit es die Ketten zuließen, und stöhnte.

Er war sprachlos. Er hatte zwar von solchen Praktiken gehört. Und ja, er gestand es sich insgeheim ein, er hatte Pornos gesehen, in denen Frauen gefesselt worden waren, aber auf diese Realität war er nicht gefasst.

»Bitte, setzen Sie sich«, sagte Hartmut und wies auf das Sofa, »ich bin überzeugt davon, dass es Melanie mag, Zuschauer zu haben. Immerhin wird ihre Strafe für ihr schlechtes Benehmen – denn darum handelt es sich hierbei – für sie viel besser nachvollziehbar, wenn das Opfer der Beleidigung teilhaben kann, nicht wahr meine Liebe.«

Das Nicken fiel Melanie schwer. Die Maschine war gekonnt so eingestellt worden, dass sie sich wegen der permanenten Stimulation auf dem Orgasmusplateau befand. Folgerichtig brach es wieder aus ihr hervor inklusive eines Flüssigkeitsschwalls.

»Darf ich Ihnen etwas zu trinken anbieten?«, fuhr Hartmut wie bei einem Geschäftstermin fort. Und ohne eine Antwort abzuwarten, öffnete er die Flasche Prosecco. Marius fühlte, dass er dieser Realität nicht gewachsen war, aber anstatt davor wegzurennen, hatte das Szenario ihn in seinen Bann geschlagen. Wie in Trance nahm er neben Hartmut Platz auf dem Sofa und ließ sich ein Glas einschenken.

»Es ist fast wie ein Schauspiel, nicht wahr?«, fragte der.

Marius antwortete nicht.

»Ach ich bitte Sie, genießen Sie es! Ich tue es, Melanie tut es, und ich bin sicher, wenn Sie sich darauf einlassen, Sie ebenfalls«, insistierte er freundlich. »Hier, das ist die Steuerungseinheit des Gerätes. Es handelt sich übrigens um ein amerikanisches Produkt namens Sybian. Wenn ich hier drehe, verstärkt sich die Intensität, und hiermit ändere ich die Bewegung des eingeführten Dildos. Ich zeige es Ihnen mal.« Er drehte an beiden Reglern, und Melanie reagierte mit deutlich lauterem Stöhnen und Zuckungen. In dem Moment zeigte ein akustisches Signal an, dass jemand das Ladengeschäft betreten hatte. »Entschuldigen Sie, ich muss mich um die Kunden kümmern. Wenn Sie möchten, bleiben Sie einfach hier sitzen«, sagte er, drückte Marius das Steuergerät in die Hand, verließ den Raum und schloss die Tür.

Dieser Einladung vermochte er unmöglich zu widerstehen. Es wäre einer Beleidigung für Melanie gleichgekommen, die auf ihrem faszinierenden Sitzmöbel reizend aussah. Zwar lief ihr der Speichel aus dem Mundwinkel und tropfte auf ihre Brüste, ihre Mimik war außer Kontrolle, da die Erregungen des Sybians sie immer wieder an den Rand eines Orgasmus brachten, aber dieser Kontrollverlust ließ sie umso begehrenswerter erscheinen. Marius erinnerte sich an die siebzehnjährige Mitschülerin, die damals schon ein freches Mundwerk und fünf Verehrer an jedem Finger gehabt hatte. Er war, wie sie zutreffend bemerkt hatte, zu verklemmt gewesen, sich ihr zu nähern.

Er lehnte sich zurück und nahm einen Schluck des vorzüglichen Proseccos und registrierte die deutliche Ausbeulung in seinem Schritt. *Wenn das Jeanette wüsste*, dachte er an seine im Vergleich zu Melanie frigide Freundin. Ein Lächeln umspielte seine Lippen. Er spürte, wie sein extrem harter Schwanz in seiner dünnen, maßgeschneiderten Seidenunterhose, die er sich extra aus London von Richards & Sons, Saville Row, kommen ließ, nässte. Beim Gedanken an *dünn* schreckte er auf. *Hoffentlich dringt es nicht durch den Stoff*, dachte er und sah genau hin.

Aus Melanies Richtung kamen sonderbare Geräusche. Er schaute von seiner Hose hoch und zu ihr hin. Trotz des Knebels meinte er zu sehen zu, wie sie lachte. Die verengten Augen, die Lachfalten, ja, tatsächlich das tat sie.

»Lachst du mich etwa aus?«, fragte er.

»Mmm, nnn, ff nnn Ffl«, kam es undeutlich von ihr.

»Ich kann dich so nicht verstehen«, sagte er, stand auf und beugte sich über sie. Er nahm ihr den Knebel ab, ohne dabei die Intensität des Sybians zu minimieren. Sie zuckte und wand sich.

»Nun, was wolltest du mir sagen?«, fragte er, und für ihn selbst überraschend klang seine Stimme streng, so als wenn er vor Gericht war und einen Sachverständigen ausquetschte.

»Ich habe dich nicht ausgelacht. Ich finde es geil, dass du mir zusiehst. Ich stehe da total drauf«, brachte sie stockend heraus, und wieder bahnte sich ein Orgasmus an. Marius drehte die beiden Regler auf null, sodass der Höhepunkt ausblieb.

»So, du findest das also geil. Angenommen, ich würde dich jetzt nicht kommen lassen, was würdest du dann tun?«, fragte er gespielt, aber lauernd. Er lächelte innerlich bei dem Gedanken: *Ich lerne hier erstaunlich schnell, wenn ich überlege, wie kindisch mein Abgang war. Was für ein Glück, dass ich mich ermannt habe und zurückgekommen bin.* Ermannt, das Wort lenkte seine Aufmerksamkeit zurück auf den unübersehbar erigierten Schwanz in seiner Hose, und es war ihm inzwischen gleichgültig, ob ein Fleck zu sehen war. Er hatte sein Sakko dabei, das er würde schließen können. Aber er wollte gar nichts schließen. *Im Gegenteil,* gestand er sich ein und wandte sich Melanie wieder zu: »Also, was würdest du tun?« Er fand Gefallen an dem Kontrast zwischen ihrem devoten Augenaufschlag, der hervorragend zu ihrer fixierten Position passte, und seinem fordernden Tonfall.

»Ich weiß nicht, was stellst du dir vor, was ich tun soll?«

»Zunächst mal wirst du mir deine Brüste präsentieren«, sagte er lächelnd. Sie rüttelte an den Ketten, um zu zeigen, dass sie das nicht konnte.

»Ich helfe dir selbstverständlich, man ist schließlich Gentleman.« Er hatte schon beim Betreten des Raums realisiert, dass sie keinen BH trug. Er öffnete die oberen Knöpfe des Kleids, schlug den Stoff beiseite und drapierte ihn um ihre Schultern und auf ihre Armen. Sie ließ es wollüstig geschehen und streckte ihm ihren Busen mit den steifen, erstaunlich langen Nippeln entgegen. Er konnte nicht anders und fasste mit beiden Händen je einen und zog und zwirbelte sie. Sie genoss es, selbst als er härter zugriff, als er es jemals bei einer Frau getan hatte.

»Du scheinst ja nicht genug zu bekommen.« Und innerlich staunte er, was Melanie aushielt.

»Stimmt, ich kann noch mehr. Zum Beispiel ziemlich viel in den Mund nehmen«, sagte sie lüstern.

Obwohl Marius dabei leicht errötete, verstand er augenblicklich. Seine Hose war schnell heruntergelassen, die Unterhose mit dem ausgedehnten feuchten Fleck ebenfalls. Sein Schwanz stand aufrecht, und er dachte: *So groß war er noch nie.* Die Vorhaut war von selbst auf der Nässe heruntergeschwommen und gab seine pralle Eichel frei, auf der sich schon wieder ein Tropfen bildete.

Er zögerte nicht und positionierte seinen Penis auf Höhe von Melanies Gesicht. Sie ließ sich nicht bitten, beugte sich vor und nahm ihn in den Mund. Er staunte, wie tief sie seinen Schwanz hereinbekam. Ihre Lippen berührten seine Leisten. Sie hatte ihn komplett im Rachen. Den Kopf bewegte sie vor und zurück, und Marius, der so etwas bisher nicht erlebt hatte, fühlte eine so überwältigende Erregung aufsteigen, dass er sich buchstäblich im letzten Moment ruckartig von Melanie zurückzog. Einige Tropfen Sperma aber schafften es ins Freie, was sie mit einem Lächeln quittierte, das ihm nicht behagte. Er zog sich einen Schritt zurück, drehte den Sybian wieder auf eine moderate Stärke, von der er annahm, sie nicht sofort zu einem erneuten Höhepunkt zu führen. »Wenn hier einer spritzt, dann bin ich das alleine!« Er versicherte sich, dass sie ihn gut sehen konnte, und wichste sich langsam und genüsslich seinen harten Schwanz mit der einen Hand, mit der anderen ihren Busen heftig durchknetend. Ab und zu ging er in die Knie und ließ ihn gegen die Innenseiten ihrer Oberschenkel klatschen, die ob der Intensität des Sybians zitterten.

»Bitte Marius, ich kann nicht mehr, bitte, bitte, lass mich kommen!«

»Das hast du dir noch nicht verdient.« Er löste eine ihre Hände aus den Ketten, und sie verstand. Sie nahm den harten Schwanz, sogar ziemlich kräftig, wie er fand. Sie führte ebenso langsame Bewegungen aus, wie er es vorgeführt hatte. Er drehte den Sybian auf eine hohe Stufe, und schnell näherte sie sich einem neuen Höhepunkt. Er bewunderte insgeheim ihre Körperbeherrschung. Sie kümmerte sich weiter um sein Geschlecht, als Zuckungen ihren Körper ergriffen und sich ein Schwall Flüssigkeit aus ihrer ausgefüllten Vagina ergoss. Erst jetzt bemerkte er den Boden um die

Maschine herum. Hier lag kein Teppich. Eine Art flache Wanne war mit einem Kunststoff von etwa einem Zentimeter Tiefe ausgeschlagen, die in einem Ablauf mündete. *Das passiert hier öfter*, schoss es ihm durch den Kopf, aber der Gedanke löste sich sofort auf, weil Melanie seinen Schwanz schon wieder bis zum Anschlag in den Mund genommen hatte. Mit der freien Hand hatte sie seine beiden Eier fest im Griff. *O Mann, wie extrem geil*, wehte ein Gedankenfetzen vorbei. Er packte ihre steifen Nippel und zog daran. Er hatte begriffen, dass sie es hart brauchte, denn sie quittierte das mit verstärkten Saugbewegungen. Die Vibration ihres gesamten Körpers übertrug sich auf ihn. Er merkte, wie seine Unterleibsmuskulatur sich fast verkrampfte. Er würde jetzt kommen, und zwar so wie nie zuvor, das wusste er. *Ich sollte es ihr sagen*, dachte er, korrekter Anwalt, der er war, aber zu spät. Der Erguss brach sich Bahn. Der Spermafluss setzte ein, bevor das schwallartige Pumpen der gefüllten Prostata begann. Melanie bemerkte es und lutschte gieriger, und machte keine Anstalten, seinen Schwanz fahren zu lassen. Und dann überkam ihn mit einer Wucht die Kraft des Orgasmus, der alles, was er bisher erlebt hatte, verblassen ließ. In nicht endenden Stößen pumpte er seinen Geilsaft in ihren Mund, die begierig schluckte und dabei einen weiteren Höhepunkt erreichte. Marius realisierte es am Rande seiner vernebelten Wahrnehmung. Sein gesamtes kontrolliertes Verhalten, seine Reserviertheit, seine Verklemmung, seine Arroganz, seine Oberflächlichkeit verblassten hinter den animalischen Trieben, die nur darauf gewartet hatte, endlich befreit zu werden. In dem Moment wusste er, dass sein altes Leben beendet war.

Nach einem Arbeitstag wie in Trance traf sich Marius abends mit den männlichen Kollegen der Kanzlei von Temminck & Reußen im *Chez nous*, dem neuen, edlen Szene-Restaurant mit angeschlossener Bar. Er hatte sich bei der jungen Chefin Ilka einen Drink besorgt, und man stieß lachend auf die kürzlichen Erfolge an. Wie üblich gab der Seniorpartner Dr. jur. habil. Adrian von Wörnitzhofen wieder mal eine seiner kompromittierenden Geschichten zu

Lasten von Marius zum Besten: »Meine Herren, wussten Sie eigentlich, dass der Urahne von unserem Meyer hier unter Wilhelm dem Zweiten wegen seines qualitativ sehr hochwertigen Stahls für die Kriegsmarine geadelt wurde, wobei seine wirklich herausragende Eigenschaft, wenn ich es mal paradox formuliere, eigentlich seine Impotenz war?«

Dreckiges Gelächter setzte ein, und Marius hätte normalerweise gequält mitgelacht. Aber seine heutige Erfahrung und der etwas mitleidige Blick einer eleganten Dame am Nebentisch brachte ihn dazu, das Machtspiel aufzunehmen, und so tat er erstmals überhaupt in diesem Kreis deutlich seine Meinung kund: »Sie haben recht, Wörnitzhofen«, sagte und er ließ das *von* ebenso weg wie der Senior bei seiner Ansprache. »Angesichts der Tatsache, die möglicherweise nicht allen Anwesenden bekannt ist, dass Ihr Cousin noch drei Jahre wegen Pädophilie abzusitzen hat, ist Ihre Geschichte vermutlich gar nicht so herausragend, meinen Sie nicht auch? Übrigens erhalten Sie morgen meine formelle Kündigung.«

Den Tumult, der sich daran anschloss, verließ er und begab sich an den Tisch der Dame: »Darf ich Sie auf einen Drink einladen, um ein wenig über Potenz zu plaudern?«

Vinland

Es war die Zeit, als die Geschorenen ins Land kamen und von einem Gott berichteten, der umgebracht wurde. Die meisten lachten über einen derartigen Unfug und schenkten dem keinen Glauben. Die Christen, so nannten sie sich, waren nicht wehrhaft und konnten kaum kämpfen. Es war ein Leichtes, sie zu fangen und zu versklaven. Wie sollte ihnen ihr Gott helfen, wenn er nicht einmal sich selbst zu schützen vermochte? Es stellte sich bald heraus, dass sie zur Arbeit wenig taugten. Da half alles Prügeln nichts. Viele überstanden die Winter nicht, sodass man dazu überging, sie gleich zu erschlagen, sobald sie auftauchten, denn es war kaum

Nutzen darin, sie durchzufüttern. Man durfte sie nicht frei herumlaufen lassen, weil sie andere belästigten und auf Land, das ihnen nicht gehörte, Kirchen errichteten. Und obwohl sich das bei den Mönchen herumsprach, waren sie nicht gelehrig, und es erschienen immer neue. Vielen kam das wunderlich vor, denn worin bestand der Sinn, sich in den Norden zu begeben, nur um dort einen unehrenhaften Tod zu finden? Und trotz dieses närrischen Verhaltens kamen ständig Weitere.

Als Halli Sigmundsson eines frühen Morgens, um Holz zu hacken, zum Schuppen lief, kam ein Geschorener auf den Hof. Seine Kutte sah abgerissen aus, und Wunden im Gesicht und an den Armen, die verschorft waren, zeigten Spuren von einem Kampf. Lediglich einen Beutel und einen langen Stock hatte er dabei. Er wunderte sich. Üblicherweise überlebten Mönche keine Begegnung mit anständigen Menschen. Das weckte die Neugier in ihm, und er beschloss, sich seine Geschichte anzuhören, falls er in der Lage war, verständlich zu sprechen. Denn das war eine Schwierigkeit mit ihnen. Sie kamen in den Norden, ohne die Sprache gelernt zu haben. Die meisten radebrechten eher, als dass Vernünftiges herauskam. Möglicherweise war dieser hier anders. Und wenn nicht, konnte er ihn immer noch später töten.

»Hallo guter Mann, könnt ihr mir Quartier geben? Ich bin unterwegs überfallen worden, und man hat mir alles, bis auf das, was ich am Leibe trage, weggenommen.«

Halli war überrascht. Hier kam der erste Geschorene, der fließend die Sprache des Nordens beherrschte. Selbst das Þ und ð konnte er wie ein normaler Mensch aussprechen.

»Wer will das wissen?«, fragte er, seine Axt in der Hand wiegend.

Der Mann hielt Abstand und antwortete: »Ich bin Antonius zu Wichern und für meinen Bischof in den Nordlanden unterwegs, um den Heiden die frohe Kunde der Christenheit zu bringen.«

»Alleine?«

»Nein, wir waren zu dritt, aber meine beiden Mitbrüder, Gott hab sie selig, wurden während des Raufhandels getötet. Nur ich konnte entkommen.«

»Das kann ich kaum glauben, denn ich sehe keine Waffe an dir. Und ich kann mir nicht vorstellen, dass das Beten, das ihr so gerne habt, dir geholfen hat.«

»Im Gebet ist große Macht, und der feste Glaube an den Herrn vermag in der Not seinen Dienern die nötigen Kräfte verleihen, sein Werk zu vollführen.«

»Du scheinst mir harmlos zu sein, und ich habe keine Fehde mit dir. Sei mein Gast und erzähle mir mehr von deiner Reise, denn obwohl du unscheinbar daherkommst, scheint in dir mehr zu stecken.« Halli steckte die Axt in eine Schlaufe am Gürtel, sodass sie an seinem rechten Oberschenkel herunterhing, und lud den Fremden mit einer Geste ein, das Tor zu passieren und vorzugehen ins Haupthaus. In dem Moment erschienen drei Berittene, hielten vor dem Hof an und sprangen herunter.

»Gib uns den Geschorenen«, rief einer von ihnen. Sein Silberschmuck war wertvoll, und das Zaumzeug seines Pferdes war durchwirkt mit Metallfäden. Die anderen beiden Reiter hatten keinen derartigen Schmuck.

»Er genießt mein Gastrecht, Torkil Einarsson.«

»Er ist ein Christ, und damit steht ihm das Gastrecht nicht zu. Und er hat zwei meiner Männer getötet«, gab der Angesprochene zurück.

»Das ist eine eigenwillige Auslegung des Gesetzes, die ich mir nicht zu eigen mache. Daher bleibt es dabei. Und was den Totschlag angeht, so haben sie es verdient, schließlich waren sie bewaffnet und er nicht. Aber anscheinend hat er sich so gut geschlagen, dass er entkommen konnte. Dergleichen macht mich neugierig, obwohl allenthalben bekannt ist, dass du und deine Männer sich vor allem durch Reden und weniger durch Taten hervortun.«

»Dafür wirst du auf der Stelle Rechenschaft leisten, Halli Sigmundsson. Wir werden ihn uns holen. Wir sind drei und du bist alleine. Was willst du also tun?«

In den Häusern des Hofes regte sich nichts.

»Ich werde das tun, was jeder andere anständige Mann auch tun würde. Dich töten, denn die Verletzung des Gastrechts ist unverzeihlich.«

»Du hast es so gewollt. Vorwärts.«

Torkil und die beiden anderen hatten ihre Äxte gezogen und kamen mit etwas Abstand zueinander auf Halli zu. Der Priester stand neben ihm und wich nicht von seiner Seite.

»Lauf zum Hof und hol Hilfe«, sagte er leise zu ihm, aber der Mann rührte sich nicht. »Hast du nicht verstanden? Lauf und hol Hilfe, hier kannst du wenig ausrichten!«

Doch der Mönch stand nur da, als ob er nichts gehört habe. Der Eindringling war mittlerweile nahe genug für einen Streich, und seine Begleiter neben ihm kamen von beiden Seiten, sodass Halli und Antonius in die Zange genommen wurden. Der rechte Angreifer holte mit seiner Axt blitzschnell aus und führte einen Angriff gegen den Geschorenen, während Torkil und der andere nach Halli schlugen. Der parierte die Hiebe mit einer fließenden Bewegung, an deren Ende er den Schwertarm des linken Manns traf. Die Manschetten, die der trug, ließen aber diesen Streich wirkungslos abprallen.

Noch bevor der rechte Angreifer seinen Schlag landen konnte, hatte Antonius ihn mit einer Wendigkeit, der der Blick nicht imstande war zu folgen, entwaffnet. Die Axt flog in hohem Bogen über vierzig Ellen weit weg und war so außerhalb der Reichweite des Nordmannes. Der zog einen Dolch aus seinem Gürtel, wurde aber von dem Stab des Mönchs ins linke Auge getroffen und ging schreiend zu Boden. Ein schnell ausgeführter Hieb auf den Kopf des Liegenden brachte ihn zum Schweigen. Ohne nur einen Augenblick innezuhalten, wirbelte Antonius den Stecken und versetzte Torkil einen so kraftvollen Stoß, dass nur dessen Helm verhinderte, dass sein Schädel barst. Er schwankte und versuchte, sich wieder aufzuraffen, aber da traf ihn der nächste Schlag in die Kniekehlen, und er brach zusammen.

Halli bedrängte den dritten Mann hart, und ein Treffer, diesmal am Bein, zeigte Wirkung. Bevor er ihm weiter zusetzen konnte, rannte der Angreifer weg, schnappte sich sein Pferd und ritt davon. Torkil war nicht in der Lage aufzustehen. Der Mönch hatte ihn fest im Griff, indem er mit dem Stab seinen Hals am Boden hielt. »Nun, wie soll ich mit dir verfahren?«, fragte Halli. »Ich denke, ich werde dich töten, denn das ist es, was man mit Gesindel wie deinesgleichen tun muss.«

Der Gefangene blieb stumm.

Durch den Lärm des Kampfes aufgeschreckt, kamen Leute vom Hof gerannt, auch Hallis Frau, Gildis. Bald hatte sich eine größere Schar versammelt. Es wurden viele Fragen gestellt.

»Er hat versucht, das Gastrecht zu brechen, aber ihm war wenig Glück beschieden. Dieser Mann mit Namen Antonius hat ihn mit seinem Knüppel niedergestreckt, ebenso wie seinen Helfer.«

Ein Raunen ging durch die Menge, denn dergleichen hatte man noch nie gehört.

»Wisset, ich habe diesem Mönch hier Gastfreundschaft angeboten, und er hat mir, Halli, es damit vergolten, indem er mein Leben beschützt hat. Deshalb steht es ihm zu, zu entscheiden, was mit Torkil und seinem Mann geschehen soll. Also, Antonius, wie willst du handeln?«

»Es ist richtig, dass dieser Mann angegriffen hat, und ich weiß um euer Gesetz. Nun verhält es sich aber so, dass unser Glaube es uns verbietet, andere zu töten. Und daher bitte ich dich, Halli, ihn gehen zu lassen. Und seinem Mann, um dessen Auge es nicht gut steht, will ich eine Behandlung angedeihen lassen, die es vielleicht retten kann.«

Wieder erhob sich ein Murmeln, und Missmut wurde allenthalben geäußert.

»Hört mich an, Bewohner von Hvid Lyngnes, es soll so geschehen, wie der Mönch sagt, auch wenn Torkil den Tod verdient hat. Du bist hiermit frei, wirst aber für den entstandenen Schaden und die Verletzung meines Grundes und Bodens Buße leisten. Deshalb wirst du mir Waffen und Pferd übergeben, ebenso wie den Silberschmuck, Rüstung und Helm.«

»Du willst mich schutzlos zurücklaufen lassen?«

»Du magst nun frei wählen, entweder du nimmst die Gnade von Antonius an, oder aber ich werde meine Entscheidung nochmals überdenken. Ich bin deines Gesichts so überdrüssig, dass es mir bald einerlei ist, ob du es selbst hier wegbringst oder ob ich es dir mitsamt Kopf entferne.«

Mit den Worten nahm der Mönch den Stecken von Torkils Hals weg, und dieser legte seinen Schmuck, Waffen und Rüstung ab. Danach verschwand er unter Hohngelächter vom Hof.

Der andere Mann regte sich inzwischen wieder, und Antonius wendete sich ihm zu. Das Auge war blutig und nicht erkennbar, ob der Hieb es zerquetscht hatte. Stöhnend richtete er sich auf.

»Du verdankst dein Leben diesem Kämpfer«, sagte Halli und zeigte auf den Priester. »Wäre es nach dem Gesetz gegangen, wärest du nun schon tot. Stattdessen will er dich gesund pflegen. Du wirst also Quartier bei uns erhalten, und zwar im Schuppen. Du wirst, solange du bei uns bist, gefesselt werden, sodass du kein Unheil treiben oder weglaufen kannst. Deine Waffen und dein Pferd werde ich nehmen, denn du bist ebenso wie Torkil schuldig und musst dafür Wiedergutmachung leisten. Und ich rate dir gut, dies ohne Murren hinzunehmen.«

Der Mann sagte nichts und nickte nur. Halli zeigte Antonius seine Unterkunft und den Platz, wo der Gefangene anzubinden sei.

Während der kommenden Tage gewöhnten sich die Bewohner des Hofes an den Mönch. Da er keine Anstalten machte, von seinem Gott zu erzählen, wurde er von den Menschen nicht als lästig empfunden. Oftmals bat Halli den Priester, zu berichten, wo er herkam und warum er nicht wie die anderen Geschorenen sei. Antonius wiederum erwies sich als auskunftsfreudig und wusste von seiner Mission Wundersames zu vermelden. So sprach er von der Welle des Christentums, die sich ausbreite, und den Vorteilen, die daraus erwuchsen. Als wesentlich beschrieb er das Gebot der Friedlichkeit, weil daran mancherlei Nützliches sei, wenn Fehden nicht über Menschenalter hin Unfrieden stifteten und ein göttliches Vergeben dem ein Ende setzte. Halli meinte, dass dergleichen in der Tat von Nutzen sein könne. Denn Torkil würde diese Sache nicht auf sich beruhen lassen. Antonius wollte ihm in dieser Angelegenheit nicht raten. Er war der Ansicht, dass, solange die Nordmänner nicht getauft waren, sein Gott nicht zuständig sei. Das war einsichtig für Halli, überzeugte ihn aber nicht davon, ein Christ zu werden. Dennoch erwuchs große Freundschaft zwischen ihnen, auch deshalb, weil er den Männern und Jungen die Kunst des Stockkampfes beibrachte, denn dies erschien allen erstrebenswert. Nicht jeder stellte sich gleichermaßen geschickt an. Halli dagegen erwies sich als gelehriger Schüler. Er war der Ansicht, dass diese Fähigkeit nützlich sein könne, wenn andere Waffen abhandenkämen, wie es zum Beispiel Torkil geschehen war.

Eines Tages fragte Antonius ihn, warum es keine Sklaven auf seinem Hof gab, denn soweit er wisse, nähmen die Nordmänner, wo immer sie angriffen, dortige Bewohner mit, entweder um sie selbst für sich arbeiten zu lassen oder um sie zu verkaufen. Das bestätigte Halli und erklärte ihm dazu seine Sicht.

»Ich wurde als junger Mann gefangen genommen und musste auf dem Hof eines Norwegers, Rune Bjarnesson, arbeiten. Es gab nie genug zu essen, dafür umso mehr Schläge. Auch durfte ich keine Frau haben. Was er nicht berücksichtigt hatte, war, dass tagein tagaus Säcke schleppen, Holz hacken, Pflügen und Zäune setzen zu großer körperlicher Kraft führt. Eines Tages schlug er wieder einmal auf mich ein, als ich in einem Hain arbeitete. Da habe ich ihn vom Pferd gezogen, denn er war ein Schwächling, und ihm den Kopf mit meiner Axt gespalten. Ich bin zurück zum Hof geritten, habe zwei Männer, die sich mir in den Weg stellten, erschlagen und die anderen zwei Sklaven befreit. Dann habe ich zwei weitere Pferde und einiges an Silber genommen und sind wir auf und davon.«

»Wie gelang es dir, dies unbemerkt zu vollbringen?«

»Auf dem Hof hatte man sich gut damit eingerichtet, dass die schwere Arbeit von Sklaven gemacht wurde, und war dadurch verweichlicht. Offenbar vertraute man darauf, dass ein Aufstand nicht zu erwarten sei. Das erwies sich als Irrtum. Lediglich die beiden Männer waren als Wache aufgestellt worden. Da das Gelände außerdem weitläufig war, wurde unsere Flucht erst spät bemerkt.«

»Woher hast du davon erfahren?«

»Als wir uns nach Dänemark eingeschifft haben, wurde von anderen Reisenden von dem Überfall berichtet und dass man die Schuldigen suche. Wir wurden nicht erkannt, denn ich hatte mit einem Teil des Silbers Kleidung gekauft, sodass wir wie Händler wirkten. Die Pferde hatten wir kurz vor der Überfahrt verkauft.«

»Und das hat bei dir zu dieser Abneigung gegenüber der Sklavenhaltung geführt, so scheint es.«

»Ja, ich bin der Meinung, dass dergleichen nicht erforderlich ist und dass es große Gefahren bergen kann, wie dir Rune Bjarnesson bestätigen würde, so er noch lebte. Aber ich habe ebenfalls eine Frage an dich. Dass du gut mit dem Stock umgehen kannst, habe ich mehrfach erlebt. Und dass dies in unseren Landen von Nutzen ist, ist einsichtig, wenn man keine andere Waffe führt. Bei euch Christen verhält es sich so, soweit ich das weiß, dass ihr niemanden angreifen würdet. Ist das richtig?«

»Ja, dem ist so. Allerdings obliegt die Beurteilung, ob und um was es sich handelt, einem selbst. Es kann Gelegenheiten geben, die es erfordern, nicht erst darauf zu warten, dass ein anderer angreift, um Gewissheit über seine Absichten zu erlangen. In solchen Fällen kann es nötig sein, um nicht selbst besiegt zu werden, schneller als der andere zu sein.«

»Und gestattet euch dies euer Gott?«

»Er will nicht, dass Menschen getötet werden, und darum bemühe ich mich, wie du weißt. Aber er möchte ebenfalls nicht, dass Christen getötet werden. Deshalb ist es erlaubt, sich zu verteidigen. Wenn dies bedeutet, dass ich zuerst angreifen muss, so ist dies gerechtfertigt.«

»Mir scheint, dass eure Lehre nicht so unvernünftig ist, wie es die meisten sehen. Immerhin vermeidet ihr auf diese Weise ein übermäßiges Töten.«

»Halli, wenn du es dir eines Tages anders überlegst und Christ werden möchtest, dann bin ich da. Davon aber hängt nicht unsere Freundschaft ab.«

»Was mir sonderbar vorkommt am Christentum, ist die Abneigung der Priester gegenüber Frauen.«

»Oh, dem ist nicht so. Zwar sind viele in der Kirche der Meinung, dass die Liebe des Geweihten nur Gott alleine zustehe, aber es gibt andere, die darauf verweisen, dass Jesus und die Jünger verheiratet waren. Ich habe keine Frau, denn diese Reise ist gefährlich. Sollte sich eine mit mir einlassen wollen, so würde ich nicht ablehnen.«

»Sie müsste aber Christin sein, oder?«

»Hierzu gibt es verschiedene Ansichten. Ich vermag nicht zu entscheiden, welche davon die richtige ist. Ich glaube, aber dass unser Gott verständnisvoll ist.«

Nach einer Woche erklärte Antonius den Verletzten als ausreichend genesen. Er wurde daraufhin des Hofes verwiesen mit dem Hinweis, dass er bei Zuwiderhandlung keine Gnade zu erwarten habe.

Der Mittsommer nahte, und Halli ließ ein Fest ausrichten. Bier und Met wurden gebraut, Brot gebacken, Gemüse geerntet, Schweine geschlachtet. Nachbarn wurden eingeladen und die Feier wurde ein voller Erfolg.

Als am frühen Morgen der Letzte zum Schlafen wankte, war es schon längst taghell. Daher konnten sich die Angreifer gut zurechtfinden. Schnell waren die Dächer angezündet, schreiend liefen die Frauen und Kinder ins Freie. Die meisten Männer waren noch betrunken, sodass deren Gegenwehr nicht nennenswert war. Ohne Unterschied mähten die Eindringlinge alles nieder, was ihnen vor die Äxte und Schwerter kam. Halli befand sich mitten im Getümmel, aber die Übermacht war groß, und selbst Antonius, dessen Stock überall und nirgends zu sein schien, war vollauf beschäftigt mit der Verteidigung.

»Ich nehme mir mein Gastrecht«, brüllte einer.

Er drehte sich um und erkannte Torkil.

»Versuch es, Feigling«, rief er ihm entgegen und wehrte zwei Hiebe anderer Männer ab.

»Er gehört mir«, schrie Torkil, sprang von Pferd und raste wie besessen auf Halli zu. In seiner Wut vergaß er jede Vorsicht und bemerkte zu spät den blitzschnell herannahenden Stock von Antonius, der ihn augenblicklich fällte.

»Dein Glück scheint dich immer zu verlassen, wenn du auf den Mönch triffst«, rief Halli, und ohne zu zögern schlug er mit der Langaxt seinen Kopf ab. Er blickte sich sofort um, um weitere Angreifer zu entdecken, aber diesen schien Torkils Tod den Mut genommen zu haben, und sie zogen sich zurück.

Der angerichtete Schaden war beträchtlich. Die meisten Häuser waren zerstört und die Vorräte in Flammen aufgegangen. Hallis Frau und Kinder, somit seine ganze Familie, waren umgekommen, ebenso etliche andere Bewohner. Zunächst tötete man die verwundeten Angreifer und nahm ihr Besitztum. Das wurde unter den Überlebenden verteilt. Mit den Gästen des Festes wurde beratschlagt, wie weiter zu verfahren sei.

»Hvid Lyngnes ist nicht länger sicher«, sagte Halli, »es gibt nicht genug Männer, um einen neuen Angriff zu überstehen. Deshalb bitte ich unsere Freunde, die Menschen unseres Hofes aufzunehmen. Ich selbst bin jetzt landlos, und mich hält hier nichts mehr. Mein Ziel ist nun Vinland, denn der Arm von Torkils Sippe ist lang, sodass ich andernfalls ein Leben auf der Flucht führen müsste.«

Halli wurde von vielen bestürmt, es sich noch mal zu überlegen, aber Sven, der Häuptling des nächstgelegenen Dorfes, ergriff das Wort. »Es ist, wie er sagt. Sie werden ihn jagen und dabei wenig Rücksicht auf andere nehmen. Es ist kein Zeichen von Feigheit, sich dem zu entziehen, sondern diese Entscheidung verdient Hochachtung. Es ist mehr als ehrenhaft, wenn Halli auf diese Weise unseren Frieden sichert. Ich für mein Teil heiße die Überlebenden in Þorslund willkommen und bin überzeugt davon, dass ich damit im Namen aller spreche.«

Zustimmendes Murmeln ertönte.

»Dies ist also entschieden, und ich danke dir, Sven, für deine Unterstützung. Lasst uns nun die Toten ehren.«

Die Rituale wurden abgehalten, je nach Rang des Gefallenen prunkvoll oder schlicht. Als danach die verwertbaren und nutzbaren Gegenstände und Waren auf Pferde geladen waren, schickten sich die Menschen an, Hvid Lyngnes zu verlassen. Halli wurde von vielen tränenreich verabschiedet, denn man wusste, dass seine kommende Fahrt gefährlich und möglicherweise tödlich sein würde.

»Ich werde dich begleiten, da es mein Wunsch ist, das viel gepriesene Vinland mit eigenen Augen zu sehen«, sagte Antonius, der den anderen nicht gefolgt war.

»Wären wir nicht in Freundschaft verbunden, und wüsste ich nicht um deine Kampfkunst, so lehnte ich ab. Es mag indes einiges an Überzeugungskraft kosten, die Männer zu überreden, die uns nach dort mitnehmen können, einen Christen an Bord zu haben.«

»Halli, du weißt, dass ich auf einer solchen Reise von Nutzen sein kann. Ein Heilkundiger wird immer gesucht sein. Und ich kenne die Nordmänner gut. Wenn sie abzuwägen haben zwischen einem Heiler, der Christ ist, oder keinem, dann weiß ich, wie sie entscheiden.«

»Das ist nur zu wahr. Es ist uns zu eigen, dass wir sehr darauf sehen, was von Nutzen ist, denn schnell wird eine harmlose Reise eine auf Leben und Tod.«

Halli einigte sich mit Sven auf den Verkauf von verschiedenen Gegenständen aus seinem Besitz, während er andere an ihn verschenkte. Wichtig war ihm Schnelligkeit, und deshalb brauchte er leichtes Gepäck. Daher war es im nur recht, dass er nun Silber hatte. Antonius reiste ebenfalls mit wenig.

Schließlich waren alle Worte gewechselt und es blieb nichts weiter übrig, als getrennter Wege zu gehen. Halli wählte als Ziel Ribe. Diese Stadt war der größte Handelsplatz an der Nordsee, und sie würden dort am schnellsten ein Schiff finden. Sie folgten einem Weg, der nicht schnurstracks dorthin führte, um nicht mit Torkils Leuten zusammenzustoßen, sondern wandten sich zunächst nach

Süden, um dann von Südosten die Stadt anzusteuern. Auf der Reise gab es keine Zwischenfälle, wenngleich sie manchmal von Reisenden, die ihnen begegneten, scheel angesehen wurden, denn ein Nordmann in Begleitung eines Geschorenen war ungewöhnlich.

Ribe erwies sich als geschäftiger Handelsplatz, und Halli warnte Antonius vor zwielichtigen Gestalten und Beutelschneidern. »Die Stadt zieht übles Gesindel an, unehrenhafte Leute, die des Nachts meucheln«, erläuterte er.

»Damit unterscheiden sie sich nicht von anderen Nordmännern, die Kirchen und Klöster plündern«, stellte Antonius fest.

»Das ist etwas anderes, wenn ich auch weiß, dass es für dich keinen großen Unterschied macht. Aber um unseres Friedens willen werde ich dies nicht weiter besprechen. Stattdessen sollten wir uns möglichst schnell Plätze auf einem Schiff besorgen. Jetzt im Sommer wollen viele die Gelegenheit nutzen, daher wird es nicht so einfach werden.«

Im Hafen lagen über zwanzig Langschiffe und Knorrs. Sie wurden mit einem Kapitän, der zu den Färöer und dann nach Island fahren wollte, handelseinig, obgleich er zunächst etliche Fragen wegen Antonius hatte. Er erklärte, dass ein Geschorener an Bord Unglück bringen würde. Dann aber ließ er sich beruhigen, denn in Ribe gab es schon einige Christen, und als Halli darauf verwies, dass dieser hier erfahren in der Heilkunde sei, wurde der Kapitän hellhörig. Einer seiner Männer habe da ein hartnäckiges Geschwür und wäre sicher bereit, sich an den Kosten der Überfahrt zu beteiligen, wenn er dieses loswerden würde. Nachdem der Mönch sich das angesehen hatte und meinte, dies sei innerhalb von zehn Tagen heilbar, war der Bann gebrochen. Und so stachen sie am nächsten Tag in See. Der Wind war ihnen wohlgesonnen, sodass sie aufs Rudern verzichten konnten, und drei Wochen später erreichten sie die Färöer. Hier trieb die Besatzung Handel, einige Reisende stiegen aus, neue zu. Antonius Überfahrt wurde von dem geheilten Mann dankbar bezahlt, und andere an Bord nahmen seine Heilkunst ebenfalls in Anspruch. Sie blieben insgesamt zwei Tage und brachen dann gen Island auf. Sie hatten erfahren, dass von dort

Schiffe nach Grönland fuhren und von da wiederum weiter Richtung Vinland.

Hafnarfjörður im Südwesten erreichten sie wegen schlechten Wetters erst drei Wochen später. Hier mussten sie warten, denn es gab keinen regelmäßigen Handelsverkehr. In einem Haus am Hafen waren Sklaven untergebracht. Halli war darauf gestoßen, nachdem er sich in der Siedlung umgesehen hatte. Eine Frau sah fremdartiger aus als alle Menschen, die er bisher gesehen hatte. Sie hatte langes schwarzes Haar und trug fein gegerbtes Leder. Ihre dunklen Augen waren mandelförmig und ihre Haut war ebenmäßig wie helle Bronze. Er fragte, woher sie stamme.

»Sie ist eine Skrælingar aus Vinland. Gefällt sie dir?«

»Sie ist sehr schön. Spricht sie unsere Sprache?«

»Ein wenig. Sie ist vor einigen Monden von Snorri Olufsson an einem Ufer gefangen worden. Es gab noch eine weitere, aber die ist an Erkältung gestorben. Sie halten nicht viel aus, eben Skrælingar.«

»Wie heißt du?«, fragte Halli durch die vergitterte Tür.

»Wicapi«, gab sie zurück.

»Woher kommst du?«

Sie antwortete mit einem Wortschwall, den er nicht verstand.

»Ich verstehe deine Sprache nicht. Kommst du aus Vinland?«

»Ja, das euer Name für mein Heimat.«

In Halli reifte eine Idee. »Zieh dich aus, damit ich dich begutachten kann.«

Ohne zu zögern streifte sie ihre Kleidung ab und stand nackt vor ihm. Ihre Brüste waren nicht so groß wie bei den meisten Frauen in Dänemark, dafür fest und die Brustwarzen dunkler. Ihre Figur war schlank und zierlich, aber unverkennbar muskulös. Ihre Scham zierten nur spärliche Haare. Er sah genau hin und betastete die Haut an der Stelle, denn dergleichen hatte er noch nicht gesehen.

»Hattest du Kinder?«, fragte er.

Sie schüttelte den Kopf.

»Hatte dich schon ein Mann?«

Sie nickte zögernd.

»Wann war das?«

»Vor fünf Monden.«

»Ist sie zu verkaufen?«, fragte Halli den Wächter.

»Ja, aber sie taugen nichts. Sind oft krank und widerspenstig. Ich denke, dass Snorri froh ist, sie loszuwerden. Er wird um die Mittagsstunde hier sein, dann kannst du ihn fragen.«

Halli vertrieb sich die Zeit bis dahin, indem er Antonius aufsuchte. Dessen Heilkunst hatte sich herumgesprochen, und einige Menschen waren gekommen, um sich von ihm behandeln zu lassen. Er reinigte jedwede Wunde und jeden Abszess gründlich, um dann mit Salben oder Kräutern eine passende Medizin zu bereiten. Dankbarkeit schlug dem Mönch entgegen, und ein paar ließen sich von ihm segnen, denn – dies hatte Halli festgestellt – das Christentum war hier weiter verbreitet als in Dänemark.

Er schlenderte zum Hafen. Hier lagen verschiedene Schiffe unterschiedlicher Größen zwischen drei und fünfzehn Ruderbänken. Er sprach mit den Besitzern und Bewachern und stellte fest, dass einer heute gen Grönland aufbrechen und von da nach Vinland wollte. Mit ihm wurde er schnell handelseinig, denn der Hinweis darauf, dass er einen Heiler mitbringen würde, wurde als vorteilhaft angesehen. Neben ihm, dem Kapitän und seiner Mannschaft würden weitere zwei Norweger mitreisen, sodass sie insgesamt zu zwölft wären.

Zurück beim Sklavenhaus fand er Snorri, einen kleinen und mürrisch dreinblickenden Mann. Der hatte schon Kenntnis, dass ein Däne die Skrælingar kaufen wollte. Nachdem er zunächst einen Preis nannte, der Halli zum Lachen brachte, überlegte er es sich anders und sie einigten sich auf neun Stück Silber, die sie gemeinsam abwogen. Die Frau wurde an den Händen gefesselt aus dem Haus herausgeführt und ihm übergeben.

»Du wirst mitkommen nach Vinland. Ich werde dich zum Weib nehmen«, beschied er ihr.

Sie nahm es mit Gleichmut auf und folgte ihm. Halli fand Antonius bei Menschen, die Heilung suchten.

»Das ist Wicapi, sie ist eine Skrælingar und wird uns begleiten. Das kann von Nutzen sein, denn sie stammt aus Vinland und wird sich dort auskennen.«

»Das mag sein, aber kann es nicht sein, dass sie an dir Rache nehmen wird, wenn du schläfst?«

»Dergleichen ist niemals auszuschließen, jedoch bin ich vom Wesen her freundlicher als so mancher und tue Frauen keine Gewalt an. Daher kann ich keinen Grund erkennen. Und ich bringe sie zurück in ihre Heimat.«

»Ja, das wohl, aber sicher wirst du nicht wollen, dass sie dich dort verlässt. Wie wirst du das verhindern?«

»Weißt du, Antonius, wenn ich sie nicht überzeugen kann, dass sie mit mir eine gute Zukunft haben wird, warum sollte ich sie dann binden? Ich bin kein Freund der Sklaverei, wie du weißt.«

»Du bist ein ungewöhnlicher Mann, Halli, das habe ich mehr als einmal bemerkt. Und so mag es sein, dass du auch in dieser Sache recht behalten wirst.«

Die Überfahrt nach Grönland wurde unverzüglich begonnen, denn der Kapitän, Frode, der erfahren in diesen Gewässern war, erklärte, dass so gutes Wetter wie dieses selten und deshalb bestmöglich auszunutzen sei. Sobald sie auf See waren, zerschnitt Halli die Fesseln von Wicapi, die ihn daraufhin lange mit ihren dunklen Augen ansah, aber nichts weiter sagte.

Auf halber Strecke begegnete ihnen ein Schiff, das aus der entgegengesetzten Richtung kam. Es war größer und mit fünfzehn Männern besetzt. Außerdem hatten sie zwei Skrælingar-Frauen an Bord, die gefesselt waren. Die junge war zierlich und hatte kleine Brüste, die andere etwas älter und stämmiger mit üppiger Oberweite, wobei sie, genau wie ihre Mitgefangene und Wicapi, sehnig und kräftig erschien. Sie kamen längsseits auf Riemenabstand, und beide Mannschaften schätzten sich gegenseitig ab.

»Gebt uns die Skrælingar, dann könnt ihr in Frieden weiterfahren«, rief der Kapitän des anderen Schiffes.

»Sie gehört mir, und ich gebe sie nicht her«, antwortete Halli.

»Wer sagt das?«

»Der Mann, den du töten musst, wenn du sie haben willst.« Und gedämpft zu Antonius gewandt: »Gib Wicaɔi ein Messer. Ich denke, sie kann es brauchen, wenn es zum Kampf kommt. Und mach dich bereit, die anderen abzulenken.«

»Du scheinst mir ein Großmaul zu sein, das gestopft werden sollte.«

»Ich kann niemanden sehen, der dergleichen vollbringen würde.«

»Sei vorsichtig, das ist Einar Gudmundsson, er ist sehr gefährlich. Gib ihm die Skrælingar und lass uns weiterfahren«, bat der Kapitän leise.

»Nein, ich werde derartigen Raub nicht hinnehmen, und dir und deinen Männern wird nichts übrig bleiben, als mitzutun, denn ich für mein Teil werde mich wehren. Und solltest du auf den Gedanken kommen, dich mit ihm zu verbünden, so wisse, dass ich dergleichen unverzüglich damit beantworte, ihm deinen Kopf zu übergeben – und zwar nur den«, antwortete er ebenso leise. »Außerdem darfst du die gesamte Beute behalten, wenn wir siegreich sind, nur die beiden Skrælingar gehören mir.«

Frode nickte nur.

»Nun, habt ihr es euch anders überlegt, oder worüber tuschelt ihr Waschweiber?«, rief Einar.

»Ich habe nur laut darüber nachgedacht, ob du deinen Kopf auf deinem oder unserem Schiff verlierst. Frode, der Kapitän, war der Ansicht, dass es hier sein würde, ich aber war in dieser Sache nicht so sicher, denn du redest viel, ohne dem Taten folgen zu lassen. Deshalb meine ich, du wirst vor Angst dein Schiff nicht verlassen und ich muss wohl oder übel zu dir rüberkommen, um dir Anstand beizubringen.«

»Ich werde dir gleich zeigen, wer hier wem Anstand beibringt!«, brüllte Einar, und mit einer Handbewegung befahl er, seinen Drachen näher an das Schiff von Frode heranzubringen. Auf beiden Seiten hatten die Kämpfer Äxte in den Händen.

Plötzlich sprang Antonius mit einem weiten Satz auf das Vorderschiff der anderen. Zwei Männer drehten sich zu ihm um und wurden mit wirbelnden Stockhieben gefällt, was die restliche Besatzung dazu brachte, sich ihm zuzuwenden. Darauf hatte Halli nur gewartet. Gemeinsam mit der übrigen Mannschaft enterte er das Schiff. Als Erstes erwischte er einen großen Krieger, der ihn fast um einen Kopf überragte. Aufgrund der Enge war er unbeweglich, und kaum, dass er sich versah, hatte er eine Axt im Bein und sank in die Knie. Halli stieß ihn weg, wobei Einar, der im Kampf mit einem der Norweger verwickelt war, stolperte, seine Deckung kurz öffnete und Hallis Axt ihn mitten ins Gesicht traf. Er schrie vor Schmerz, hörte aber abrupt auf, als Wicapi ihm die Kehle durchschnitt. Gurgelnd brach er zusammen. Sie machte sich sofort daran, die beiden Frauen zu befreien.

Nach kurzem Gemetzel war der Kampf entschieden. Dem Hünen hatte die Skrælingar ebenfalls das Leben genommen, und die anderen Männer waren überwältigt worden. Dank des Einsatzes von Antonius war die Überraschung gelungen und nur einer der Norweger leicht verletzt.

Man beratschlagte, was nunmehr zu unternehmen sei. Frode erklärte, dass es wegen Einar nicht zu Rache kommen würde, denn man habe ihn aus Island verbannt und er treibe in diesen Gewässern Schindluder. Seine Mannschaft bestand aus Männern, die aus ähnlichen Beweggründen mit ihm segelten.

»Ihr wisst, dass ich die beiden Skrælingar haben will. Den Rest der Beute und auch die Gefangenen mögt ihr unter euch verteilen, wie es euch beliebt«, sagte Halli. »Was das Schiff angeht, so will ich dieses für mich haben, denn immerhin haben Antonius und ich den Löwenanteil an seiner Eroberung.«

»Dem kann ich zwar zustimmen, jedoch alleine wäret ihr nicht siegreich gewesen«, gab Frode zu bedenken. »Lass mich dir einen Handel vorschlagen. Ich gebe dir mein Schiff und zusätzlich Vorräte und ich nehme Einars und jeder segelt seines Wegs. Denn von hier aus braucht es nur ungefähr eine Woche länger nach Vinland als zu den Siedlungen auf Grönland. Auch ist ein kleineres Schiff für wenig Besatzung leichter zu führen als ein großes.«

»Das ist ein weiser Vorschlag, Frode, den ich nicht lange bedenken muss.«

Sie waren sich einig, warfen die Toten über Bord, nicht ohne ihnen vorher alles abgenommen zu haben, was von Wert war, lagerten die Vorräte um.

»Auch wenn ich nicht begreifen kann, was du mit den Skrælingar willst, so gestehe ich dir zu, dass du mir Glück gebracht und diese Gewässer sicherer gemacht hast. Du bist mir jederzeit willkommen«, sagte Frode.

»Dem kann ich beipflichten, denn bisher lässt es sich gut an, wie mir scheint.«

Dann setzte Halli Segel und sie trennten sich.

Es stellte sich heraus, dass die drei Skrælingar sich kannten. Wie Antonius und er allmählich herausbekamen, hatten sich die beiden absichtlich gefangen nehmen lassen. Sie waren alle von einem Stamm namens Beothuk, der von Einars Leuten häufig überfallen wurde. Dabei verschleppten sie Männer und Frauen, um sie zu verkaufen. Da bei einem der letzten Angriffe ihre Ehemänner getötet wurden, fassten sie den Entschluss, zuerst Wicapi zu befreien und dann gemeinsam Einar zu töten. Halli und Antonius fanden das mutig, wenngleich der Priester den Gedanken an Rache missbilligte.

Die Fahrt verlief friedlich, ihnen begegneten keine weiteren Schiffe, und das Wetter war mild. Rudern mussten sie nicht, denn der Wind trieb sie Richtung Südwesten, was nach Angabe der Skrælingar richtig war. Die Frauen wurden vertrauter, und Wicapi fasste Zuneigung zu Halli, während die jüngste der drei, Sakima, sich zu Antonius hingezogen fühlte. Die schweigsame Bena hielt sich zurück.

Eines Nachts, sie waren seit zwei Wochen unterwegs und verstanden einander besser, weil alle sich darum bemühten, die Sprache der anderen zu lernen, wachte Halli auf. Finster war es nicht, denn in diesen Breiten herrschte im Sommer die Dunkelheit nur kurz. Er bemerkte neben sich unter den dicken Decken eine leichte Berührung. Es war Wicapi. Wortlos schmiegte sie sich an ihn. Er ließ sie gewähren. Sie fing an, sein Gesicht zu streicheln, kraulte seinen Bart, die langen Haare. Mit einer schnellen Bewegung hatte sie sich auf ihn gelegt. Dann richtete sie sich auf, die Decke über ihrem Rücken. Sie war nackt. Halli beugte sich hoch, nahm ihre linke Brust in den Mund und liebkoste ihre Warzenhöfe. Sie seufzte dabei fast unhörbar. Er sah an ihr vorbei auf das Vorschiff und erkannte, dass Sakima bei Antonius war. Die Skrælingar ritt ihn mit Inbrunst. Wicapi rutschte ein Stück weiter herunter und öffnete Hallis Hose. Sein Schwanz stand prall und voller geschwollener Adern hervor. Schon hatte die Frau ihre Lippen drüber gestülpt und bearbeitete ihn lustvoll, sodass ihm bald schwindelig wurde. Er legte sich wieder hin und genoss seine Geilheit, als Bena sich neben ihn kniete. Sie schob ihr Lederkleid über ihre Hüften hoch, worunter sie nackt und haarlos war und setzte sich so, dass Halli ihre Möse lecken konnte, die nass war und vor Begierde tropfte. Von ihrer schweigsamen Art war jetzt nichts zu bemerken, denn sie stöhnte und wand sich in ihrer Wollust. Wicapi führte sich unterdessen seinen Schwanz ein und ritt ihn so kräftig wie Sakima Antonius. Von deren Seite drang immer lauteres Stöhnen an sein Ohr. Es schien Halli, als ob es bald so weit sein müsse. Mehr Gedanken verschwendete er daran nicht, denn er war zu beschäftigt mit den beiden Frauen, die ihm alles abverlangten. Er leckte Bena hingebungsvoll, dergleichen hatte er noch nie an einer haarlosen Scham getan, und es gefiel ihm. Wicapi vollführte kreisende Bewegungen auf seinem Schwanz, was seine Erregung schlagartig steigerte. Kurz darauf entlud er sich aufstöhnend in die Frau, die ebenfalls kam, aber dabei weiter fickte, als ob sie sich den Samen in ihren Körper pumpen wolle. Endlich ließ sie ab von ihm und stand auf, genau wie Sakima von Antonius. Bena erhob sich. Er wollte sich befriedigt zur Seite drehen und schlafen, doch wurde daran gehindert, denn nun kniete sie sich neben ihn und begann seinen Schwanz zu saugen. Und obwohl Halli dachte, dass er seine gesamte Ladung verschossen habe, regte sich sein Geschlecht erneut. Mit Ausdauer brachte Bena es zum Stehen und setzte sich dann darauf, um ihn, genau wie Wicapi, zu reiten. Die saß neben ihm und sah sich an, wie ihre Freundin sich die Lust holte. Und obwohl Halli langsam wieder in Wallung geriet, fragte er sie: »Wie kommt es, dass ihr alle plötzlich ein solches Verlangen habt?«

»Morgen wir erreichen Land und wir werden neuer Stamm. Und der braucht starke Kinder von starken Kriegern.«

Diese Erklärung beflügelte seine Lust sprunghaft. Die wippenden großen Brüste von Bena vor sich, ihre Geilheit offen in ihrem Gesicht erkennbar, kam er schnell wieder zu einem Höhepunkt und spritzte seinen Samen besitzergreifend in die zweite Frau.

Paul Münster hatte, solang er zurückdenken konnte, immer eine ausgeprägte Fantasie gehabt. Schon als kleines Kind malte er sich Zauberwelten aus. Stundenlang konnte er sich darin aufhalten und sich neue Figuren, Wesen und Begebenheiten vorstellen. Manchmal verdöste er so ganze Nachmittage. Häufig musste seine Mutter ihn aus seinen Tagträumen aufwecken. In solchen Fällen verließ er widerwillig die Welt, in der er sich aufgehalten hatte, und erledigte seine Hausaufgaben oder half im Haushalt mit, je nachdem, was anlag. Sobald es ihm möglich war, flüchtete er sich wieder in seine Fantasiewelten. Dabei gelang es ihm sogar, die Geschichten in seinen Träumen weiterzuspinnen.

Diese Fähigkeit verblasste mit dem Älterwerden nicht. Die Szenerien wurden komplexer. Feen und Elfen verschwanden. Stattdessen erschienen Steinzeitmenschen, Ritter, Piraten, Waldläufer und Wikinger. Er versuchte manchmal, das mit dem inneren Auge Gesehene aufzuschreiben, aber es gelang ihm nie zu seiner Zufriedenheit. Er interessierte sich, seit er auf dem Gymnasium war, für Geschichte. Denn der Unterricht und die Quellen, die er dort auszuwerten hatte, eröffneten ihm neue Perspektiven. In Verbindung mit dem Fach Geografie, das in der Mittelstufe dazukam, erschienen die Welten wie von selbst. Als sich die Klasse mit der Entdeckung Amerikas beschäftigte, stellte er sich vor, wie es gewesen sein mochte, als die Wikinger um Leif Eriksson dieses Land das erste Mal gesehen und mit den Ureinwohnern Kontakt aufgenommen hatten. Gab es wilde Gemetzel oder gar Verbrüderungen?

Seine Fantasie lieferte ihm aus diesen Versatzstücken eine reichhaltige Geschichte aus Abenteuer, Verrat, Freundschaft und, da er schon älter war, Sex. Er erinnerte sich gut daran, wie er sich den Aufbruch solcher Entdecker in der Mittagspause der Schule vorgestellt hatte.

Und jetzt hatte ihn dieser aktuelle Aufsatz über neue Forschungsergebnisse zur Genetik der Isländer wieder in eine seiner Welten transportiert. Das hatte ihn diesmal so erregt, dass er dringend etwas dagegen unternehmen musste. Sonst würde er sich den restlichen Tag nicht mehr konzentrieren können. Er setzte sich so bequem wie möglich in seinen Schreibtischstuhl, öffnete seine Hose und holte seinen Penis heraus. Eine Packung Taschentücher lag ohnehin immer bereit. Sollte jemand kommen, dann würde er anklopfen, das war hier üblich. Er brauchte zur Stimulation nichts Visuelles, das erledigte seine Fantasie von alleine. Er stellte sich vor, wie Bena seinen für sie fast zu großen Schwanz ritt, er ihre enge Möse stieß, wie die üppigen Brüste direkt vor seinen Augen auf und ab wippten. Das brachte ihn schnell an den gewünschten Punkt. Jetzt war es so weit. Nur noch ein oder zwei …

Es klopfte. Hektisch verstaute er den harten Penis in seiner Hose.

»Herein«, sagte er und hoffte, dass seine Stimme den seriösen Klang des weithin anerkannten Professors hatte.

»Hallo Paul, kannst du mir vielleicht helfen? In der Bibliothek habe ich schon nachgesehen, und die meinten, du hättest vor ein paar Tagen die neue *Archäologie heute* über Stonehenge ausgeliehen«, fragte seine Mitarbeiterin im Völkerkundemuseum, Dr. Luisa Brauner.

Badetag

Ulrike freute sich auf das Bad. Sie hatte sich mit Freundinnen verabredet, denn sie liebten die gemeinsamen Ausschweifungen, die dabei um diese Zeit des Jahres geschehen konnten. In den Umkleideräumen der Frauen waren sie bei Weitem nicht die Einzigen, sondern es herrschte Gedrängel. Vielleicht wäre es klüger gewesen, früher zu kommen, aber die Arbeit musste zunächst erledigt werden.

»Oh, du bist schon wieder schwanger«, flüsterte ihr Ortrud zu.

»Wie du das nur immer so schnell erkennst?«, wunderte sie sich, denn sie selbst hatte erst seit einigen Tagen Gewissheit. »Aber bitte verrat mich nicht, ich will so gerne noch das heutige Bad genießen.«

»Na ja, wenn ich das nicht sehen würde, wäre ich wohl keine besonders gute Hebamme. Und natürlich bleibt das unser Geheimnis. Du kannst dich auf mich verlassen.«

Ihre beiden anderen Freundinnen Martina und Maria waren mittlerweile angekommen, und sie schlenderten gemeinsam mit Handtüchern bekleidet in die Baderäume. Die Becken waren voll wie immer zu dieser Zeit. Sie wählten ein warmes Bassin und ließen sich ins Nass gleiten. Es waren ungefähr gleich viele Männer wie Frauen anwesend. Einige Gäste kannte Ulrike vom Sehen her, sie begegnete ihnen manchmal auf dem Markt. Das Wasser war durch die beigegebenen Essenzen trübe und außerdem dampfte es und trug so mit dazu bei, den großen Raum auf eine sommerliche Temperatur zu bringen. Sie genoss die aufsteigende Wärme im Körper. Es war eine Wohltat, vor allem in dieser kalten Jahreszeit.

Immer mehr Menschen strömten nach getaner Arbeit ins Bad, und so wurde es zunehmend voller. Sie und ihre Freundinnen beobachteten vom Beckenrand aus, wie sich die Mitte langsam füllte. Die Stimmung wurde ausgelassener. Lachen schallte durch den Baderaum, dessen hohe Decke einen Hall verursachte. Neben Ulrike küsste eine Frau einen Mann ganz unverhohlen. Ob es ihrer war, konnte sie nicht erkennen. Jedenfalls schien dies ein Auslöser zu sein, denn auch andere Paare ergaben sich in Berührungen. Vor ihr tauchte ein Mannsbild auf, das ungeniert ihre Brüste gierig musterte.

»Gefallen sie dir?«, fragte sie ihn und bemerkte wohlwollend die vortrefflich entwickelten Muskeln, die breiten Schultern und das makellose Gebiss.

»Ganz gewaltig sogar«, erwiderte er, »ich würde gerne ihre Festigkeit untersuchen.«

»Tu dir keinen Zwang an. Ich denke, sie werden die Probe bestehen.«

Er griff mit beiden Händen zu.

»Allerdings, du hast nicht zu viel versprochen.«

Ortrud, die neben ihr am Beckenrand stand, sagte lüstern: »Du kannst auch gerne meine überprüfen.«

Ohne zu zögern, ging er auf den Vorschlag ein. »Ihr seid beide prächtig ausgestattet. Wenn ich eine wählen müsste, so wüsste ich nicht, welche.«

»Nimm doch uns beide«, schlug Ulrike vor, »es sei denn, dein Werkzeug ist nicht geeignet dafür.«

»Oh, bitte meine Liebe, das kann ich nun gar nicht auf mir sitzen lassen, solange ich es euch nacheinander besorgen darf.«

»Dann fang gleich mit mir an«, sagte Ulrike lüstern und drehte sich um, um sich mit den Armen auf den Beckenrand zu stützen, wobei ihr Hinterteil fast aus dem Wasser ragte.

»Da lass ich mich nicht lange bitten.«

Ulrike merkte, wie er seinen Schwanz einführte und dass dieser ihr vortrefflich gefiel.

Ortrud hatte sich neben sie gesetzt und sagte zu dem Mann. »Du kannst ja gar nichts sehen, wenn du sie so nagelst. Ich zeige dir, was du bei mir bekommst, denn du sollst mich gleich danach kräftig durchnehmen.«

»Ja, zeig es mir, dann werde ich hernach meine Lanze in deine Schießscharte schleudern.«

Ortrud positionierte sich auf dem Beckenrand, was nicht so mühelos war, denn neben ihr auf der anderen Seite war Martina dabei, genüsslich am Schwanz eines wirklichen Hünen zu saugen, der vor ihr im Wasser stand. Als sie passend saß, spreizte sie ihre Beine und gab so den Blick frei auf ihre mit Haaren verzierte Vulva. Da diese hellblond waren, waren ihre Schamlippen deutlich erkennbar und zudem die inneren kräftig angeschwollen. Sie stützte sich mit der linken Hand ab und mit der rechten begann sie, sich zu reizen. Erst langsam kreisend, dann intensiver, schließlich mit mehreren Fingern eindringend, wand sie sich vor ihrer Freundin und dem Fremden auf dem Beckenrand.

Inzwischen hatte sich das gesamte Bassin in einen Kessel aus Leibern, die es miteinander auf die verschiedensten Weisen trieben, verwandelt.

Neben Ortrud wurde Martina mittlerweile von dem Hünen gefickt. Er hielt sie vor sich und sie ritt auf seinen Hüften, ihre ausladenden Brüste auf und ab wogend.

Maria saß ein paar Schritte weiter auf dem Beckenrand und ein Mann stieß ihr seinen Schwanz vor ihr stehend in ihre Möse.

Um sie herum wurde gestöhnt, es wurden Lustschreie ausgestoßen, Saft aus Fotzen und Sperma floss in Strömen. Ulrike änderte ihre Position und näherte sich Ortrud, die ihre Beine weiter einladend öffnete. Weiterhin ausdauernd und tief gestoßen, den Mann ächzend hinter sich, leckte sie die ihr dargebotene Scheide. Ihre Freundin quittierte das mit einem Stöhnen und Aufbäumen. Ein anderes Mannsbild kniete sich neben sie und sie nahm bereitwillig seinen steifen Johannes in die Hand und bearbeitete ihn derart, dass er alsbald in hohem Schwall auf ihren Busen spritzte.

»Haltet ein, das ist Sodom und Gomorrha«, hallte ein durchdringender Ruf durch das Bad. Unverzüglich wurden Schwänze aus Mösen und Mündern gezogen, Beckenränder verlassen, das Bassin aufgesucht und dort so weit untergetaucht, dass es sittlich aussah. Und wo dies nicht möglich war, zog man Handtücher zur Bedeckung heran. Kurzum, ein Sündenpfuhl verwandelte sich in eine züchtige, wenn auch gemischte Badeanstalt.

Der Verursacher des Rufes war nun für die Freundinnen erkennbar, ein Kirchenmann, den keine von ihnen kannte.

»Das nenne ich Folgsamkeit. Nun, so will ich denn Gnade vor Recht ergehen lassen, meine Schäflein«, sagte er in dem typischen klerikalen Singsang, um dann fortzufahren. »Und vor allem sündig ist, dass ihr ohne mich angefangen habt mit eurem lüsternen Treiben.« Mit diesen Worten zog er sich die Soutane über den Kopf, worunter er splitternackt war und einen stattlichen Ständer präsentierte.

Nach kurzem Schweigen brach Gelächter aus, und der vermeintliche Geistliche stieg ins Becken. Dort wurde er von einer Frau mit Aufmerksamkeit bedacht. Sie griff sich unter Wasser seinen Schwanz, zumindest sein Gesichtsausdruck legte den Schluss nahe.

»Mein Gott, habe ich mich erschrocken«, sagte Ulrike, deren Stimmung verflogen war. »Wenn es wirklich ein Klerikaler gewesen wäre, wer weiß, was er mit mir gemacht hätte.«

»Man sieht ja noch nichts von der Schwangerschaft, und ein Priester erst recht nicht. Du kannst unbesorgt sein, es war nur ein Karnevalsscherz«, sagte Ortrud. Und zu dem Mann gewandt, der bis eben Ulrike begattet hatte. »Du hattest eine Lanze versprochen, ist diese mittlerweile zu einem Zahnstocher geworden?«

»Keineswegs. Ich werde es deiner Fotze gründlich besorgen, meine Dame. Daran wirst du noch länger denken.«

»Dann nehme ich dich beim Wort und Schwanz. Rein damit«, sagte sie, rutschte ins Becken und präsentierte ihm ihr Hinterteil wie ihre Freundin vor ihr.

Rundherum war nichts mehr von der Unterbrechung zu bemerken. Munter vereinigten sich wieder Körper und Münder. Ulrike fand Gefallen daran, die Brüste ihrer Nachbarin zu liebkosen. Und ihre Freundinnen gaben sich den Ausschweifungen hin.

Es hätte für sie immer so weitergehen können, aber die Glocken des Doms erklangen, und das war das Zeichen zum Aufbruch. Die Menschen verließen die Bassins und kleideten sich wieder an. Die vier Frauen hatten es jetzt ebenfalls eilig. Sobald sie aus dem Bad heraus waren, mischten sie sich unters verkleidete Volk, denn dies war der Karnevalsdienstag, und sie wollten, wie die anderen hier, ein letztes Mal ausgelassen feiern, bevor die Fastenzeit begann.

Beifall brandete auf, jedoch klatschten nicht alle. Insbesondere im hinteren Teil des Raums war die Aufmerksamkeit gering. Denn dort leckten sich nackte Frauen gegenseitig die Mösen, zwei Herren hatten ihre steifen Schwänze in die Vagina und den Anus einer anderen gesteckt und penetrierten sie gleichzeitig. Eine Brünette mit leicht hängenden Titten und langen Nippeln hockte auf dem Schoss ihres blonden Partners und ritt ihn. Der überwiegende Teil des Publikums saß auf den vorgesehenen Sitzgelegenheiten vor der erleuchteten Empore, die die Bühne im schummrigen Raum darstellte.

»Vielen Dank, Sabine, dass du uns in die Sitten und Gebräuche, aber auch Verbote in den Kölner Bädern im Mittelalter zur Zeit des Karnevals eingeführt hast«, sagte eine schlanke blonde Dame, die ein schwarzes Lederkleid trug, zu einer sitzenden, etwa fünfzigjährigen lockigen Frau. »Das war sehr lehrreich. Und nun, meine lieben Freunde der erotischen Soiree in unserem Club *Paarweise*, nehmt euch ein Beispiel an unserem Thema *Swingen durch die Jahrhunderte* und feiert ausgelassen, denn morgen ist alles vorbei. Alaaf!«

Schlagbar

Gabriele, die in den sechziger Jahren aufgewachsen war, hatte damals die herrschende Prüderie gar nicht wahrgenommen. Nacktheit war etwas, das im Verborgenen stattfand. Über Sexualität wurde schon gar nicht gesprochen. Und außerdem waren in der Gesellschaft die Nachwirkungen des Weltkrieges prägend. Väter, die gefallen oder kriegsversehrt waren, prägten ihre Kindheit ebenso wie die Präsenz der Besatzungsmächte und die immer noch sichtbaren Zerstörungen, die erst langsam verschwanden. In der Schule herrschte ein rauer Umgang, denn die Lehrer waren zumeist in der Nazizeit ausgebildet worden. Schläge waren hier und zu Hause an der Tagesordnung. Aber es gab auch schöne Momente. Sie spielte häufig draußen mit anderen Kindern aus der Nachbarschaft. Überhaupt waren sie eine verschworene Gemeinschaft, in ihrem kleinen Dorf gab es nicht viele Attraktionen. So schufen sie sie sich selbst. Ob es gemeinsame Ausflüge in die Umgebung, Völkerball, Schnitzeljagden oder die Abenteuer rund um die britischen Kasernen und deren Übungsplatz Bergen waren, immer gab es Neues zu erleben, und die Kindheit war nicht langweilig.

Lächelnd erinnerte sie sich heute an diese gleichermaßen unbeschwerte und verklemmte Zeit zurück, denn die Beerdigung von Herbert war für sie eine ebensolche Heuchelei, wie sie sie damals oft erlebt hatte. Gisela schien das Begräbnis gut überstanden zu haben, hatte sie den Eindruck, immerhin hatte sie schon wieder zu lachen vermocht. Jetzt auf dem Rückweg schweiften ihre Gedanken zu dem Ball in Leipzig Anfang kommenden Jahres. Das wäre sicher nichts für Paul, denn sie fand, dass er sexuell zwischen den Sechzigern und einer ferneren Vergangenheit steckte. Andererseits genoss sie das Zusammensein mit ihm. Er war aufmerksam, hatte Stil, und ihr gefiel seine sonore und erotische Stimme. Er war ein begnadeter Erzähler. Und der Sex mit ihm fühlte sich angenehm an. Sie hatte oft darüber nachgedacht, ob *angenehm* das richtige Wort dafür sei. Aber er war nicht wild, nicht abseitig, nicht hart, sondern er war im Bett wie auch sonst im Leben ein Gentleman durch und durch. Sie hatte einen Begriff kreiert. Sie nannte es Komfortsex. Es war wie eine Art Wellness mit dem Unterschied, dass sie hier zusätzlich zur Entspannung Orgasmen bekam. Er bemühte sich um sie und ihre Lust und es war ihr angenehm. Nicht mehr und nicht weniger. Das reichte aber eben nicht immer. Manchmal brauchte sie es härter. Und dabei beschränkte sie sich nicht nur auf Männer. Ihre bisexuelle Ader hatte sie bei ihrer Arbeit entdeckt.

Sie liebte ihre Kunst. In ihr fand sie die vollkommene Erfüllung. Sie hatte Aufträge in ganz Deutschland. Das war schon lange so, denn sie hatte gleich nach ihrer Meisterprüfung beschlossen, dass das Stationäre, das Angestelltendasein, nichts für sie war. Sie fürchtete die Enge. Stattdessen wollte sie sich ausleben, sowohl schöpferisch als auch sexuell.

Und mit diesem Vorsatz hatte sie sich aus den Zwängen ihrer Kindertage und Jugend befreit. Die Theaterwelt vereinte die künstlerischen Aspekte mit den erotischen. Was hatte sie nicht alles in den Achtzigern erlebt, nachdem sie ihre ersten Aufträge bekommen hatte. Sie war nicht nur die Schneiderin, sondern sie erschuf mit den Bühnenbildnern die Atmosphäre, die die Schauspieler so authentisch wirken ließen, dass Theater und Oper spürbar wurde. Sie war eine der Architektinnen der Leidenschaft, die dort gelebt wurde und ins Publikum übersprang. Und auch wenn einige Darsteller exaltiert oder arrogant waren, weil sie sich ihr überlegen fühlten, waren mindestens ebenso viele dabei, die ihre Kunst über die Maßen schätzten. Sie war Teil dieser Maschine der Illusionen und genoss es. Etliche Abende hatte sie ausgelassen verbracht. Ihre sexuellen Hemmungen lösten sich alsbald in nichts auf. Denn die Orgien, die manchmal gefeiert wurden, mündeten häufig in wildem Sex zu zweit, zu dritt, in Gruppen, mit mehreren Männern und zuweilen mit Frauen.

In der Wendezeit erweiterte sie ihren Radius in die neuen Länder und lernte dort eine teilweise weitaus freizügigere Sexualmoral kennen. Von der Bigotterie, durch Kirche und überkommene Vorstellungen hervorgebracht, die Westdeutschland auszeichneten, gleichgültig ob in katholischen oder evangelischen Regionen, war der Osten verschont geblieben. Später, als sie mehr gelernt hatte darüber, korrigierte sie sich. In der ehemaligen DDR hatte Religion keinen nennenswerten Einfluss auf wesentliche Teile der Bevölkerung gehabt. Deshalb war die moraltheologische Saat, die im Westen schon den Kindern eingepflanzt wurde, hier nicht aufgegangen. In vielen Geschichten, die sie an ostdeutschen Bühnen gehört hatte, war die größere sexuelle Freizügigkeit ein Thema gewesen. Sie hatte diese Anfangszeit genossen und saugte die prickelnde Stimmung, die oft herrschte, regelrecht auf. Der Sex blieb für sie ein wichtiger Bestandteil, nur die Bindung an einen einzigen

Partner, das merkte sie frühzeitig, war ihr nicht möglich. Denn keiner brachte es fertig, all ihre Bedürfnisse zu erfüllen. Paul würde sie zum Beispiel, selbst wenn sie ihn darum gebeten hätte, nicht fesseln und sie in ihrer Wehrlosigkeit nehmen, so wie es ihm gefiel. Sie brauchte manchmal diesen Kontrollverlust. So suchte sie sich andere Männer, die ihr das gaben. Deshalb war ihr Sexualleben vielfältig und sie meistens zufrieden. Das vage Gefühl, etwas verpasst zu haben, das sie mit Mitte dreißig beschlich, weil sie keine Kinder hatte, ließ sie nachdenklich werden. Sie genehmigte sich eine Auszeit, bei der sie eine ausgedehnte Reise durch Asien unternahm. An ihrem sechsunddreißigsten Geburtstag entschied sie sich dann, dass sie schwanger werden wolle. Selbst wenn sie das Kind alleine großziehen müsse. Klaus war zu der Zeit ihr Hauptmann, wie sie ihn bei sich scherzhaft nannte, denn er erfüllte die meisten ihrer Bedürfnisse. Mit ihm schlief sie bereits lange ungeschützt und so war es kein Problem, die Pille abzusetzen. Er würde nichts merken. Aber sie wurde nicht schwanger. Schließlich ließ sie sich von ihrer Frauenärztin untersuchen, die ihre Unfruchtbarkeit feststellte.

Mit einem lachenden und einem weinenden Auge nahm sie die Nachricht auf. Sie war erleichtert, dass die Natur ihr einen Strich durch die Rechnung gemacht hatte und sie eben nichts dafürkonnte, dass sie keine Kinder bekommen würde. Andererseits ärgerte sie sich ein bisschen, denn dann hätte sie die Pille nicht all die Jahre nehmen müssen. Letztlich empfand sie die Entwicklung wie eine Befreiung, und so stürzte sie sich unbeschwert in ihr neues Leben ohne Zweifel. Ihren Wunsch nach Kindern lebte sie aus, indem sie sich, wann immer es zeitlich und örtlich passte, um ihren Neffen kümmerte.

Nachdem sie weitere Jahre Engagements in verschiedenen Häusern angenommen hatte, war sie in letzter Zeit darauf bedacht, mehr in München zu sein. Die vielen Reisen bereiteten ihr zunehmend Mühe. Parallel hatte sie einen Internetshop aufgebaut, über den sie ihre Sonderanfertigungen anbot. Sie erhielt vermehrt Bestellungen aus der Gothic-Szene oder von Swingern. Sie selbst besuchte seit etlichen Jahren Clubs und wunderte sich nicht, dass der

Bedarf an individueller Kleidung wuchs. Geld spielte dabei für die Kunden kaum eine Rolle, sodass dies ein lukrativer Nebenerwerb wurde. Manchmal bekam sie Anfragen für Modenschauen, die sie gerne annahm, denn in der intimen Atmosphäre eines Swingerclubs war es unkompliziert, ihre Modelle zu verkaufen.

Heute es wieder so weit. Sie würde zunächst ihre Kreationen präsentieren und später den Abend genießen. Der Club lag außerhalb von München. Sie kam dort rechtzeitig genug an, um alles vorzubereiten. Diesmal hatte sie sich entschieden, neben den reinen Cluboutfits zusätzlich Gothic-Style zu zeigen. Denn in einigen Monaten würde das große Event in Leipzig stattfinden, von dem sie wusste, dass er in der gesamten Swingerszene schon im Vorfeld jede Menge Furore gemacht hatte. Da die Stadt durch das Wave-Gotik-Treffen weltbekannt war und die zum Teil spektakuläre Kleidung der Schwarzen Szene ebenfalls enormen Anklang in anderen Subkulturen fand, versprach sie sich einen entsprechenden Verkaufserfolg.

Die Veranstaltung war ausgebucht, und über dreihundert Gäste hatten sich eingefunden. Die Präsentation lief perfekt, und sie nahm mehrere Tausend Euro ein. Denn viele wollten sich bei ihr exklusiv für Leipzig einkleiden. Gegen elf Uhr abends hatte sie ihre Arbeit beendet und setzte sich an die Bar, um einen Gin Tonic zu trinken. Etliche Anwesende kannten sie hier, und so bleib sie nicht lange allein. Um Ruhe und Entspannung zu finden, suchte sie eine Sauna auf, die mit sechzig Grad wohlige Wärme versprach. Das Licht war gedimmt, sodass eine schummrige Atmosphäre herrschte. Bis auf einen Mann von etwa Ende dreißig, der auf der obersten Bank saß, war sie leer.

»Guten Abend, ist hier noch ein Plätzchen für mich frei?«, fragte sie aus Höflichkeit.

»Aber bitte, tu dir keinen Zwang an. Ich rücke ein wenig, dann kannst du dich hier oben ausstrecken.«

»Das ist aber sehr zuvorkommend.« Sie nahm sich von der mittleren Bank eine hölzerne Kopfstütze, platzierte diese links an der Wand und legte ihr Handtuch auf die freie Sitzfläche. Sie ließ sich nieder und streckte ihre Beine in seine Richtung aus. Unauffällig betrachtete sie den Mann. Er war muskulös. Sie tippte darauf, dass das eher von körperlicher Arbeit herrührte als vom Sport. Seine dunklen Haare waren akkurat geschnitten, und er war perfekt rasiert. Obwohl er saß, schätzte sie ihn auf knapp einen Meter neunzig. Ein schmaler Goldring zierte sein rechtes Ohr. Sie gestand sich ein, dass sie ihn trotz oder gerade wegen des Altersunterschieds attraktiv fand. Sie hatte vor einigen Tagen ihren sechsundfünfzigsten Geburtstag begangen, und die Jahre waren nicht spurlos an ihr vorübergegangen. In ehemals dunkelbraunen Haaren zeigten sich viele graue Strähnen. Die Ersten waren erschienen, als sie fünfundzwanzig war. Jahrelang hatte sie deshalb gefärbt, aber mit fünfzig hatte sie entschieden, dass sie zu ihrem Alter stehen müsse, und damit aufgehört. Ihre großen Brüste hatten einiges an Festigkeit eingebüßt und zollten mittlerweile der Schwerkraft Tribut. Und die kleinen Pölsterchen hier und da waren ein Beleg dafür, dass Fitnessstudios vor allem dann fit halten, wenn sie besucht werden.

Da, er hatte zu ihr hingesehen. *Na gut, Kunststück*, dachte sie, *wo soll er sonst hinsehen? Bestimmt will er nicht die ganze Zeit gegen die Tür starren.*

Es war ausreichend Platz auf der Bank. Gabi spreizte ihre Beine ein wenig. Ihr gefiel ihre Möse und sie zeigte sie gerne, denn sie fand, dass sie mit ihren großen blank rasierten Schamlippen aufreizend aussah. Sie schloss die Augen und öffnete die Schenkel ein bisschen weiter. Die ersten Schweißperlen bildeten sich auf der Stirn, und ein Tropfen fiel auf ihre Brüste, die von einem sichtbaren Feuchtigkeitsfilm überzogen waren. Wohlige Wärme durchflutete sie. Und mit ihr kam die Erregung. Sie stellte sich vor, wie er auf ihr Geschlecht blickte und wie sein Schwanz langsam hart wurde. Sie fuhr wie beiläufig mit dem Mittelfinger der rechten Hand vom Hals herab über die Brust zu ihrer Vulva und von da seitlich am Oberschenkel, den Schweißfilm verreibend. Dass ihre Brustwarzen sich dabei aufrichteten, war ihr klar, denn das hatte sie beabsichtigt. Der Finger bewegte sich wie von selbst Richtung ihrer nassen Spalte und fuhr wie zufällig darüber. Sie lugte durch ihre kaum geöffneten Augen. Der Mann sah ihr zu! Und seine rechte Hand war in seinem Schoß. Unschwer zu erahnen, was er machte. *Es funktioniert*, dachte sie beglückt.

Sie strich wieder über ihre Vulva und verharrte auf ihrem Kitzler. Sachte und fast bewegungslos spielte sie darauf mit der Fingerspitze. Mit ihrer linken Hand umfasste sie die Brust und drückte sie ein wenig nach oben. Sie spürte, wie die Blicke des Mannes auf ihr ruhten.

»Gefällt dir, was du siehst«, fragte sie unvermittelt, die Augen öffnend und ihn ansehend.

»Ja, das tut es. Ich frage mich, was wohl als Nächstes passiert«, sagte er, ohne seine Hand aus seinem Schoß zu nehmen.

Es ist ihm nicht peinlich, dass er mir so unverhohlen zusieht, dachte sie, *ziemlich abgebrüht und geil.*

»Wenn du dir was wünschen dürftest, was wäre es?«

»Oh, da gibt es so einiges. Im Moment genieße ich es, wie du dich fingerst.«

Sie intensivierte ihre Bemühungen, wand sich lustvoll, drang mit dem Finger in ihr feuchtes Loch ein und zeigte ihm den Nässefaden, der sich gebildet hatte. Er hatte sich inzwischen gedreht und saß nun in einer Art halbem Schneidersitz, den linken Fuß auf der mittleren Bank aufgestellt. Sie begutachtete seinen dicken, wenn auch nicht übermäßig langen Schwanz, den er langsam bearbeitete.

»Steck ihn mir in den Mund«, sagte sie lüstern.

Er stellte sich neben sie, sie richtete sich auf, umschloss sein Gemächt mit ihren Lippen, und genüsslich lutschte und saugte sie daran. Da sie halbhoch lag, kam er mit seiner rechten Hand an ihre Möse und setzte dort fort, was sie angefangen hatte.

»Möchtest du ihn in mich reinstecken?«, erkundigte sie sich lüstern.

»Ich dachte schon, du fragst nicht mehr. Gleich hier oder suchen wir uns einen anderen Platz?«

Sie lachte kurz auf. »Wie wäre es im Whirlpool?«

Statt einer Antwort stand er auf, nahm sein Handtuch und öffnete die Tür, die er für so offenhielt. Die Duschen waren gleich um die Ecke. Sie spülten sich ab. Er griff sich ein Kondom und zog es geübt über seinen Penis. Im geräumigen Becken vögelte ein Pärchen mit kleinen, fast verschämten Bewegungen. Er setzte sich bequem daneben auf die eingelassene Bank. Gabi kam auf seinem Schoß sofort zur Sache. Aufgegeilt von dem Paar steigerte sich ihre Erregung. Sie spürte, wie die Finger der anderen gezielt ihre Klitoris aufsuchten und sie zusätzlich stimulierten. Gabis Lover nahm ihre Titten fest zwischen seine Hände und drückte die Brustwarzen zusammen, die er gleichzeitig mit dem Mund umschloss und daran saugte. Vor Geilheit stöhnend und ihn intensiv reitend dauerte es nicht lange, und ein Orgasmus brach aus ihr heraus. Er hatte darauf nur gewartet, und animalisch ächzend ergoss er sich in sie und das Kondom.

Nachdem sie in dem warmen Wasser entspannend eine Weile dem Treiben des anderen Paares zugesehen hatten, genehmigten sie sich einen Drink an die Bar. Es stellte sich heraus, dass er, genau wie sie, ein Faible für Geschichte hatte. Zufällig kamen sie auf den Ball in Leipzig zu sprechen. Er plante, daran teilzunehmen. Als er sie fragte, ob sie ihn begleiten wolle, sagte sie spontan zu.

»Und es wäre großartig, wenn du etwas für mich schneidern könntest. Ich bezahle natürlich«, bat er.

»Das sehen wir mal. Was stellst du dir denn vor?«

»Hm, irgendwas mit Gehrock. Das finde ich sehr elegant. Unser letztes Projekt war im Zusammenhang mit der Renovierung eines Schlosses der Blüchers. Vielleicht aus der Zeit?«

»Witzig, dass du das sagst, da habe ich sogar tatsächlich was, das ich schnell ändern kann. Wann wirst du wieder hier im Lande sein?«

»Ich bin häufiger hier, denn wir arbeiten an der Restaurierung eines Museums. Zwar sind wir nicht andauernd vor Ort, aber immer mal wieder. Wir tauschen nachher unsere Nummern und dann können wir uns spontan verabreden, okay?«

»Das ist super. Oh, mein Drink ist alle. Hast du Lust, noch eine kleine Runde durch den Club zu machen? Vielleicht ergibt sich ja noch was?«, fragte sie lüstern.

»Nach dir.«

Sie erhoben sich und schlenderten durch die verschiedenen Themenräume. An einer Spielwiese blieben sie stehen und sahen dem vergnüglichen Treiben der fünf Paare zu. Stöhnen, Schmatzen, orgiastische Schreie und alles in stoßenden und reitenden Bewegungen.

»Macht mich schon wieder geil«, sagte sie.

»Willst du mitmachen?«

»Ja, gleich gerne, noch einen Abstecher in den SM-Raum, ja? Manchmal stehe ich da drauf.«

»Auf Abstechen oder SM?«, fragte er scheinheilig nach.

»SM mit Abstechen. Was sonst?« Sie zog ihn mit sich.

Im Raum herrschte schummriges Licht. An einem Andreaskreuz war ein Mann mit dem Kopf zur Wand festgebunden. Er konnte nicht zu sehen, was hinter ihm geschah. Eine Frau etwa in Gabis Alter strich ihm mit einer Peitsche über den Rücken. Manchmal schlug sie zu, jedoch nicht fest. Der Angebundene zuckte, aber sagte nichts. Dann griff sie ihm zwischen den Beinen hindurch und zog an Hoden oder Schwanz, worauf der Mann stöhnte.

Gabi schritt zu ihr, während ihr Begleiter an der Tür stehen blieb.

»Na Polly, hast du wieder ein Opfer gefunden? Du langst ja zu wie Blücher«, begrüßte sie ihre Bekannte in Erinnerung an ihr Gespräch eben.

»Hallo meine Liebe«, sagte diese erfreute, und sie gaben sich gegenseitig Küsschen. »Nein, er ist kein Opfer. Er mag das, und du weißt ja, wie sehr ich darauf stehe. Eigentlich ein großes Glück, dass wir uns gefunden haben. Willst du ihn kurz begrüßen?«, fragte Polly und gab ihr die Peitsche.

Gabi holte aus, und der Schlag landete auf dem Hintern. Der Mann zuckte.

»Du kannst gerne nachprüfen, wie es ihm gefällt. Du wirst feststellen, dass sein Schwanz nicht mehr härter werden kann. Fass ihn ruhig an.«

Sie griff von hinten um seinen Körper und erspürte den steifen Penis. Sie wichste ihn ein paar Mal, und der Mann stöhnte.

»Vorsicht, er ist kurz davor zu kommen. Aber das will ich noch nicht. Du willst es doch auch nicht, nicht wahr?«

»Nein«, kam es von dem Gefesselten.

»Die Stimme kenne ich doch«, sagte sie erstaunt. Sie fasste seinen Kopf an und drehte ihn zu sich.

»Tut mir leid, Gabi, aber ich wusste nicht, wie ich es dir erklären hätte sollen«, stammelte Paul Münster verlegen.

Professionalität

»Das ist der neuste Schrei, den ich im Programm habe, aber weitaus günstiger als die amerikanische Alternative«, sagte der Vertreter und wies dabei auf den Sybian, der vor der Spiegelwand stand. »Willst du mal sehen?«

»Klar, immer her damit.« Hartmut nahm den Hochglanzkatalog entgegen und blätterte ihn durch. Grundsätzlich traf er sich mit Lieferanten nach den Öffnungszeiten seines Ladens. Es war inzwischen halb neun abends durch.

»Sieht solide verarbeitet aus. Wo wird der hergestellt?«

»Ist ein deutsches Produkt. Der Hersteller kommt aus Bayern aus einem kleinen Dorf. Ist ein echter Tüftler.«

»Aus Bayern?« Hartmut war ehrlich erstaunt.

»Warum nicht. Bigotterie und Prüderie in den erzkatholischen Ecken führen gerne zu solchen Fluchten. Ich meine, sieh dir doch mal an, wo die meisten Swingerclubs sind! NRW, Bayern und Baden-Württemberg.«

»Ja, das stimmt, wobei es in Sachsen und Berlin auch etliche gibt.«

»Das liegt aber daran, dass der Osten sexuell freizügiger ist. Glaub mir, ich weiß, wovon ich rede, ich bin ja auch ein Ostgewächs. Immerhin hatten wir kaum Einfluss der Kirche gehabt zu DDR-Zeiten. Das prägt schon. Und du hast dich ja nicht aus Zufall hier in Leipzig angesiedelt, oder?«

»Das ist allerdings wahr. Andererseits musst du ja auch hinterm Berg halten mit dem, was du machst, oder sehe ich das zu krass?«, fragte Hartmut.

»Hast schon recht. Wobei ich finde, ich kümmere mich in gewisser Weise auch um die Gesundheit der Menschen, und zwar in sexueller Hinsicht. Daher ist der Begriff Pharmareferent nicht komplett falsch.«

»Schon gut, Harald, ich bin ja bei dir. Nur weißt du, mit einem Laden wie diesem bist du in Baden-Baden unten durch, obwohl es nicht schlecht lief. Dauerhaft willst du dir das nicht antun, zwar gebraucht, aber dennoch gesellschaftlich geschnitten zu werden. Doch was soll das Gejammer? Ich halte es da mit der Größten unserer Branche, Beate Uhse und ihrem Spruch: *Nach meiner Erfahrung sind vor allem die Frauen aus den neuen Bundesländern sehr aufgeschlossen und frei. Ich glaube, dass diesen Frauen die Zukunft gehört.* Und das kann ich bestätigen. Also zurück zu deinem neuen Produkt. Sieht sehr cool aus. Hast du das auch dabei?«

»Hartmut, ich bin ja nicht nur Gesundheitsunternehmer, sondern vor allem Verkäufer, deshalb betrachte ich die Frage als Scherz. Wo soll ich aufbauen?«

»Ich räume den Sybian weg, dann hast du Platz.«

Harald verließ den Laden und kam kurz darauf mit einer Art Reisetasche mit Rollen zurück.

»Oh, das ist aber sehr praktisch und vollkommen neutral von der Optik«, stellte Hartmut fest.

»Das ist total durchdacht. Das Gerät kannst du problemlos transportieren, mit zu Partys nehmen oder mal Freunden leihen. Ist unauffällig, es könnten auch Sport- oder Badesachen sein.«

Er holte die einzelnen Elemente heraus und baute zügig zusammen. Es bestand aus einem Sitzbock in Kunstleder, der durch einen ähnlichen, halb so langen verlängert werden konnte. Eine Kombi-Steckverbindung verband beide Teile und gewährleistete die Stromversorgung. Jede der Komponenten wies eine Öffnung auf. Harald legte verschiedene Einsätze und zwei Fernsteuerungen auf den Sofatisch.

»Tada! Da ist er, der Erosmos«, verkündete er.

»Eingängiger Name, muss ich sagen«, fand Hartmut.

»Ja, das ist eine witzige Geschichte. Dazu gibt es hier eine ausführliche Broschüre. Kurzgefasst, der Hersteller will dem Sybian Konkurrenz machen. Der Name leitet sich ab von der antiken griechischen Stadt Sybaris. Die Menschen dort sollen regelrecht genusssüchtig gewesen sein. Und was liegt da näher, als sich der Mythologie zu bedienen. Deshalb fiel die Wahl auf den Liebesgott Eros und das wiederum in Verbindung mit dem Kosmos«, erläuterte Harald.

»Wie wahr, wenn ich mir diese gigantische Auswahl ansehe. Durch die beiden Einzelteile können wahlweise auch zwei Personen gleichzeitig das Gerät nutzen, richtig?«, fragte Hartmut.

»Genau, deshalb gibt es auch zwei Steuergeräte, mit denen jeweils die individuelle Einstellung gewählt werden kann. Und das Beste daran ist, dass es für beide Geschlechter super geeignet ist. Sieh zum Beispiel hier, die kleineren Analdildos gehen problemlos auch bei Männern, die keine Routine damit haben«, stellte Harald fest.

»Ach, das ist ja geil. Da fallen mir sofort Kunden ein, die das interessieren wird. Für Bi-Männer und Schwule ist das perfekt, aber auch natürlich für Paare und zwei Frauen. Wäre sicher geeignet für Clubs. Wie ist es mit der Reinigung?«

»Das ist einfach, denn die Beschichtung ist flüssigkeitsabweisend und die Löcher für die Einsätze sind mit Silikon gedichtet. Die Ringe kannst du nachkaufen, ist Standard aus dem Baumarkt. Im Lieferumfang sind fünfzig enthalten. Dass die Kunden natürlich dafür verantwortlich sind, wo sie das Teil aufstellen, versteht sich von selbst, denn es kann dabei schnell sehr nass werden. Aber du hast die perfekte Einrichtung dafür«, sagte Harald und wies auf das im Boden eingelassene flache Becken mit Auslass.

»Ich würde den Apparat gerne mal in Aktion erleben«.

»Klar, sollst du. Such mal Aufsätze raus, die dir gefallen, und steck sie drauf, dann kannst du gleich sehen, wie es funktioniert.«

Hartmut wählte einen mittelgroßen Dildo und einen kleinen. »Sind kinderleicht aufzustecken. Ich schalte mal an, okay?«

Ohne abzuwarten, betätigte er die dazugehörige Fernbedienung. Das Gerät erwachte zum Leben. Das größere der beiden Spielzeuge stieß rhythmisch und drehte sich. Er fasste es an und stellte fest, dass es zudem vibrierte.

»Du kannst jede Funktion separat einstellen«, informierte Harald ihn, der sich auf das Sofa gesetzt hatte.

Hartmut spielte an den Knöpfen und Reglern, aktivierte zusätzlich den anderen Dildo und ließ dann beide gleichzeitig laufen.

»Das Geräusch ist moderat. Das ist ein eindeutiger Vorteil für den Privatverkauf. Schließlich hat nicht jeder ein Einzelhaus oder eine perfekt schallgedämmte Wohnung. Ein schlagendes Verkaufsargument.«

»Ich bin absoluter Fan davon«, sagte Harald, »und zwar nicht nur, weil ich die Provisionen einstreiche, sondern weil es was Neues in Top-Qualität und garantiert orgasmussicher ist. Außerdem ist es günstiger als das amerikanische Produkt – trotz der beiden Einzelteile.«

»Für mich bis hierhin überzeugend. Ob ich das Gerät ins Sortiment aufnehme, kann aber nur der Praxistest zeigen. Du erlaubst?«

Harald lächelte. »Ganz genau. Tu dir keinen Zwang an.«

Hartmut schaltete beide Komponenten ab und zog sich nackt aus. Dann nahm er vorsichtig Platz auf dem Bock, sodass er frontal gegenüber dem Sofa saß, und führte sich den dünnen Analdildo mithilfe von ein wenig Gleitgel ein. Er wählte eine geringe Intensität.

»Alter, ist das geil«, stellte er fest, und sein Penis reckte sich in die Höhe, bis er nach kurzer Zeit steil stand und pulsierte. Er fasste sich dabei an und schob die Vorhaut hin und her.

»Du wirst sehen, dass du gar nichts zusätzlich machen muss. Du kannst alleine durch die Vibration von Unterleib und Prostata kommen.«

»Ja, jetzt fühlt es sich geiler an«, nuschelte Hartmut, nachdem er die Intensität erhöht hatte.

»Ich zeige dir mal, wie du es rauszögern kannst.« Harald zog sich rasch aus, wählte ebenfalls den dünnen Analdildo, den er in den anderen Teil des Bocks einsetzte und platzierte sich gegenüber. Beide Männer waren etwa zwei Handbreit voneinander entfernt. Auch Haralds Schwanz war in Windeseile maximal groß.

»Wenn du die Bewegung weglässt und nur auf die Vibration der Prostata setzt, wirst du merken, dass die Erregung nicht explodiert, sondern langsam steigt.«

Hartmut schaltete sein Gerät ab.

»Nanu, doch nicht so geil?«, fragte Harald, der sich wohlig auf seinem Sitz wand.

»Doch, sogar extrem, aber ich war kurz davor zu kommen und ich will auf jeden Fall die von dir beschriebene Technik ausprobieren. Ich muss mal eben runterkommen.«

Harald regelte seinen Dildo herunter. Hartmut spazierte ein wenig umher, seine steife Latte reckte sich in die Höhe.

»Okay, jetzt geht es, glaube ich«, sagte er und setzte sich wieder.

»Wenn du hier auf ungefähr drei stellst, dann sollte das wahrscheinlich reichen«, meinte Harald.

Sie saßen sich gegenüber auf dem Bock, die Schwänze steil nach oben steigend, beide nässten inzwischen.

»Ja, nun merke ich, was du meinst. Es baut sich ganz langsam auf«, stellte Hartmut fest.

»Und wenn du jetzt langsam die Rotation zuschaltest, dann geht noch ein bisschen mehr.«

»Du hast recht. Das ist einfach nur geil. Das lässt sich wirklich fein einstellen. Geübte können bestimmt gemeinsam kommen, oder was glaubst du?«

»Ich weiß, dass es so ist, aber bisher nur von Heteropärchen. Ich habe noch keine schwulen oder Bi-Männer zum Testen gehabt, bis heute. Ich denke, wir kriegen das hin.«

Die beiden spielten mit den Reglern und koordinierten ihre Erregung. Aufgrund ihrer Erfahrung und Routine konnten sie gut abzuschätzen, wo der andere stand. Die sexuelle Energie steigerte sich, und Hartmut spritzte seinen Saft kraftvoll heraus. Er traf damit Harald und dessen Schwanz, der daraufhin ebenfalls auf sein Gegenüber ejakulierte. Außer Atem fuhren sie die Geräte herunter und erhoben sich.

»Ich ordere gleich drei davon, ich habe alsbald ein größeres Event, und da möchte ich gerne mindestens einen einsetzen. Kannst du das hinkriegen?«, fragte Hartmut geschäftsmäßig, während es von seinem Schwanz tropfte.

»Mmh, klar, wenn du mir mein Tablet reichst, nehme ich das gleich auf«, meinte Harald, dessen Penis zunehmend erschlaffte und von dem sich ein Nässefaden Richtung Boden zog. »Ich schätze schnelle Entscheidungen und Professionalität.«

Festlich

*V*errückt, *verrückt*, schoss es Ilka durch den Kopf, als sie im Taxi zum Bahnhof saß. Aber die beiden, und vor allem die Chefin, waren überzeugend gewesen, das musste sie zugeben. Sie würde auf der Rückfahrt Zeit haben, sich Gedanken zu machen, wie das Konzept am besten umzusetzen wäre. Marcel, ihren Partner im *Chez nous*, informierte sie per WhatsApp über das Ergebnis des Gesprächs.

Prompt kam die Antwort: *Ich finde es geil. Zwar werden wir uns damit endgültig einen Stern klemmen können, aber dies ist um Längen innovativer.*

Sterne werden ohnehin überschätzt. Das ist so was von letztes Jahrhundert, schrieb sie zurück.

Der Zug war pünktlich und nicht voll. Sie hatte zwar einen Platz reserviert, entschied sich dann aber dafür, einen anderen zu wählen. Dort hatte sie schnelles Internet, und niemand saß neben ihr, der auf ihren Bildschirm hätte sehen können. Mit Feuereifer entwickelte sie eine grobe Skizze des Konzepts. Sie recherchierte zu Inhaltsstoffen, zu möglichen allergischen Reaktionen, zu Garverhalten bei unterschiedlichen Methoden, wobei sie die meisten Informationen ohnehin im Kopf hatte. In ihrer letzten Station, die sie vor einem Jahr gemeinsam mit Marcel verlassen hatte, kannten alle Küchenangestellten jeden Garpunkt und sämtliche Rezepte und Zutaten. Ihr ehemaliger Chef in der *Alten Abtei* in München hatte großen Wert daraufgelegt. Denn er experimentierte häufig mit exotischen Kochmethoden, um regionalen Produkten neue Texturen und Aromen zu entlocken.

Integraler Bestandteil des Konzepts waren Gewürze. Das hatte sie so mit den Auftraggebern besprochen, die ihr völlig freie Hand bei der Gestaltung ließen. Sie hatten sich lediglich ausbedungen, bei der finalen Präsentation ihre eigenen Vorstellungen mit einzubringen. Ilka war das recht. Denn ihre Kernkompetenzen lagen beim Kochen, nicht aber bei den anderen Aspekten der Veranstaltung.

Als sie in Leipzig ankam, hatte sie das Buffet durchgeplant. Die Auswahl reichte von indischen Speisen mit Chili und Ingwer über Austern klassisch und gegart im Löffel gereicht bis hin zu Kaviar mit Rührei, Petersilienwurzelsuppe mit Muskat, Pasta mit Trüffeln, Spargel und Artischocken in verschiedenen Variationen. Für den süßen Abschluss hatte sie Zimtparfait, Maca-Schokoladenkuchen, Vanillekipferl mit Granatapfelcreme, Minzeis und Tonkabohnen-Tarte angedacht. Weiterhin waren Rohkoststicks aus Sellerie, Rettich, Gurken und Mais mit Mayonnaise, Aioli und anderen Soßen vorgesehen. Unverarbeitete Produkte sollten die Dekoration bilden. Sie schickte die Auswahl an Marcel, der noch ein paar Änderungen und Ergänzungen vorschlug. Und später am selben Tag stimmten ihre Auftraggeber dem Konzept und Preis zu.

Am nächsten Tag im *Chez nous* organisierte sie die erforderlichen Einkäufe und stellte das Team zusammen, das das Buffet zubereiten sollte. Denn bis zum Event blieben nur vier Wochen Zeit. Sie wäre für die Gesamtorganisation vor Ort am Abend zuständig, während Marcel den Betrieb in Bar und Restaurant übernehmen wollte.

»Liebe Gäste, ich freue mich, dass ihr so zahlreich erschienen seid. Ihr könnt euch geehrt fühlen und glücklich schätzen, einen Platz ergattert zu haben. Denn die Warteliste ist ellenlang. Leider aber dürfen wir nur maximal eintausend Personen reinlassen. Der Aufruf nach Extravaganz und Außergewöhnlichkeit hat seine Wirkung nicht verfehlt, muss ich sagen«, begann die Dame in einem raffinierten, halb durchsichtigem Abendkleid mit passendem Spitzenbesatz über Busen und Scham auf der Bühne ihre Rede. »Es ist fantastisch, diese Vielfalt zu sehen.«

Der überwiegend abgedunkelte Saal war an einzelnen Stellen punktartig beleuchtet. In den Lichtkegeln gab es verschiedene Attraktionen zu bestaunen. Eine davon war das Buffet des *Chez nous*, das fast unmittelbar neben der Bühne aufgebaut war. Ilka hatte je zwei junge Mitarbeiterinnen und Mitarbeiter mitgebracht. Diese hatten sich freiwillig gemeldet, obwohl klar war, dass der Abend lang werden würde. Ihre schlichte schwarze Kleidung unterschied sie von den frivolen Kostümierungen der Gäste. Viele davon zeichneten sich dadurch aus, dass wenig Stoff, Leder oder Latex die Körper bedeckte. Das Alter der meisten Teilnehmer war zumeist jenseits der dreißig.

Der Saal war gefüllt von Menschen, die zwischen Getränkeständen, Bühnen, Sitzecken, Separees, Liegemöglichkeiten, Stehtischen und Essecken flanierten.

»Willkommen zur Eröffnung unseres neuen Clubs *Hedonize it*. Viele Gerüchte gab es im Vorfeld, manche übertrieben, manche untertrieben, aber alle von Neugier geprägt. Und diese könnt ihr nun in mehrerer Hinsicht befriedigen. Feiert, gebt euch hemmungslosen Ausschweifungen hin, kurz, seid Hedonisten für eine

Nacht. Und damit ihr so richtig in Fahrt kommt, haben wir euch besondere Leckerbissen zusammengestellt. Ihr habt die Auswahl zwischen verschiedenen Buffets und Bars. Besonders ans Herz legen möchte ich euch den Stand des *Chez nous*, denn Ilka hat mit ihrem Team aus vielen natürlichen Aphrodisiaka ganz besondere Gerichte bereitet. Ihr, liebe Gäste, seid die Ersten, die in den Genuss kommen werden. Und wenn die Wirkung bei euch eintritt, scheut euch nicht, es zu zeigen.«

Beifall brandete auf und treibende Gothic-Musik setzte ein. In kürzester Zeit war das Buffet umlagert, und Ilka und ihre Mitarbeiter hatten alle Hände voll zu tun.

»Hallo Marius«, sagte Veronika erfreut, nachdem sie die Bühne verlassen hatte, um als Gastgeberin durch den Saal zu schlendern, »schön, dass du es geschafft hast. Schicke Klamotten.«

Er trug einen langen schwarzen Rock zu einem ebenfalls schwarzen Hemd mit gestickter Ornamentik. Die oberen zwei Knöpfe waren geöffnet und lenkten den Blick auf seine unbehaarte Brust. Die Manschettenknöpfe aus Gold entpuppten sich bei genauem Hinsehen als Totenköpfe.

»Finde ich auch. Zunächst dachte ich, es sei gewagt angesichts der Garderobe der anderen Gäste, aber scheint es fast schon konservativ zu sein. Passt natürlich auch zu einem Anwalt«, sagte er und lachte dabei.

»Apropos, nochmals einen großen Dank für deine Hilfe. Wir waren schon ganz verzweifelt wegen der Auflagen.«

»Die, wie ich den Damen und Herren vom Ordnungsamt zeigen konnte, vollkommen überzogen und zudem in Teilen rechtswidrig waren. Deshalb erkundigte ich mich, wem, ihrer Ansicht nach, damit gedient wäre, wenn ich eine Dienstaufsichtsbeschwerde einreichen würde«, sagte er und lächelte dabei verschmitzt. »Und außerdem ist es mir eine große Freude gewesen und wird es zukünftig sein. Da bin ich sicher. Diese Welt ist für mich extrem spannend. Ich selbst kann kaum glauben, dass ich bis vor Kurzem noch in dieser tristen Kanzlei war. Übrigens vielen

Dank für die Vermittlung der neuen Klienten. Hört sich auch spannend an, was die planen.«

»Aber Marius, das ist selbstverständlich. Sag, mal du hattest doch neulich, als du bei uns in Köln bei der Lesung warst, eine Freundin dabei. Wie hieß sie noch? Entschuldige, mein Namensgedächtnis.«

»Melanie. Ja, die ist hier. Sie assistiert Hartmut an seinem Stand. Ich glaube, sie führt auch vor und ein«, sagte er und konnte sich ein frivoles Lächeln nicht verkneifen.

»Das kann ich mir lebhaft vorstellen. Sie hat offenbar, zumindest machte es neulich in Köln den Eindruck, eine recht exhibitionistische Ader. Und du, mein Lieber, eiferst ihr nach, wenn ich das so sagen darf.«

»Das kann ich dir absolut bestätigen. Sie ist in vielerlei Hinsicht der Gegenentwurf zu meiner vorherigen Freundin. Die kurze Zeit, die ich jetzt in dieser Szene unterwegs bin, lässt zum Glück die Erinnerung an sie verschwinden. Sie wäre vermutlich ohnehin nach fünf Sekunden in diesem Saal vor Scham gestorben. Aber ich will nicht zu laut lästern, denn vor einem halben Jahr noch wäre es mir wahrscheinlich ähnlich gegangen. Mit Melanie, die eine gute Lehrerin ist, konnte ich mich schnell von dem bürgerlichen Ballast befreien. Und ich bin nicht traurig darum. Sag mal, wo ist denn Bastian eigentlich?«

»Der bereitet was vor. Wir haben eine besondere Attraktion, die er über seine Kontakte aufgetan hat. Du wirst staunen.« Damit setzte sie ihren Gang fort, begrüßte hier und da Gäste, lobte Outfits und machte Komplimente für Frisuren.

»Oh, meine Liebe, das ist wirklich ein fantastischer Anblick. Ich bin sicher, dass Harald daran seine Freude hat«, sagte sie zu einer blonden Frau mit offenen Haaren in Begleitung eines dunkelhaarigen schlanken Mannes. Sie trug zu einem Lederrock und schwarzen High Heels ein passendes Korsett mit Paisley-Muster in Schwarz und Dunkelgrau, das ihre nackten üppigen Brüste aufreizend betonte.

»Ich danke dir. Du bist bestimmt Veronika, oder?«, fragte sie.

»Das ist richtig. Herzlich willkommen, und ich hoffe, dass du nicht das letzte Mal hier sein wirst.«

»Es gefällt mir hier absolut super. Harald hatte die Idee dazu und rechtzeitig Karten besorgt.«

»Ja, er ist ein aufmerksamer Mann. Ich habe schon von seiner neuesten Errungenschaft gehört und bin sehr gespannt darauf.«

»Du solltest es unbedingt ausprobieren, Veronika. Du wirst begeistert sein«, sagte Harald und lächelte. »Ich finde übrigens Sandras Outfit auch umwerfend. Diesen Busen muss sie einfach zeigen.«

»Unbedingt. Die Männer werden dich vermutlich ansabbern, um da dran zu dürfen. Und ich kenne einige Frauen, denen es nicht anders geht.«

»Leider stehe ich nicht auf Frauen, deshalb müssen die sich andere Brüste suchen«, sagte Sandra.

»Oh, nicht, dass wir uns missverstehen. Jede sexuelle Ausrichtung ist hier willkommen. Du alleine entscheidest, was du willst. Ich kann mir vorstellen, dass es hier Frauen gibt, die neidisch auf dein üppiges Dekolleté sind.«

»Das kann ich dir bestätigen, ich habe es schon häufiger erlebt. Aber das stört mich nicht, ich bin sehr zufrieden damit und Männer auch.«

»Da bin ich mir sicher. Also, verbringt noch einen schönen Abend. Es gibt viel zu sehen und auszuprobieren.«

Sie wurden unterbrochen durch eine Ansage.

»Meine lieben Freunde«, sagte Bastian, gleichzeitig wurde er mit einem Spot auf der bis eben dunklen Bühne angestrahlt. Er war schlank, sein kurzes schwarzes Shirt im Wetlook betonte seinen muskulösen Oberkörper, seine Lederhose mit seitlichen Schnürungen und seine mit Stahlaccessoires verzierten Boots unterstrichen seine männliche Ausstrahlung. »Ich habe die Ehre, eine besondere Attraktion zu präsentieren. Es geht um die Marsmission der Firma Mannix Enterprises. Jetzt werdet ihr euch fragen, was das mit uns zu tun hat. Dankenswerterweise hat das Unternehmen bei seiner Vorbereitung dieses Fluges an alle, aber wirklich alle Aspekte gedacht. Und anders als so manches vergleichbare Projekt sind sie mit all dem, was sie getestet haben, offensiv umgegangen. Das ist ungewöhnlich und dabei innovativ. Begrüßt mit mir Alissa Maniac und Norman Banger, die ersten Porno-Darsteller, die in der Schwerelosigkeit Geschlechtsverkehr unter wissenschaftlichen Bedingungen hatten. Denn ein Raumflug von sieben bis neun Monaten ohne Sex ist kaum vorstellbar. Diese Tatsache wurde von Mannix Enterprises zum Anlass genommen, dies ausgiebig testen zu lassen. Und heute haben wir die Gelegenheit, hierzu eine Vorstellung zu bekommen. Später habt ihr die Möglichkeit, das ebenfalls unter sachkundiger Anleitung auszuprobieren. Und jetzt Action.«

Beifall brandete auf. Bastian verließ die Bühne. Viele Gäste hatten sich davor versammelt, um einen genauen Blick zu erhaschen. Vor einem auf schwarzem Untergrund blutroten Mars prangte das Logo von Mannix Enterprises. In einem Gerüst hingen in einer Seilkonstruktion die Darsteller. Langsam, dem Publikum jedes Detail präsentierend, zeigten sie verschiedene Stellungen. Der Rhythmus der Gothic-Musik untermalte die Vorstellung, die einem orgastischen Tanz in der Schwerelosigkeit ähnelte. Norman schob seinen dicken Prügel in Zeitlupe in Alissas Möse. Durch die geschickte Beleuchtung war die Nässe glitzernd zu sehen. Die Stöße, die er langsam und tief ausführte, produzierten schmatzende Geräusche, die über die Lautsprecher zu hören waren. Schlagartig ließen sie den Lustpegel des Publikums steigen. Brüste wurden entblößt, Kleider geöffnet, Röcke und Hosen heruntergelassen. Finger und Schwänze verschwanden in Mösen und Mündern, und in kurzer Zeit hatte sich der halbe Saal in einen brodelnden Kessel aus leckenden, fingernden und kopulierenden Leibern verwandelt.

Marius beteiligte sich nicht daran, sondern hatte sich zu Hartmut gesellt, dessen Stand von der Hauptbühne etwa zwanzig Meter entfernt war. Melanie saß auf dem Erosmos und ritt ihn mit der ihr eigenen Leidenschaft. Etliche Gäste, die sich hier versammelt hatten, ließen bei diesem Anblick ihrer Lust freie Bahn. Als sie wieder von einem Orgasmus erfasst wurde, rief eine schwarzhaarige Frau in Begleitung eines Pärchens aus dem Publikum: »Ich bitte auch.«

»Sehr gerne, Madame«, sagte Hartmut galant und half ihr in ihrem langen, geschlitzten und durchsichtigen Abendkleid auf die Bühne. »Du solltest es ausziehen, denn sonst wirst du dich nicht setzen können. Übrigens kannst du auch Melanie gegenüber Platz nehmen. Ich bin sicher, ihr werdet beide eure Freude daran haben.«

»Aber zu gerne, sie ist ja zum Anbeißen süß«, sagte die Frau und entledigte sich ihres Gewands und ihrer Pumps. Melanie regelte den Erosmos runter, hob ihr Becken an und ließ den feucht glänzenden Dildoaufsatz aus ihrer Möse gleiten. Sie begrüßte die Dame intim mit Küsschen und leckte über die Brüste mit den steifen Nippeln. Die andere erwiderte diese Liebkosungen. Hartmut schloss unterdessen die zweite Komponente an und drehte den Erosmos so, dass er parallel zum Bühnenrand stand. Dann desinfizierte er das Gerät komplett und installierte neue Dildos.

»Ihr zwei«, sagte er, »bevor ihr euch jetzt hier sofort vernascht, habe ich euren Spielplatz vorbereitet. Nehmt doch bitte Platz.«

Ohne zu zögern setzten sich die Frauen auf den Erosmos, die aufragenden Spielzeuge in ihre Mösen einführend. Die Stöße, Rotationen und Vibrationen erregten sie unmittelbar extrem. Da sie sich nahe gegenübersaßen, erreichten sie bequem die jeweils andere, um mit deren Busen zu spielen, sie zu küssen, die Klitoris zusätzlich zu reizen. Es dauerte nicht lange, und sie kamen zum Orgasmus. Das Publikum war für sie weiterer Ansporn, denn ähnlich wie bei der Vorführung der Pornodarsteller auf der Bühne reizte die Vorstellung zum Mitmachen. Es wurde gestöhnt, geächzt, geleckt, gefickt, gespritzt. Orgastische Schreie übertönten die Geräusche der beiden Frauen auf dem Erosmos. Und über allem lagen die treibenden Rhythmen der Gothic-Musik. Melanie und Fritzi peitschten sich ekstatisch von Höhepunkt zu Höhepunkt, das Publikum ging voll mit, als plötzlich ein Mann rief: »Fritzi, bist du das?«

Die Schwarzhaarige, die wieder auf einen Orgasmus zusteuerte, drehte ihre Regler runter und sah sich um. In der Menge stand: »Ronnie!«

Sie löste sich vom Erosmos, gab Melanie einen langen Kuss, streifte sich ihr Kleid über und verließ die Bühne, in der Hand ihre Schuhe. Sofort wurde ihre Position von einer anderen Frau eingenommen.

»Dich hätte ich hier nicht erwartet. Aber immer noch so scharf und geil wie früher«, sagte er, nachdem sie sich mit Umarmung und Küsschen begrüßt hatten. Er war gekleidet in einen Gehrock und enge Hosen, hatte einen Dreispitz auf dem Kopf, alles in Schwarz genau wie seine Lederstiefel.

»Mensch Ronnie, wir haben uns ja ewig nicht gesehen. Gut siehst du aus. Und du weißt, dass es mich manchmal überkommt, dann brauche ich es lange und heftig. Sehr geiles Gerät. Das will ich auch haben«, sagte sie und wies auf das Pärchen, mit dem sie gekommen war. »Das sind Arnold und Luisa. Die beiden hatten die Idee, auf diesen Ball zu gehen, und haben mich überzeugt, mitzukommen. Was für ein Glück, sonst hätte ich dich nicht getroffen.«

Sie begrüßten sich, und Arnold bemerkte: »Sehr cooles Outfit. Sieht fast aus wie zu Zeiten des Alten Fritz.«

»Stimmt, nur dass es ein bisschen angepasst ist an den Abend. Ich habe mir als Vorlage den alten Blücher genommen. Eine Freundin von mir hat das Ganze dann geschneidert. Sie ist übrigens auch hier. Ich weiß nur im Moment nicht wo. Immerhin gibt es hier ja wahnsinnig viel zu entdecken. Schön, dass ich dich wiedergefunden habe.«

Und zu ihr herübergebeugt tuschelte er ihr angesichts der Geräuschkulisse ins Ohr: »Du ahnst gar nicht, wie gerne ich dich jetzt in eines der Separees entführen würde.«

»Und weißt du was, das machen wir, denn ich will wissen, ob du das Morsen verlernt hast. Hat denn deine Freundin nichts dagegen?«, flüsterte sie zurück und lächelte ihn verschmitzt an.

»Nein, sie ist da sehr tolerant und polyamor. Und ich sehe sie nur sporadisch. Aber diesen Ball wollten wir uns beide nicht entgehen lassen.«

»Dann bist du noch Single?«

»Nein, gar nicht. Verheiratet mit zwei Kindern. Meine Frau weiß nichts davon. Und selbst wenn, hätte sie kaum was zu meckern. Sie hat auch ihre Liebhaber. Blöd nur, dass ich davon längst Wind bekommen habe. Aber von diesem Event hat sie bestimmt keine Ahnung.«

»Mensch Ronnie, so hätte ich dich bestimmt nicht eingeschätzt. Ich dachte immer, du bist der Obertreue.«

»Liebe Fritzi, das war einmal. Ich sehe nicht ein, warum ich nicht auch Spaß haben sollte, wenn meine Frau sich ihren holt.«

»Verstehe ich«, und an Luisa und Arnold gewandt sagte sie: »Ronnie ist ein alter Freund von mir, und wir müssen jetzt sofort prüfen, ob er noch morsen kann. Darf ich euch hier alleine lassen?«

»Morsen?«, fragte Luisa.

»Komm, ich glaube ich weiß, was sie meint«, sagte Arnold und zog sie fort. Sie verschwanden in der Menge, die sich nach wie vor um den Stand von Hartmut versammelt hatte, um den Frauen auf dem Erosmos zuzusehen.

»Wie wäre es in dem Separee da hinten?«, fragte Fritzi. Sie zeigte auf eine Reihe von Nischen, die an einer Saalwand durch abgehängte schwarze Tücher erzeugt worden waren. Eins davon war offen.

»Und zwar sofort«, kommandierte Ronnie im Kasernenton ihres ehemaligen Ausbilders.

An der Vorderseite war der Vorhang undurchsichtig, zwischen den einzelnen Abteilen wiederum waren raffinierte Spitzentücher aufgehängt, die es ermöglichten, in das jeweils benachbarte zu sehen. Details waren aufgrund der schummrigen Beleuchtung und des halbdurchsichtigen Tuchs nur schwer erkennbar. Mittig im Separee stand eine Spielwiese mit den Ausmaßen eines King-Size-Doppelbetts, über das ein Vinyllaken gespannt war. Handtücher, Papierrolle und Kondome fanden sich in einem kleinen Schrank. Kaum hatten sie den Vorhang zugezogen, rissen sie sich die Kleider vom Leib. Sie registrierten, dass sich in den anderen Abteilen jeweils zwei Paare miteinander vergnügten. Links von ihnen stützte sich die Frau auf ihre Hände, während sie von hinten gestoßen wurde. Die langen blonden Haare schwangen wild um ihren Kopf. Die treibende Musik übertönte das Stöhnen der beiden.

In der Zeit, die Ronnie benötigte, um seine Uniform abzulegen, hatte Fritzi längst ihr Kleid abgestreift und sich ihrer Schuhe entledigt. Sie legte Handtücher auf die Matratze und drapierte sich mit gespreizten Beinen auf der Spielwiese. Sich fingernd und mit ihren Nippeln spielend beobachtete sie das Paar nebenan.

Ronnie war fertig und kniete sich vor Fritzi zwischen ihre Schenkel.

»Du hast dich kaum verändert, muss ich sagen«, stellte er fest, unverhohlen ihre Vulva musternd.

»Alles an seinem Platz. Probier doch mal, ob auch sonst noch alles so ist, wie du es kennst!«

Er ließ sich nicht lange bitten und leckte sie ausgiebig. Dadurch, dass sie auf dem Erosmos schon gereizt worden war, kam sie schnell und lautstark und feucht zum Orgasmus.

»Ja, ich kann dir bestätigen, alles noch genauso wie damals«, sagte Ronnie und richtete sich auf.

Das Paar links nebenan wechselte die Position. Die Frau hatte sich auf den Rücken gelegt, den Kopf nahe am trennenden Vorhang. Der Mann drang auf ihr liegend in sie ein. Dabei leckte er an einer ihre üppigen Brüste, die beidseits ihres Körpers zur Seite gefallen waren und bei den Stößen in Schwingungen gerieten. Sie stöhnte wohlig. Um mit dem Schwanz möglichst tief in sie zu einzudringen, arbeitete sein Becken intensiv.

»Oh, Ronnie, das ist so geil. Bitte fick mich von hinten, damit ich ihre Titten sehen kann«, bat Fritzi lüstern, die das Schauspiel die ganze Zeit verfolgt hatte. Die über allem schwebende Musik lieferte den Rhythmus dazu. Im rechten Separee hatte inzwischen ein Wechsel stattgefunden. Zwei Männer und eine nackte, deutlich ältere Frau hatten sich zu einem Dreier zusammengefunden. Sie wurde *A Tergo* und saugte hingebungsvoll an dem anderen Schwanz, der ihr kniend dargeboten wurde. Ronnie und Fritzi verfolgten das Geschehen von der Seite aus.

»Das ist übrigens Gabi, meine Begleitung«, flüsterte er ihr zu.

»Oh, sie ist ja eine total scharfe Frau. Du scheinst auf große Titten zu stehen. Ich kann mich gar nicht entscheiden, wo ich als Erstes hinsehen soll. Und außerdem glaube ich, dass ich hier gerade vor Geilheit auslaufe. Fühl doch mal!« Sie kniete sich vor ihn und streckte ihren Hintern in die Höhe.

Er strich mit zwei Fingern zwischen ihren gespreizten Beinen den nassen Spalt entlang. »Stimmt, du tropfst schon. Ich muss da wohl einen Stopfen draufsetzen. Übrigens stehe ich ganz allgemein auf Titten und auf Frauen, die Sperma mögen«, flüsterte er ihr ins Ohr.

»Gute Wahl. Und füll mich richtig aus mit deinem fetten Kolben und bring meine Brüste in Bewegung, wenn ich bitten darf.«

Ronnie streifte ein Kondom über und führte ihr seinen Penis ein. Aufgrund von Fritzis Nässe verschwand er wie von selbst in ihr. Gierig drückte sie gegen sein Becken, um den Schwanz möglichst tief in sich zu haben. Er passte sich dem Rhythmus der Musik und des Mannes an, der Gabis Möse stieß. Im Separee links näherte sich der andere einem Höhepunkt, denn sein Stöhnen war schneller und seine Stöße intensiver. Die Frau hatte seinen Hintern mit ihren Händen umfasst und presste sich an ihn. Sie schien ihm etwas ins Ohr zu flüstern, aber wegen des Dämmerlichts konnte Ronnie es nicht genau erkennen. Außerdem erforderte die wilde und laute Fritzi seine Aufmerksamkeit und gleichzeitig die Zurückhaltung, nicht zu früh zu kommen. Mit einem Aufgrunzen kam der Mann, der sich aufgerichtet hatte, zum Höhepunkt. Sein Penis verschoss die Ladung auf ihren Bauch. Das Sperma glänzte grellweiß auf der dunkel wirkenden Haut. Unwillkürlich blickte Ronnie nach oben und sah über sich einen punktuellen Schwarzlichtstrahler. Als er wieder heruntersah, hatte sich die Frau aufgesetzt und ihre Haare zurückgestrichen und drehte sich so, dass er ihr Gesicht erkennen konnte.

»O scheiße!«, entfuhr es ihm leise, doch so laut, dass selbst die beiden nebenan es hörten, genau wie das Trio auf der anderen Seite. Die waren aber so wild bei der Sache, dass sie nur kurz innehielten.

Fritzi drehte sich um und sagte im Scherz: »Na komm, so schlecht bin ich nun auch nicht.«

Er aber zog seinen Penis aus ihr und wollte sich wegdrehen.

»Ronnie?«, fragte eine Stimme aus dem Nachbarabteil.

Anstatt etwas zu sagen, stand er auf und sah durch das Tuch in das andere Separee. »Ja, allerdings. Ich glaube, wir müssen was klären, was meinst du, Sandra?«

Seine Frau sah schuldbewusst zu Boden und nickte nur still. Der Mann zog sich unterdessen an, was angesichts von Hose und Hemd sowie Sneakers schnell ging, und verließ das Separee. Auch Fritzi hatte sich ihr Kleid gegriffen und verschwand mit den Pumps in der Hand ebenfalls.

Ronnie zog den trennenden Vorhang beiseite. »Und wer fängt an?«

»Eine grandiose Eröffnung«, sagte der Redakteur zu Veronika, hinter sich einen Kameramann. Er hielt ihr sein Mikrofon hin. Bastian stand neben ihr nunmehr in einem Smoking.

»Vielen Dank, es hat viel Arbeit gemacht, aber wie du siehst, lohnt es sich.«

»Allerdings. Und der Clou mit Norman und Alissa ist eine Überraschung, die bestimmt über die Szene hinaus als Nachricht einschlagen wird. Wie ist euch das gelungen?«

»Ich habe früher für Mannix Enterprises als Freelancer gearbeitet. Die Kontakte konnte ich nutzen. Gut, Glück gehörte auch dazu. Sie machen kein Hehl daraus, dass sie sich mit Sex im Weltraum beschäftigen. Dadurch war der Weg offen. Im Übrigen bekommen sie so ein wenig Werbung für ihr Projekt«, erläuterte Bastian.

»Allein das dürfte die Menge der Vorschusslorbeeren wert sein, die unsere Mitglieder bei *Fun & Joy* gegeben haben. Ich bin sicher, es interessiert sie, was wir von diesem Club in Zukunft erwarten dürfen.«

»Unser Ziel ist es, DER Anlaufpunkt für die gesamte hedonistische Szene zu werden. Wir konnten etliche Arrangements mit verschiedenen Hotels hier in Leipzig unter Dach und Fach bringen, sodass wir guter Hoffnung sind, regelmäßig Publikum nicht nur aus Deutschland, sondern auch aus den Nachbarländern begrüßen zu dürfen«, führte Veronika aus. »Außerdem wollen wir eine Brücke schlagen in die Gesellschaft. Denn viele der hier Anwesenden sind nicht immer so exaltiert, sondern normale Bürger. Es ist bisweilen grotesk, wie verborgene Parallelwelten entstanden sind, die einer Prüderie entspringen, die es aus unserer Sicht aufzulösen gilt. Ich meine, das Internet ist voll mit Pornografie, Sex ist allgegenwärtig, aber diese Szene hier soll sich verstecken. Das ist doch lächerlich.«

»Wir von *Fun & Joy* können dem unbedingt zustimmen, denn wenn wir uns ansehen, wie viele Menschen alleine auf unserer Plattform aktiv sind, dann sehen wir einen klaren Trend. Sexualität ist ein wesentlicher Bestandteil des Lebens mit zunehmender Tendenz. Wie wollt ihr konkret diese Annäherung gestalten?«

»Ohne zu viel zu verraten, gibt Leipzig selbst uns schon großartige Möglichkeiten. Nehmen wir die Buchmesse. Es gibt so viele Autoren, die nicht nur den Mainstream bedienen, sondern Geschichten aus dieser Parallelwelt erzählen. Da haben wir konkrete Ideen zu Veranstaltungen. Jedes Jahr gibt es hier das Wave- und Gotik-Treffen. Die Schwarze Szene mit ihrer eigenen Ästhetik passt wunderbar zu unserem Konzept. Das wissen wir, weil viele Gäste sich dazuzählen. Übrigens ist das ein gutes Stichwort. Ich weiß, dass einige eine Überraschung vorbereitet haben. Ich muss noch ein wenig dabei assistieren«, verkündete Bastian und verschwand Richtung Hauptbühne.

»Tut mir leid, ich muss auch weiter. Seht euch ruhig um. Euch wird bestimmt nicht langweilig werden«, sagte Veronika und ging schnellen Schrittes hinter ihrem Freund hinterher.

»Ganz bestimmt nicht«, meinte der Redakteur und steuerte den Stand von Hartmut an.

Wenig später verstummte die Musik, und Scheinwerfer gingen über der Bühne an. Die Seilkonstruktion war mittlerweile in einen anderen Teil des Saals verbracht worden. Jetzt standen hier fünf

Stühle. Auf ihnen war jeweils ein Obst oder ein Gemüse drapiert. Die Zuschauer konnten eine Gurke, ein Maiskolben, eine Banane, eine Zucchini und eine Aubergine erkennen, angestrahlt jeweils von einem Spotlicht. Die restliche Bühne war dunkel.

Dann erschien Marius. Er trug jetzt einen schwarzen Frack, ein weißes Hemd mit Rüschen, eine schwarze Hose, und auf dem Kopf saß ein Zylinder. »Liebe Freunde der Nacht, es ist mir ein besonderes Vergnügen, eine weitere Attraktion an diesem Abend zu präsentieren. Vermutlich waren Veronika und Bastian der Meinung, dass auch ein Jurist zu irgendetwas taugen müsse.« Gelächter ertönte vor der Bühne, wo es mittlerweile voll war. »Deshalb darf ich nunmehr eine Performance ankündigen, die Moderne und Klassik mit Tanz und Erotik verbindet. Das Folgende ist nur möglich geworden, weil treue Stammgäste sich dies haben einfallen lassen, um so ›Danke‹ zu sagen für viele geile Nächte in Köln im *Club Paarweise*. Mit einem Zitat von Harald Schmidt möchte ich Ihnen das Kommende ans Herz legen: *Die Zauberflöte ist von Mozart und nicht von Beate Uhse.* Meine Damen und Herren, genießen Sie also nun mit mir zusammen *Eine kleine Nacktmusik.*«

Beifall brauste auf, Marius verließ die Bühne und stellte sich mit ins Publikum. Der Saal wurde schlagartig dunkel. Kurz darauf gingen die Spots wieder an und auf den Stühlen saßen fünf nackte Frauen, die jeweils die Früchte oder das Gemüse in den Händen hielten. Mittig hinter ihnen stand eine senkrechte Stahlstange. Davor posierte Veronika, ebenfalls ohne Kleidung.

Dann ertönten die bekannten ersten Takte der *Kleinen Nachtmusik* von Mozart. Die Frauen auf den Stühlen strichen sich synchron im Rhythmus mit den Früchten und dem Gemüse über ihre Körper, während die Chefin an der Stange akrobatische Figuren vorführte. Das Spiel wurde expliziter. Nacheinander verschwanden Gurke, Maiskolben, Banane, Zucchini und Aubergine in weit geöffneten Mösen. In dem Moment erschienen aus dem Dunkel fünf Männer, ausschließlich bekleidet mit weißen Hemdkragen und Manschetten an den Armen. Sie schritten zu den Frauen, die mit ihren Naturdildos spielten. Synchron drehten sie sich zur Seite, sodass sie jeweils links neben den Stühlen standen und die Zuschauer die erigierten Penisse sahen. Wie auf Kommando wendeten sich die Damen, und jede nahm den dargebotenen Schwanz in den Mund. Sie bliesen im Takt der Musik, ohne dabei die Stimulation der Mösen zu vernachlässigen. Zum getragenen und leiseren Mittelteil der Melodie wurden ihre Bewegungen ebenfalls langsamer.

Im Publikum regte diese Darbietung viele Gäste an, sich sexuell zu betätigen. Neben Marius erschien Melanie. »Das ist ja so was von geil. Komm, fick mich bitte von hinten, dann kann ich es noch mehr genießen.«

Sie hob ihr dünnes Kleid an und präsentierte ihm ihre nasse Spalte. Rasch war seine Hose heruntergelassen, den Frack und Zylinder ließ er an und steckte ihr seine harte Latte rein.

»Oh, bitte im Takt, Marius.«

»Sehr gern Madame, ist es so recht?«, fragte er gespielt gestelzt.

Statt einer Antwort stöhnte Melanie, kaum hörbar, denn rundherum ging es ebenfalls zur Sache. Ein Paar neben ihnen hatte die gleiche Position. Marius und der andere Mann stießen synchron zu. Beiden Frauen befummelten und küssten sich dem Takt folgend.

Auf der Bühne näherte sich unterdessen die bekannte Melodie dem Ende und die Paare gebärdeten sich zunehmend enthusiastisch. Die Damen schoben sich passend zur Musik gleichzeitig die Lebensmittel in ihre Mösen, die eine oder andere auch mit begleitenden spritzenden Strahlen, die Herren dagegen waren eifrig dabei, ihre Schwänze zu wichsen. Das Crescendo nahte, und der Linke spritzte seine Ladung über die Brüste der Frau, die sich dem Aufwallen der Melodie entsprechend kräftig stieß. In Sekundenabständen folgten die anderen. Der Mittlere ejakulierte in Richtung Saal, der nächste wieder auf den Busen seiner Partnerin, streng der Choreografie folgend. Mit dem finalen Takt der *Kleinen Nachtmusik* war der letzte Tropfen verschossen. Veronika vollführte einen artistischen Sprung von der Stange und endete mit einem Salto, während die Paare in ihren Positionen, angestrahlt von den Spots und ein wenig außer Atem, verharrten.

Tosender Beifall kam von einem Teil des Publikums. Andere nutzten ihre Hände, Finger oder Schwänze zur Stimulation der verschiedenen Geschlechtsteile und fielen deshalb nicht in den Applaus ein.

»Unfassbares Timing«, staunte der Mann neben Marius, der dabei weiter seine Frau stieß.

»Ja, die haben das lange geübt«, gab der zurück, seinen Schwanz wieder in seine Freundin bohrend. »Hat mir Veronika erzählt. Das hat wohl länger gedauert, bis sie es konnten. Sehr geiles Geschenk.« Und zu Melanie gewandt: »Wollen wir uns noch ein bisschen mehr umsehen?«

Sie löste sich von ihm und küsste die Frau neben sich, die weiter von ihrem Mann penetriert wurde.

»Klar, ich würde gerne kurz was trinken.«

An einer der Bars trafen sie auf Fritzi, die dort auf einem Hocker sitzend an einem Aperol Spritz nuckelte.

»Ach wie schön, dass wir uns noch mal sehen«, meinte Melanie.

»Ganz meinerseits. Wäre ich vorhin nicht so abrupt unterbrochen worden, hätte ich das gerne noch länger genossen.«

»Ist ein geiles Gerät, oder? Ich bin sozusagen die Marketingtante.«

»Du hast einen irren Job gemacht. Ich werde mir auf jeden Fall so ein Gerät kaufen.«

»Und für mich war es ein vollendeter Traum, euch beiden zugesehen haben zu dürfen«, meinte Marius.

»Meine Güte, du drückst dich ja richtig geschraubt aus«, stellte Fritzi fest, »bist du Jurist oder so was?«

»Ja, hört man das?«, fragte er.

»Ich hatte als abgebrochene Germanistin zwei Möglichkeiten erwogen, entweder Novalis oder Jurist. Und da Novalis tot ist, blieb nur eins übrig.«

Melanie und Marius brachen in Gelächter aus.

»Sag mal«, fragte sie, »hast du gerade was vor?«

»Bis eben hatte ich was vor und drin, aber mein heute Abend wiedergefundener Ex-Freund, den ich seit Jahren nicht mehr gesehen hatte, hat gerade, als er in mir war, seine Frau gefunden, die einen anderen Herren in sich hatte und wiederum annahm, dass sie ihren Mann hier nicht treffen würde, was für ihn ebenso galt, um es mal juristisch zu formulieren«, erläuterte Fritzi.

»Mit anderen Worten, eine total peinliche Situation«, soufflierte Marius, nachdem er sich durch den Bandwurmsatz gearbeitet hatte. »Brauchen die vielleicht einen Anwalt?«

Jetzt lachten die beiden Frauen.

»Ich habe mich verdrückt, was schade war, denn ich war gerade kurz vorm Kommen«, sagte Fritzi kokett blinzelnd.

»Ich werte das als Aufforderung zu einem karitativen Werk, was meinst du Melanie?«, fragte Marius.

»Ja, ich denke, da können wir freigiebig helfen, wenn du denn dazu Lust hast.«

»Gute Idee. Ich kenne da ein Separee, das möglicherweise gerade frei ist.«

»Liebe Freunde der hedonistischen Lebensart. Ein neuer Stern ist aufgegangen in Leipzig, ach was sage ich, in Deutschland. Hier ist für alle etwas dabei. Die Möglichkeiten sind schier unbegrenzt. Veronika und Bastian gebührt höchste Anerkennung. Selbst kleinste Details fanden Berücksichtigung. Ich stehe hier neben Ilka vom *Chez nous,* und sie hat für den heutigen Abend ein ausgefallenes Büffet mitgebracht. Willst du unseren Mitgliedern von *Fun & Joy* kurz erzählen, wie die beiden auf dich gekommen sind?«, fragte der Redakteur an sie gewandt, den Kameramann schräg hinter sich. Ilka hatte einen dezenten roten Punkt auf ihrer Kleidung, was sie als Gast auswies, der das Filmen der eigenen Person zuließ.

»Ja, das war kurios. Du hast ja bestimmt schon Marius kennengelernt, oder?«

»Der Name sagt mir gerade nichts«, stellte er fest.

»Er hat vorhin die Show angesagt.«

»Ach, der Jurist. Den wollte ich später auch noch interviewen. Jemand aus der Szene, der sich hier outet, ist schon was Besonderes.«

»Ja. Ich kenne ihn seit einiger Zeit, denn er ist Stammgast bei uns im *Chez nous*. Und eines Abends hat er mich gefragt, ob ich Lust auf was Ausgefallenes hätte. Das fand ich interessant, denn ich hatte ihn als eher konservativen Typ kennengelernt, eben typisch Anwalt. Aber dann war er ganz anders, als ich es mir vorgestellt habe. Er erzählte von Veronika und Bastian und was sie hier vorhaben. Er hatte die beiden bei einer Lesung in deren Club in Köln kennengelernt, und da kamen sie ins Gespräch. Um es kurz zu machen, er hat den Kontakt hergestellt. Und so sind wir ins Geschäft gekommen.«

»Okay, das klingt erst mal simpel. Kanntest du dich schon aus mit der Szene?«

»Nein, gar nicht. Und klar, anfangs hatte ich starke Berührungsängste, aber vor allem Veronika ist wunderbar darin, Hemmungen verschwinden zu lassen. Ich glaube, dass mich vor allem die Professionalität der beiden beeindruckt hat. Ich weiß, es geht um Sex und Vergnügen. Mein Partner im *Chez nous*, Marcel, war anfangs etwas skeptisch. Er meinte, wir würden uns mit einem Engagement auf einer solchen Party unser Stammpublikum vergraulen. Wir haben das rauf und runter diskutiert, aber schließlich entschieden, dass wir mit einem solchen Cross-over was Neues angehen. Auf dieser Basis sind wir dann ins Geschäft gekommen mit dem *Hedonize it*. Und wenn uns das ein paar Gäste kostet, dann werden wir bestimmt neue dazu gewinnen.«

»Ganz sicher, denn Leipzig ist immer schon etwas weltoffener und toleranter gewesen als andere Städte. Denk mal an das Waveund Gotik-Treffen. Darum sind wir ja auch mit *Fun & Joy* hier«, bestätigte der Redakteur. »Okay, zurück zum Thema. Ihr habt euch dieses Büffet einfallen lassen. Wie ist der Zuspruch bisher?«

»Sieh es dir an! Wir müssen ständig nachlegen. Zwar haben Bastian und Veronika mir damals gesagt, dass wir uns auf größere Mengen als üblicherweise einstellen sollten, aber der Umsatz hier stellt alles in den Schatten, was wir bisher an Catering gemacht haben.«

»Und hast du schon beobachten können, ob die Wirkungen, die man den Speisen zuschreibt, auch eingetreten sind?«, fragte der Redakteur.

»Zweifellos eine Scherzfrage, nehme ich an«, meinte Ilka. »Sieh dir an, wie die Leute es treiben. Die haben alle bei uns gegessen.«

»Dann sollte ich zuerst meine Arbeit beenden und erst danach probieren. Wer weiß, ob ich sonst noch in der Lage bin«, entgegnete er lachend. »Und wie gefällt dir das Publikum? Das ist doch was ganz Neues für dich, wenn du von nackten Leuten umlagert wirst.«

»Alle sind höflich und loben das Menü. Ich muss wirklich sagen, dass wir hier weitaus freundlicher behandelt werden als von so manchem Gast bei uns im Restaurant. Eine durchweg positive Erfahrung.«

»Vielen Dank, Ilka. Ja, liebe Freunde des Hedonismus, Sex und Schlemmen sind untrennbar miteinander verknüpft«, sagte er ins Mikrofon und direkt in die Kamera. »Außerdem machen die vielfältigen Aktivitäten natürlich Hunger. Apropos Aktivitäten, wir schauen uns weiter um für euch, die heute nicht dabei sein können.«

»Sag mal, Ronnie hat Natalia Fritzi genannt. Habe ich da was nicht mitbekommen?«, fragte Arnold.

»Das ist mir auch neu. Ich hatte bisher immer angenommen, dass sie ihre Wurzeln in Russland oder so sind«, meinte Luisa, als sie durch den Saal schlenderten. »Andererseits kann ich mir vorstellen, dass sie ihren Job lieber nicht unter ihrem echten Namen ausführen will.«

»Vielleicht hat sie sich Natalia als Künstlernamen zugelegt. Wer weiß, möglicherweise will sie sogar als Russin rüberkommen«, vermutete Arnold. »Ich finde, wir fragen sie nachher mal. Wobei ich gar nicht so sicher bin, ob wir sie bei den vielen Leuten so schnell wiederfinden werden.«

Auf einer öffentlichen Spielwiese von etwa zwanzig Quadratmetern Größe tummelten sich etliche Frauen und Männer und trieben es wild. Sie wurde von beiden von Regalen begrenzt, in denen alte Bücher und Folianten mit ledernen Rücken einsortiert waren. Zurückgesetzt stand eine Bar im viktorianischen Stil mit einigen verschnörkelten Hockern. Davor gruppierten sich mehrere Ledersessel und zweisitzige Chesterfield-Sofas mit Beistelltischen, die die Anmutung eines englischen Herrenclubs des neunzehnten Jahrhunderts hervorriefen. Das Betreten oder Verlassen der Spielwiese war nur von einer Seite möglich. Einen altmodischen Kleiderständer inklusive Schuhablage nutzten die Sexhungrigen, um sich ihrer Kleidung zu entledigen. In den Sesseln saßen Männer und Frauen, die meisten in fantasievollen Kostümen, die entweder an das prüde Zeitalter in England erinnerten oder aber in krassem Gegensatz dazu standen. Das vermittelte eine Atmosphäre des Gediegenen, die ironisch mit dem sexuellen Getümmel kontrastierte.

Ein Sofa wurde in dem Moment frei. »Komm, wir nehmen kurz einen Drink, was meinst du?«, fragte Arnold.

»Liebend gerne, wobei ich zugeben muss, dass mich das hier schon richtig scharfmacht«, stellte Luisa fest, unverwandt dem Geschehen auf der Spielwiese zusehend.

»Tu dir keinen Zwang an. Ich bin gleich wieder da.«

Sie breitete sich halb liegend, halb sitzend auf dem Sofa aus und schob ihr leichtes schwarzes und transparentes Abendkleid so zur Seite, dass ihre Vulva frei lag. Einen Slip trug sie nicht, dafür einen Perlenstring. In dieser Position war es ihr möglich, sich bequem zu fingern, und ihr entging nichts von dem Treiben. Die Beleuchtung war raffiniert. Die Barbesucher waren in ein gemütliches und schummriges Licht getaucht, das vor allem von den Stehlampen herrührte, die neben einigen Sesseln standen. Nur bei der Bar waren die Arbeitsflächen, auf denen Getränke zubereitet wurden, aus Sicherheitsgründen stärker beleuchtet. Die Spielwiese als Hauptattraktion wurde von oben punktuell durch ein gedimmtes Licht in Szene gesetzt. Darauf kopulierten Gäste in allen möglichen Stellungen und Konstellationen. Es wurde geritten, von vorne und hinten gestoßen, Frauen wurden von Männern zum Spritzen gebracht und umgekehrt. Kurzum, die Orgie ließ keinen

Protagonisten und Zuschauer kalt. Verließ eine Person oder ein Paar nach vollbrachter Tat die Liegefläche, dauerte es nicht lange, und der Platz wurde von Neuen eingenommen. Das Publikum in der Bar ergötzte sich auf unterschiedliche Weise an dem Spiel. Manche saßen unbeteiligt da, nippten an ihren Drinks und folgten den Darbietungen wie Kinozuschauer. Andere wiederum unterhielten sich und kommentierten leise einzelne Paare oder Konstellationen aus mehreren Personen. Luisa ließ die sexuelle Energie auf sich wirken und spielte an sich herum.

»Sex on the Beach mag etwas abgedroschen klingen, aber ich weiß ja, dass du darauf stehst«, sagte Arnold, zwei Gläser in der Hand.

»Oh, vielen Dank.« Sie nahm den Drink entgegen, rückte ein wenig zur Seite, sodass Platz für ihn war.

»Du kannst gerne weitermachen. Ich sehe dir dabei zu, und der Perlenstring ist anscheinend passend für diesen Anlass.«

»Ja, der ist perfekt. Ich bin schon den ganzen Abend geil deswegen.« Sie bearbeitete weiter ihre große Klitoris.

Luisa und Arnold waren nunmehr seit über einem Jahr ein Paar. Er hatte ihr inzwischen von seiner ›Ausbildung‹ bei Natalia erzählt. Im Nachhinein sei er froh darüber, weil sie ihn auf kompliziertere Situationen, wie sie zu Anfang ihrer Beziehung auftauchten, vorbereitet hatte. Luisa gefiel das. Sie fand, dass seine umfangreichen Erfahrungen ihnen halfen, die Hürde, die das Asperger-Syndrom manchmal aufbaute, zu überbrücken. Vom Beginn an hielten sie sich nur in seiner Wohnung auf. Es zeigte sich, dass sie durch seinen *Coach* so ausgesucht und mitgestaltet worden war, dass Frauen sich automatisch wohlfühlten.

»Okay, die meisten«, sagte Arnold ihr eines Tages. Er erzählte ihr, dass es zum Beispiel welche gab, die ihm Verschwendung vorwarfen. Anfangs hatte er diese und andere Kritiken nicht verstanden und sich Rat bei Natalia geholt. Sie hatte ihm kurz und bündig erklärt, dass er von solchen Bekanntschaften Abstand nehmen solle. Sie bezeichnete sie als ›Seuchenfrauen‹. Auf seine Nachfrage, woran er die zukünftig erkennen könne, gab sie einige Hinweise.

So riet sie ihm beispielsweise, vorsichtig zu sein bei Frauen, die einen esoterischen Hintergrund hatten. Das würde so gar nicht mit seinem streng logisch aufgebauten Wertesystem harmonieren und garantiert zu Konflikten führen. Auch warnte sie vor solchen, die bei denen die biologische Uhr tickte. Wenn er nicht unverhofft ein Kind angehängt haben wolle, solle er besser die Finger davonlassen. Auf seinen Hinweis, dass er immer Kondome nutzen würde, lachte sie.

»Arnold, das sagst du jetzt, aber ich garantiere dir, das wird nicht so bleiben. Du wirst eine kennenlernen, die verspricht, dass sie verhütet und du dir keine Gedanken machen musst. Und dann stehst du eines Tages da mit einem Kind einer zehn Jahre älteren Frau und Unterhaltszahlungen. Nicht, dass du das nicht leisten könntest oder wolltest, aber es ist nicht unwahrscheinlich, dass die Beziehung schnell abkühlt, wenn du deinen Job als Erzeuger erledigt hast. Und das könnte ich mir nicht verzeihen, dass einer der gutherzigsten Menschen, den ich kenne, in eine derartige Situation kommt.«

Außerdem vermittelte sie ihm, er würde als reicher Mann grundsätzlich Neid hervorrufen. Da gäbe es nach ihrer Erfahrung nur wenige Unterschiede zwischen den Geschlechtern. »Weißt du, Arnold, das ist aber gar nicht schlimm, sondern eher eine Frage der Betrachtung. Wenn du Neid als eine Form der Anerkennung auffasst für das, was du erreicht hast, dann sieht die Welt völlig anders aus.«

Das fand er hilfreich, und er hielt sich an diese und weitere Ratschläge von ihr.

Luisa war von Natalias Hinweisen angetan und sagte ihm, dass sie damit übereinstimmen würde. So waren sie sich schnell nähergekommen. Da sie beide über umfangreiche sexuelle Erfahrungen verfügten, war der Weg nicht weit in die Swingerwelt. Sie hatten schon etliche Clubs kennengelernt, bevor sie diesen Ball in Leipzig besuchten. Arnold hatte mit ihr gemeinsam Kleidung für diese Anlässe ausgesucht, und dabei fanden sie in einem hochwertigen Sexshop den Perlenstring. Luisa war begeistert, ihre Klitoris wurde beim Tragen gereizt und sofort auf ein hohes Erregungslevel katapultiert. Die beiden Stränge hatte sie um ihren hervorstehenden Kitzler drapiert und knetete ihn zwischen zwei Fingern. Arnold sah ihr dabei zu und stieß mit ihr an.

»Ich liebe diesen Anblick«, gestand er ihr.

»Ich weiß, und durch den String wird er noch geiler.« Sich weiter fingernd nahm sie einen Schluck. »Möchtest du hier auf der Spielwiese mitmachen?«

»Nein, später vielleicht. Im Moment genieße ich es, zuzuschauen, würde aber gerne noch eine Runde machen. Das ist alles total erregend hier. Lass uns austrinken und weiter umsehen.«

Der Tunnel war ungefähr zehn Meter lang und drei breit und hoch. Die darin ausgesparten Löcher hatten verschiedene Größen und waren in unterschiedlichen Höhen angeordnet. So war es möglich, durch einige obere hindurchzusehen. Das Licht eines Sternenhimmels aus Leuchtdioden und ebenfalls punktuellem Schwarzlicht war diffus und ließ die Akteure schemenhaft erscheinen. Aktuell waren innerhalb des Tunnels ungefähr fünfzehn Personen, die meisten Frauen. Außerhalb standen auf beiden Seiten Gäste und nutzten die Öffnungen in vielfältiger Weise. Eine Dame, die ihren Hintern durch eines der größeren Löcher präsentierte, wurde intensiv von einer anderen gefistet. Mehrere Besucherinnen knieten oder hockten im Inneren und saugten die ihnen entgegengestreckten Schwänze. Eine Ältere mit grauen Haaren trieb es außerordentlich wild. Auf einem Hocker breitbeinig sitzend war sie vollständig nackt, zeigte ihre akkurat rasierte Vulva und verhalf Männern reihenweise zum Orgasmus. Dabei gab sie Acht, dass das Sperma nicht sie, sondern auf den Boden traf, wo es vom Schwarzlicht grell erleuchtet wurde. Ihre Brüste waren ein wenig erschlafft, dafür waren ihre Nippel hart und erigiert.

»Sieh mal, Arnold, so geil will ich auch noch sein, wenn ich so alt bin«, flüsterte Luisa bei dem Anblick. Er und sie sahen durch ein Guckloch in den Tunnel und verfolgten das Treiben.

»Das wirst du ganz bestimmt sein«, meinte er und fingerte sie dabei. »Ich kann kaum glauben, dass unsere Leidenschaft nachlassen wird.«

»Weißt du, worauf ich jetzt riesig Lust hätte?«, fragte sie ihn leise.

»Ich wünschte, ich wüsste es, denn es ist sicher besonders lüstern.«

»Kannst du dir vorstellen, dass sie deinen Schwanz bläst, während ich neben ihr hocke und abwechselnd mitmache?«

»Das ist ja extrem geil. Wie wollen wir es machen?«

»Du steckst deinen Schwanz durch, sobald das Loch frei ist, und ich gehe rein und sage ihr, was wir möchten.«

»Du bist ja mutig. Aber ich habe es nicht anders von dir erwartet. Immer geradeheraus.«

»Oder auch herein«, lachte sie und verschwand in der Menge, die sich um den Tunnel gesammelt hatte.

Arnold passte die Gelegenheit ab, als ein Mann wieder durch die Grauhaarige zum Höhepunkt gebracht worden war und seine Hose hochzog, seinen harten Penis durch das Loch zu stecken. Gierig griff die Frau zu und schob ihn sich in den Mund. Mit Inbrunst bearbeitete sie ihn. Kaum hatte sie angefangen, war Luisa nackt neben ihr. Sanft berührte sie sie und flüsterte ihr ins Ohr. Angesichts der Geräuschkulisse, es herrschte im wahrsten Sinne des Wortes reges Treiben im Tunnel und außerhalb, konnte Arnold nichts verstehen. Ohnehin war er voll damit beschäftigt, sich der gekonnten Behandlung hinzugeben, die nur kurz aussetzte, als die Frau Luisa zuhörte. Dann leckten und saugten beide abwechselnd. Die, die nicht dran war, liebkoste die andere. Er konnte sich nicht sattsehen daran, der Altersunterschied faszinierte ihn. Und so gekonnt die Ältere seinen Schwanz bearbeitete, so wenig war sie zunächst entspannt bei Berührungen durch eine Frau. Sie zuckte kurz, als Luisa sie an einem ihrer steifen Nippel berührte, ließ es aber geschehen, ohne Arnold zu vernachlässigen. Nach einem Moment hatte sie sich gefangen. Sie fing an, die Liebkosungen zu genießen, das war für ihn erfüllend zu sehen. Sie erhob sich von ihrem Hocker und musste sich ein wenig bücken, um seinen Penis im Mund zu behalten. So war der Weg frei für Luisa, die sofort ihren Körper und ihre Möse erkundete. Abwechselnd an seinem Schwanz saugend wurden beide immer erregter, die Finger und Hände zielstrebiger bei der Erforschung der anderen. Schließlich kümmerten sie sich nur noch umeinander. Arnold sah zu, sein Geschlecht prall in den Tunnel gereckt.

»Wollt ihr ihn nicht mehr benutzen?«, fragte er in den Raum.

»O doch, natürlich«, sagte Luisa ein wenig aufgeschreckt. Sie bewegte ihre Finger in der Vagina der geräuschvoll, was die andere zu durchdringendem Stöhnen brachte. Und zu ihr gewandt: »Hast du Lust, dass wir uns zu dritt vergnügen?«

Die Ältere lächelte und nickte, suchte, genau wie Luisa, ihr Kleid und Schuhe zusammen, und gemeinsam verließen sie den Tunnel.

»Wisst ihr, dies ist mein erstes Event dieser Art«, sagte sie zu beiden.

»Ach wirklich?«, fragte Arnold, »dafür hast du aber vielen hier den Kopf verdreht, oder sollte ich besser sagen: den Schwanz.«

Die Frauen lachten.

»Ich bin über mich selbst erstaunt«, sagte sie, »bestimmt nehmt ihr mir nicht ab, dass ich bis vor Kurzem noch ein richtiges Mauerblümchendasein geführt habe.«

»Also, das kann ich wirklich kaum glauben«, meinte Luisa.

»Ich habe jahrelang, oder besser Jahrzehnte lang, eigene Bedürfnisse zurückgestellt. Als neulich mein Mann gestorben ist, war da einerseits diese Leere, aber andererseits die Freiheit. Und ich wollte nicht so eine alte, verdorrte Vettel werden.«

»Das verstehe ich total gut«, sagte Arnold, »nur ist dieser Ball bestimmt schon sehr anders als dein bisheriges Leben, oder?«

Sie lachte: »Ja, das stimmt. Es war ein Wink des Schicksals, so sehe ich es im Nachhinein. Ich hatte mir einen Vibrator bestellt ...«, sie zögerte kurz, um dann entschlossen fortzufahren, »es ist unglaublich befreiend, so was sagen zu dürfen. Ich fühle mich hier wie unter Gleichgesinnten. Ich erzähle freimütig, mir ein Sexspielzeug gekauft zu haben. Vor einem halben Jahr hätte ich kein Wort rausgebracht. Ach, ihr ahnt gar nicht, wie schön das ist. Jedenfalls waren in dem Paket Prospekte und verschiedene Werbungen, auch für diesen Ball. Und kurz entschlossen habe ich mich angemeldet.«

»Kaum zu glauben«, meinte Luisa, »das ist ja eine unglaubliche Wandlung.«

»Jetzt, wo ich es erzählt habe, klingt es tatsächlich so. Nur fühlt es sich vollkommen richtig an. Frivol und geil. Ich will unbedingt mehr davon.«

»Dabei sind wir gerne behilflich, nicht wahr, Arnold? Ich habe gesehen, dass da, wo sie das Gestell für den Astronauten aufgebaut haben, noch ein paar Separees sind. Wollen wir da hin?«

Die beiden nickten. Untergehakt mit den Frauen schlenderte er in die Richtung.

»Weißt du, ich bin zwar erst Neuling in dieser Szene, aber kann dir sagen, dass ich diese Freiheit nicht mehr missen möchte. Wir alle kennen die verklemmten Moralvorstellungen, die unsere Gesellschaft prägen. Ich meine, sieh dir mich an. Es ist noch gar nicht so lange her, da war ich einer der konservativsten Menschen, die es gibt. Und hätte ich Melanie nicht kennengelernt, wäre das immer noch so«, sagte Marius, und sie nickte bestätigend. »Weißt du, in der Kanzlei, in der ich vorher war, haben sich die Anwälte und Notare, mich eingeschlossen, für wesentliche Instanzen in Sachen Anstand gehalten. Und was soll ich dir sagen, alles Schall und Rauch. Ich bin überzeugt davon, dass solche Leute nur ein Spiegelbild des Teils der Gesellschaft sind, von dem wir hier heute wenig sehen.«

»Mit *wenig* meinst du, dass wir hier ebenfalls Spießer finden könnten?«, fragte der Redakteur, der ihn in der Menge angesprochen hatte. Hinter ihm war das Gerüst aufgebaut, das zuvor der Darbietung der beiden Pornodarsteller gedient hatte. Aktuell war eine ältere Frau in die Seile gespannt und wurde von Norman Banger und einem weiteren Mann sowohl in Vagina als auch im Mund penetriert. Drumherum hatte sich eine Traube von Menschen gebildet, die teils interessiert, teils erregt zusahen oder mitgingen.

»Ich bitte dich, ganz bestimmt sogar. Doppelleben sind gar nicht so unüblich, wie man vielleicht allgemein annimmt. Du wärst überrascht, was ich schon alles in diesem Kontext in meiner Praxis gehört habe«, stellte Marius fest, der einen roten Punkt an seiner Kleidung trug.

»Und nun hast du dich sozusagen zu einem Coming-out entschieden, indem du hier an prominenter Stelle aufgetreten bist. Machst du dir keine Sorgen, Mandanten zu verlieren oder weniger neue dazuzugewinnen?«

»Ganz klar, der Zuspruch, den ich aus der Szene erhalten habe, ist überwältigend. Wenn du Swinger bist, bist du ja nicht in einem Paralleluniversum unterwegs, das nichts mit unserer Welt zu tun hat. Die Menschen, die ich in dieser kurzen Zeit kennengelernt habe, sind genauso ein Spiegelbild dieser Gesellschaft wie die verknöcherten Anwälte in meiner alten Kanzlei. Der einzige Unterschied ist ihre Aufgeschlossenheit gegenüber Sex in all seinen wunderbaren Facetten. Und was mich dabei am meisten überrascht hat, ist, dass diese Einstellung offenbar keine Altersgrenze kennt. Ich habe von gerade Erwachsenen bis zu über Siebzigjährigen alle möglichen Menschen getroffen. Übrigens, dass mit dem Swingen das Überbordwerfen von überkommenen Moralvorstellungen einhergeht, ist ein willkommener Nebeneffekt. Nein, Arbeitsmangel gibt es absolut nicht. Im Gegenteil, ich muss heute eher ablehnen als früher und bin überzeugt davon, dass es sich schnell rumgesprochen hat, dass man mit mir offener als mit den meisten anderen sprechen kann. Für einen Anwalt ein unschätzbarer Vorteil.«

»Mit anderen Worten, wir machen gerade Werbung für dich«, sagte der Redakteur und lächelte ihn an.

»So gesehen hast du recht. Zum Glück brauche ich die nicht. Andererseits, wenn denn mein Beispiel Menschen dazu dient, sich aus gefühlten oder tatsächlichen gesellschaftlichen Fesseln zu befreien, dann mache ich gerne Werbung für diesen Lebensstil. Und nun entschuldige mich, ich habe eine Verabredung mit den beiden Mädels hier und will sie nicht warten lassen.« Mit den Worten verschwand er in der Menge, Melanie und Fritzi im Arm.

»Komm, lass uns weitergehen«, sagte der Redakteur zu seinem Kameramann und drehte sich um. Dabei stieß er gegen Luisa, die mit Arnold und der älteren Dame vorbeiging.

»Oh, ich bitte um Entschuldigung«, rief sie, denn die Musik war hier vor dem Gestell laut. Deutlich dagegen hörte sie die Stimme ihres Freundes, als er der gefesselten Frau in den Riemen erstaunt zurief: »Tante Eli?« Noch perplexer war sie allerdings, als die ältere Dame neben ihr zeitgleich und mindestens ebenso verblüfft ausrief: »Gabi?«

Vorfreude

Erst neulich hatten sie sich kennengelernt, und es hatte sofort bei ihr gefunkt, denn seine witzigen und intelligenten Podcasts hoben ihn aus der Masse heraus. Sie hatten immer intensiver miteinander gechattet, und dabei wurde es nach kurzer Zeit heißer und expliziter. Auf Annegrets Bitte hin hatte sich Harald nackt gezeigt, und ihr gefiel außerordentlich, was er zu bieten hatte. Ein trainierter Körper, aber ohne gigantische Muskelpakete, auf die sie so gar nicht stand. Er hatte ihr erzählt, dass er regelmäßig Sport trieb. Eine Mischung aus Laufen und Krafttraining und manchmal Klettern. Sie mochte es, wenn Männer im mittleren Alter auf sich achteten. Und sie wiederum hatte ihm einiges von sich gezeigt. Er machte ihr Komplimente, die sie dankbar annahm, weil sie fantasievoll waren. Zum Beispiel lobte er eines Tages an, wie passend sie immer ihre Garderobe zu ihren roten Haaren aussuchte. Aber damit nicht genug, stellte er fest, dass ihre kaum bezähmbaren Locken herrlich hervorgehoben wurden durch ihre Ohranhänger und Ketten, die sie trug. Die klaren geometrischen Formen und der Verzicht auf Schnörkel fand er reizvoll. Er lobte ihr feines Gespür für ihre Außenwirkung. Und über ihre immer noch straffen Brüste, mit denen sie selber so gerne spielte, sagte er, dass er es lieben würde, wenn er sie ausgiebig lecken und saugen dürfe. Denn die

Vorstellung, dass sie damit ihre Kinder genährt habe, gäbe ihm ein tiefes Gefühl der Verbundenheit und der Ehrfurcht.

Er fand genau den richtigen Ton, und ihre Lust – sie gestand es sich ein, ihre Geilheit – wuchs von Tag zu Tag. Manchmal schrieb sie ihm spontan, was ihr einfiel, so wie neulich im Bus zurück von der Uni. Es war ein sommerlicher Tag, und sie hatte sich ihren BH und Slip auf der Toilette ausgezogen. Das tat sie gerne, wenn sie erregt war, so wie heute. Denn die Nachrichten, die sie von ihm erhalten hatte, waren verheißungsvoll. Sie konnte den austretenden Mösensaft zwischen ihren Schenkeln spüren und riechen. Sie hatte das schon geahnt, weshalb sie sich diesmal nach hinten gesetzt hatte. Dort waren keine anderen Leute, und so würde sie nicht auffallen. Sie nutzte den Umstand aus und fingerte sich ein wenig und probierte von ihrer Nässe, wobei sie betont unbeteiligt aus dem Bus sah. Einer plötzlichen Eingebung folgend zog sie ihr Kleid höher, spreizte die Beine und schoss ein Bild von ihrem vor Feuchtigkeit in der Sonne glitzernden blank rasierten Geschlecht. Das verschickte sie mit dem kurzen Text *voller Vorfreude auf dich*. Sie versuchte, sich ein bisschen abzulenken, indem sie wieder aus dem Fenster sah, aber eine Nachricht von ihm machte diesen Versuch zunichte. *Ebenfalls voller Vorfreude*, las sie auf dem kleinen Monitor ihres Smartphones. Das Foto zeigte seine knallharte Latte. Er hatte das von ihr eben versendete Bild ausgedruckt und seinen beschnittenen Schwanz so darauf platziert, dass es wie Sex aussah. *Hoffentlich tropfe ich nicht beim Aussteigen*, dachte sie in sich hineinlächelnd, denn diese Nachricht hatte den Flüssigkeitsstrom erheblich verstärkt.

Und heute Abend würden sie sich treffen. Sie war aufgeregt, den ganzen Tag unkonzentriert bei der Arbeit. Immer wieder sah sie zur Uhr, aber die Zeit verstrich im Schneckentempo. Der viele Kaffee, den sie gedankenlos zu sich nahm, ließ sie hippelig werden. So entschied sie sich, um ein wenig runterzukommen, rauszugehen und zu joggen. Nach einer Dreiviertelstunde kam sie verschwitzt zurück, und ihre Erregung war nicht mehr so extrem drängend. Sie duschte ausgiebig kalt und fühlte sich frisch. Eine kleine

Quarkspeise war jetzt das richtige. Sie genoss sie in der Sonne auf dem Balkon und sah den wenigen Leuten auf der Straße verträumt zu.

Sie hatten intensiv und konkret darüber gechattet und manchmal telefoniert, wie wohl ihr erster Sex aussehen würde. Sie waren sich einig, dass sie es langsam angehen würden. Aus dem ungestümen Alter waren sie beide längst heraus. Harald hatte ihr wieder Komplimente gemacht dafür, dass sie, genau wie er, behutsam sein wollte. Ihm gefiel die Vorstellung eines ausgedehnten Vorspiels. Und Annegret wiederum schrieb ihm eines Tages, sie würde zu gerne erleben, wie er für sie spritzte. Er fand Gefallen daran, dass sie ihm dabei zusehen würde. *Es macht mich jetzt schon geil, mir das vorzustellen*, antwortete sie ihm.

Und endlich war es so weit. Es klingelte.

»Wow, das ist wunderschön«, sagte er und sie lächelte. Der durchsichtige BH verdeckte weniger, als er zeigte, das passende Höschen verhüllte ihre üppige Vulva kaum.

»Mir gefällt auch, was ich sehe«, stellte sie fest. Harald trug ein helles Sakko, dazu eine leichte Leinenhose, ein weißes Shirt. Seine Füße steckten in sandfarbenen Slippern.

»Oh, ich danke dir, Annegret, soll ich dir zeigen, was darunter ist?«

»Ich bitte darum. Mach es langsam, sodass ich es genießen kann.«

Zuerst zog er das Jackett aus. Zum Vorschein kam ein Muscle-Shirt.

»Sehr vorteilhaft. Ich liebe diesen Anblick«, sagte sie und schob sich einen Finger in den Slip.

»Schön, wenn ich damit solche Reaktionen hervorrufen kann«, stellte er fest und entledigte sich seiner Schuhe und Hose. Seine Unterhose war aus leichtem Stoff, und sein harter Schwanz zeichnete sich darunter ab. Annegret sah genau hin.

»Ich liebe es, die Form der Eichel zu sehen.«

»Ja, und so sieht sie aus.« Und damit zog er sich komplett aus. Sein Penis stand sofort steif in die Höhe.

»Wahnsinn, der ist ja noch dicker, als ich gedacht habe.« Sie riss sich dabei förmlich BH und Slip herunter.

»Deine Freude unterstreichst du übrigens auch mit deiner Nässe, wie ich sehe«, sagte Harald und zeigte auf die glitzernden Schamlippen.

»Die du bestimmt hören willst.« Sie schob sich zwei Finger der rechten Hand rein und bewegte sie so intensiv, dass es schmatzende Geräusche gab. Mit der Linken knetete sie ihre Brüste.

Er wichste seinen Schwanz dabei.

Sie nahm einen großen schwarzen Dildo, den er bisher gar nicht gesehen hatte, und schob ihn sich langsam in die Möse.

»Das Ding ist ja riesig.«

»Stimmt«, sagte sie angestrengt stöhnend, »ich bekomme ihn auch nicht ganz rein.«

Sie stellte sich vor Harald hin, stieß sich wie in Trance mit weit ausholenden Bewegungen, und es bildete sich allmählich eine weiße schleimige Schicht Mösensaft darauf. Er hatte inzwischen seinen Schwanz so traktiert, dass die Lusttropfen daraus wie ein kleiner Fluss daran herunterliefen. Als Annegret zwischendurch den Dildo genüsslich ableckte, war es fast zu viel für ihn. Er hielt inne.

Sie nahm sich unterdessen zwei Nippelsauger und setzte die an ihre beiden Brüste an.

»Du hast dir ja für mich einiges ausgedacht«, staunte er.

»Das stimmt, ich wollte dich ja überraschen. Und das hier kennst du auch noch nicht.« Sie bückte sich, griff unter das Bett und holte einen Vibrator, den er als Magic Wand, kannte hervor. Sie legte sich hin, den Kopf erhöht auf einem Kissen, spreizte die Beine weit, sodass er ihre klaffende Möse sehen konnte. Sie betätigte den Schalter des Geräts und setzte es sich an die Klitoris. Augenblicklich schoss ihre Erregung nach oben. Es schüttelte sie vor Geilheit, ihre Brüste wippten, und sie bekam fast unmittelbar einen Höhepunkt. Harald war fasziniert von diesem Schauspiel, sein Schwanz pulsierte und zuckte dabei unkontrolliert. Sie zog sich vorsichtig die Sauger ab, und er konnte auf der rechten Brustwarze einen winzigen Tropfen erkennen.

»Das ist ja Milch!«

»Ja, manchmal kann ich noch ein bisschen herausdrücken. Ich habe mich daran erinnert und wollte dir diese kleine Überraschung machen.«

»Das ist dir mehr als gelungen.«

Sie schob mit der rechten Hand ihre Brust hoch und leckte mit ihrer Zunge den Tropfen auf, wobei sie ihn ansah.

»Oh, Annegret, ich muss jetzt kommen, ich halte es nicht mehr aus, so geil hast du mich gemacht.«

»Ja, zeig es mir«, feuerte sie ihn an und setzte sich den Vibrator an ihre Vulva.

Mit kraftvollen und gleichmäßigen Bewegungen bearbeitete er seinen Schwanz. Sie presste den Magic Wand an sich und knetete wieder ihre Brüste. Ihr Körper war pure Lust. Sie stöhnte und bewegte sich, als ob er sie reiten würde, schüttelte ihre Lockenpracht. Harald ächzte, und sie sah die Anstrengung und Geilheit in der Mimik. Und dann kam es ihm. Der erste Strahl spritzte hoch, ein zweiter folgte, flog Annegret direkt entgegen und traf anscheinend auf dem Touchscreen seines iPads das Icon für Abbruch, denn mit einem Mal war ihr Bildschirm dunkel.

Sie seufzte: »Wenn doch Corona bald vorbei wäre.«

Das Autorenduo

Nachdem Ana (51) und Tom (57) 2019 ihren ersten Roman »Geschmackssachen« herausgebracht haben, bleiben sie dem Thema Erotik in den »Eros-Episoden« treu. Die Autoren leben im Großraum Berlin, und dies ist ihr zweites Buch. Beide arbeiten in führenden Positionen in fordernden und erfüllenden Berufen, weshalb ihre reale Identität hinter Pseudonym verborgen sein muss. Parallel zum Job haben sie über viele Jahre profunde Erfahrungen in der Sexualität in vielerlei Konstellationen gemacht. Diese haben sie inspiriert, Geschichten zu schreiben, die sich mal witzig, mal skurril, mal explizit – aber immer mit einem Augenzwinkern – mit Sex beschäftigen. Und wenn dies für die Leserschaft erregend ist, so ist das beabsichtigt.

FSC
www.fsc.org

MIX

Papier | Fördert
gute Waldnutzung

FSC® C083411

Zeitfracht Medien GmbH
Ferdinand-Jühlke-Straße 7
99095 Erfurt, Deutschland
produktsicherheit@kolibri360.de